商女發威

3

清風逐月 著

文創風 479

目錄

第四十五章　梅香

蕭志謙當晚便回了府，聽說又在蕭老太太的院中談了許久才離開，進而也確認了要接劉氏回府的消息。

不過蕭老太太有言在先，接劉氏回府可以，但要他們劉家的人對外闢謠，這段日子劉氏為什麼要回劉家暫住，總要拿個說法出來，別以為什麼爛攤子都能往蕭家頭上扣。

蕭晗聽了枕月的稟報後，不由挑了挑眉，又問道：「那蔡巧是怎麼說的？」

「蔡巧說啊！」枕月賣了個關子，又湊近了些才道：「老太太心裡不爽快，也不是很想讓太太回蕭家來，總要拖她一拖，等事情都解決了再回來也不遲。」

「恐怕最高興的就是二姊。」蕭晗低垂著目光，撥弄著手腕上的鏤空鐲子，小小的金球在鐲子裡相撞，發出一聲聲輕響，煞是好聽。

「那可不是？」枕月聽了後面色微變，癟了癟嘴。「今兒個奴婢就見著二小姐了，她走路都帶風呢！別提有多得意了。」

蕭晗不以為意地笑了笑，又問起春瑩的事。「這丫頭跟了我一段日子，人還是不錯的，就是太過謹慎小心了。」

「春瑩還好，她初來乍到自然事事小心謹慎，奴婢看她做事也不差，就放在小姐跟前侍候吧！不如讓她頂了二等丫鬟的缺？」枕月略微躬著身子請示蕭晗，見她點了點頭，這才笑道：「那回頭奴婢就告訴她。」

「行。」蕭晗坐起了身子，又想起近來也沒見到蕭時幾次，不由有些奇怪。「我哥最近在忙些什麼？就我回來那晚用膳時瞧見過他，這幾天怎麼都不往我這裡跑了？」

「二少爺就是營裡和府裡兩頭跑不是？奴婢也沒覺著有什麼異樣。」枕月微微愣了愣，又有些疑惑道：「倒是二少爺前些日子經常回府，平日裡都是在軍營裡歇個七、八日才回來，小姐不在的那陣子……」想了想又道：「好像三、四日就會回府一次，怎麼眼下小姐回來，反倒見不著人了？」

蕭晗微微瞇了瞇眼，莫不是蕭時有什麼事情瞞著她不成？

如此又過了兩日，坊間的流言漸漸變了方向，一則說是劉氏回娘家原本就是為蕭晗祈福的，想著蕭家這樣的身分地位，竟然與長寧侯府結親，那不就是天大的福分嗎？劉氏這個嫡母怕蕭晗受不住這福氣，這才專程回了娘家茹素吃齋起來，一時之間母女之情感天動地，倒是讓聽到這傳言的人都止不住誇讚。

二則便是為蕭晗平反，說她並不是那種有了好夫家便趾高氣揚、連嫡母都不放在眼中的女子，對劉氏還是謙恭孝順得緊。

不過流言這東西倒是有越描越黑的感覺，掩藏在真相下面的不過是各種作秀罷了。

蕭晗也懶得去管，總之蕭家人知道是怎麼回事，葉衡也明白就行了。

蕭晗到蕭老太太跟前請安時，徐氏還一個勁兒地勸她。「不過是些流言罷了，妳不放在心上就什麼事都沒有，她要回來就回來吧！大伯娘會多看顧著些，斷不讓她再出什麼亂子！」

蕭晗不甚在意地笑了笑，劉氏回府後，只怕還有得折騰呢！

大家都以為蕭晗是心寬不在意，可蕭老太太還是覺得委屈了她。「明明黑的都能說成是白的，遇到他們劉家，真正是倒了八輩子楣！」

一番話說得坐在一旁的蕭昐脹紅了臉，蕭老太太指著劉家罵，那可是她的外家啊！劉家人沒臉，她在蕭家也好過不了，不由紅了眼眶，老太太見了，又斥了她兩句。「妳是咱們蕭家的小姐，不要學妳娘一心只向著劉家，可要想明白到底今後仰靠的是誰！」

「孫女明白的。」蕭昐心中委屈極了，面上卻不得不恭敬應「是」，又瞟了一旁不動聲色的蕭晗一眼，心裡恨得牙癢癢的。

蕭老太太不再搭理蕭昐，又轉向蕭晴問道：「妳們這段日子規矩學得如何了？」

「託祖母的福，一切都好。」蕭晴乖巧地應道，頓了下又補了一句。「魏老嬤嬤也教得好！」

「老太太不知道，原本我也是無意中請了這魏老嬤嬤來，卻不想她與您身邊的魏嬤嬤竟是遠房的堂姊妹呢！您說這巧不巧？」徐氏掩著唇笑，有了這一層關係在，魏老嬤嬤教導得該更用心了。

「喔，我竟是不知。」蕭老太太微微一怔，又問徐氏。「妳怎麼知道的？」

「還不是那日我屋裡的丫鬟瞧見魏嬤嬤去藥鋪裡抓藥，之後又到了魏老嬤嬤那裡看望，一問才知道的。」徐氏笑意頻頻。「也是這兩位都不愛張揚，都隨了老太太的性子呢！」一番話將蕭老太太也誇了進去，老太太呵呵地笑著。

「對了，晗姐兒可也跟著一同去了？」蕭老太太轉向蕭晗問道。

「才去了兩日，不過我愚笨得很，先在一旁看著姊妹們學著，希望慢慢跟上了才好。」蕭晗不由暗自吐了吐舌，魏老嬤嬤確實是個嚴厲的，她從前還自認規矩不錯，可到了魏老嬤嬤眼裡就都不規整了，她只能私下裡多練習，又向蕭晴請教，只求能趕上大家的進度，至少別扯了後腿才是。

「妳有這個心，就沒有學不好的。」蕭老太太笑著拍了拍蕭晗的手，便不再說這事，眾人又閒聊了一會兒，便也各自散了。

第二日一大早，二門上的人便往辰光小築遞了消息，只說長寧侯府派人來了。

蕭晗原本還在梳妝，聞言便驚喜地轉過頭來，指了枕月道：「妳快去看看！」

枕月這一去，竟然帶回來一個人，石青色的斗篷罩在身上看不出形貌，但瞧著個頭不高，蕭晗只看了一眼便道：「把斗篷取下！」

「是。」斗篷裡的人嗓音軟糯，連蕭晗聽了都一陣酥麻，更不用說是男人了。

蕭晗微微瞇了眼，看著斗篷緩緩卸下，一身水紅色的窄袖長裙包裹著一具穠纖合度的身軀，這女子生了一雙媚眼，眼角帶著顆細小的黑痣，長相說不得有多出挑，可模樣確是勾魂。

「就是她嗎？」蕭晗微微皺了眉，這和她想像中有些不一樣啊！再怎麼樣也應該是個良家女子才對。

蕭晗不由轉向身旁的枕月詢問著，枕月上前兩步，附在蕭晗耳邊小聲道：「吳大人親自將人給送來的，說是找到時已是這樣了，但只在教坊裡賣藝，並未接過客人。」說完這話還微微紅了臉。

「妳可認識梅香？」蕭晗默了默才看向眼前的女子，右手則輕扣著白瓷茶盞，指間在杯緣緩緩摩挲。

「認識，她是奴家的姑姑。」女子嗓音輕柔，又抬頭對著蕭晗一笑，她自然知道這些人找她來是做什麼的。「小時候就聽奴家的爹說過，姑姑曾經在大戶人家做過丫鬟，咱們一家子也是靠著姑姑才有了盼頭，只是後來姑姑她去世了，家裡漸漸地過不下去，奴家的爹才狠心將我賣到了教坊裡去。可這些年奴家只賣藝不賣身，如今還是清清白白的。」這女子的確是會察言觀色的，她這話一出，見蕭晗默不作聲，便瞧出了她眼裡的顧慮，趕忙跪在地上道：「小姐，連奴家的爹爹都曾說過，奴家與姑姑有八分相似，連眼角的痣都長得一樣，求小姐留下奴家吧！」

如今有這個機會可以嫁入官家，就算只能為妾，她也一定要緊緊把握住了。在教坊裡日日賣笑的生活也沒個盼頭，她總該為自己好好打算、打算了。
「妳倒是個聰明的。」蕭晗翹了翹唇角。「妳今年多大了？」
「奴家十七了。」女子心中一喜，聽蕭晗這問話，她也知道自己留下的機會已是多了大半。
「留下吧，今後妳就叫梅香！」蕭晗站了起來，緩步走過女子身邊，女子已是激動得全身顫抖，深深地伏拜下去。「梅香謝小姐賜名！」
打鐵趁熱，蕭晗當日就將梅香帶到了蕭老太太跟前。老太太還一陣恍惚，她雖覺得眼前的女子有幾分熟悉，但又忘了在哪裡見過，一時怔然地看向蕭晗，疑惑道：「晗姐兒，妳這是什麼意思？」這女子一看就是滿身的風塵味，雖然極力掩飾，可蕭老太太的眼光何等毒辣，她實在不敢將這女子與蕭晗聯繫在一起，眉頭還微微皺了起來，顯然是不贊同的。
「梅香，快來拜見老太太！」蕭晗只是莞爾一笑。
當聽見蕭晗喚出「梅香」這名字時，蕭老太太面色一僵，瞬間反應了過來。她有些驚恐地往後退了退，指著地上長相與記憶中的梅香相似的女子，顫聲道：「妳……當真是梅香？」
蕭老太太怎麼會不認識梅香，那是她從前特意送到蕭志謙身邊的丫鬟，與他一同長大，最後還成了他的通房丫鬟。就是因為梅香溫順可人、不爭不奪，又得到蕭志謙的寵愛，所以老太太記憶深刻著呢！

到底人已經逝去多年，蕭老太太一時想不起來也是常事，且眼前的女子說像梅香，卻又不盡然。

若說梅香純然得像一張白紙，那麼眼前這個則是嫵媚軟膩得如柳絮一般，特別是眼角的那顆勾魂痣，哪個男人看了不顫上一顫？

「她是梅香，卻不是當年的梅香。」蕭晗沒有多解釋什麼，至於兩個梅香的關係也不算重要，關鍵是這個人像當年的梅香就行了。

「妳從哪裡找的人？妳又是怎麼知道梅香的？」蕭老太太面色一凜，緩緩看向眼前的少女，難道這就是蕭晗找來對付劉氏的人？

想著前些日子蕭晗那胸有成竹的模樣，蕭老太太也漸漸想明白了她的打算，可哪家女兒會給自己的父親送女人啊？恐怕也只有蕭晗了。

「府裡不乏從前的老人，只要打聽打聽，沒有不知道的事。」蕭晗牽了牽唇角，望著蕭老太太依舊平靜的笑臉。「至於人……是葉大哥幫我找著的。」話到這裡微微一頓，卻不覺得自己有什麼錯，只是坦然地看向老太太。「祖母會怪我嗎？」

蕭老太太搖了搖頭，沈沈一嘆。「我怪妳做什麼？要怪也只能怪咱們這些長輩沒用，護不著妳，還要妳自己想出對策來。」她握緊了蕭晗的手。「沒想到這件事世子爺竟然也知道，看來他是站在妳這一邊的，這樣我就放心了。」

蕭老太太本來就不喜歡劉氏，眼瞧著這個女人就要回到蕭家，她氣得嘴裡都長了燎泡，一方面是不甘心，也不想看劉氏那得意的嘴臉，就好似她這個做婆婆的還得鋪了臺階讓劉氏下一般，她怎麼想心裡都不是滋味。

「祖母答應了？」蕭晗知道只將人帶回來是不夠的，關鍵得先過了蕭老太太這一關，才能將人送到蕭志謙的床上，而且還要趁著劉氏回府之前，讓這個梅香得寵。

「那妳再好好和我說說她的身分跟來歷，我掂量掂量。」蕭老太太眸中光芒閃動，又瞧了跪在地上的梅香一眼，就在剛才，她真要以為是梅香再世，可細細看來兩人還是有很多不同之處，這個女人比梅香更有風韻，想來也更得男人喜歡。

「梅香，妳先下去。」蕭晗對著梅香擺了擺手，看著她恭敬地行禮退下，這才轉向蕭老太太道：「也不是隨意找來的這麼個人，她是梅香的姪女，流落到了教坊裡賣藝，好歹被尋了回來，人還是清清白白的，救了她也算對得起從前的梅香了。」

「原來竟是梅香的姪女。」蕭老太太感慨了一聲，也沒再多加追問梅香的身世，想了想才道：「從前妳父親那樣喜歡梅香，可她卻是個福薄的，妳娘過門之前她就病歿了，這一晃眼都過了十幾年了。」微微一頓後，老太太的唇角逸出一抹笑來。「男人嘛！都是這樣，留在記憶裡的才是最好的，妳父親當年可沒少為梅香傷心，如今算是圓了他當年的遺憾！」

蕭老太太自然也想看到劉氏不好過，即使是要她送個女人上去和劉氏打擂臺也無妨。

「這事就交給我來辦。」蕭老太太拍了拍蕭晗的手。「總不能讓妳白忙活一場。」

弄明白了蕭晗的意思，蕭老太太心裡就有了打算。既然人已經找回來了，那麼宜早不宜遲，今兒個就先開了臉送到蕭志謙房裡去，從通房做起，等著有了身孕，立刻抬為姨娘。

蕭老太太一時之間想得走了神，一旁的蕭晗卻是暗暗鬆了口氣。她也是鼓足了勇氣才將梅香給送到蕭老太太跟前，多怕老太太不答應，甚至以異樣的眼光來看待她；好在老太太眼光獨到，與她一拍即合，別看著她沈穩得像是什麼事都不怕的模樣，其實心裡也忐忑得沒底，還好一切順利。

眼下就等著劉氏回府了！蕭晗可是很期待到時候劉氏的反應，到底是驚怒加交，還是隱忍到底？這對劉氏來說也是個不小的考驗！

夜已深，屋簷上掛著的燈籠飄搖在風中，連火光都忽明忽滅。

蕭志謙站在臨淵閣不遠處，遙遙地看著那座他曾經時常踏足的庭院，心中驟然生起了一種不確定的感覺。

劉氏那一日的話還在耳邊迴蕩著，雖然她並沒有句句都為自己辯駁，可話裡話外的意思他還是聽明白了，無非是想要回蕭家來。

她還說了，若是要她回府，還得蕭晗親自來接才行，也算是圓了這些日子裡坊間的流言。

蕭志謙搖了搖頭，看著劉氏那一身素淡的妝扮、冷漠的言行，他原本心裡裝著的一腔熱情就像是被潑了盆冷水，瞬間便涼透了。

平心而論，他也是想念劉氏的，只是想到她過去的所作所為，他又有些心痛。這些年除了劉氏他再無別的女人，若說沒有女人投懷送抱也不盡然，只是他自己沒有那個心思，也沒有恰恰合了眼緣的。

他的心裡還是希望能與劉氏和好如初，可那日再次見到她的人時，才發覺記憶中那個女人已經變了，他說不出是什麼改變了她，也許是兩人的步伐越走越遠，漸漸地就不在一條線上了。

蕭志謙輕嘆了一聲，轉身回到了自己的院子。劉氏回娘家以後，他就沒在臨淵閣裡歇過夜。

他的院子裡黑燈瞎火的，冷冷清清。他不慣讓人侍候，門口的婆子想要為他打燈籠、燒熱水，他只是疲倦地揮了揮手，便讓人退下了。

推開屋門，蕭志謙連衣袍也沒脫便在床榻上躺了下來，可一躺下來他便覺得不對勁，這被窩裡竟然不只他一人。

「是誰？」蕭志謙驚愕地直起身來，這才見著一截白皙的藕臂顫巍巍地伸出錦被，手腕上的玉鐲在夜色下發出幽幽的光芒，烏髮玉顏，眼角下的小黑痣那樣醒目，媚眼微微一挑向他看來，竟是那樣的勾魂攝魄。

「梅香！」一見到眼前熟悉的面容，蕭志謙不禁僵住了。他有些顫抖地伸出手來，在女子的面頰上反覆摩挲著，手下的感覺是溫熱的，是他記憶中熟悉的觸感，可又好像有哪裡不大一樣。

「老爺，是梅香。」梅香輕輕點了點頭，面色有些泛紅，帶著女子的羞怯垂下了目光。她原以為自己要侍候的是個老頭般的人物，沒想到蕭志謙這樣儒雅清俊，唇上的短鬚只是增添了他成熟的氣度，絲毫無損他的風雅。

竟然是這樣好的一個男人！她頓時有些心動了，不禁使出了渾身解數撲過去，摟住他的脖頸，在他耳邊吹著熱氣。「是婢妾啊，老爺！」

一股熱流頓時傳遍了蕭志謙的全身。他許久沒碰女人了，在劉氏那裡也沒討到半點好，此刻軟玉溫香抱滿懷，他自然是綺念叢生，動作到底比思緒更誠實，蕭志謙喉中發出一聲低吼後，便猩紅著一雙眼睛將梅香給撲倒，惡狠狠地吻向了她的紅唇，將這些日子以來心裡的憋屈、疑惑、憤懣統統都發洩了出來。

這一夜，注定是個不眠夜！

跟蕭老太太坦白了梅香的事情之後，蕭晗這一晚睡得還不錯，用過早膳往老太太屋裡去時，卻不想蕭志謙已然在座，見了她後還有些尷尬地清咳了幾聲，隨即便起身對蕭老太太道：「這事就有勞母親了，我也不想委屈了梅香。」又見蕭晗的目光帶著幾分探詢地朝他望來，蕭志謙更加覺得有些臉熱。

眼下人他已享用了，雖然他也知道那不是原來的梅香，可清清白白的一個姑娘成了他的人，他總要給個名分才是。又想起梅香的小意溫柔、脈脈含情，彷彿他在劉氏那裡受到的冷落一剎那間都被彌補了回來，讓他身心上有種無法言說的快慰和滿足。

等蕭志謙向蕭老太太告辭離去之後，蕭晗才向老太太遞了個眼色過去。「祖母，成了嗎？」

「小孩子不要管那麼多！」蕭老太太清了清嗓子，又喚了蔡巧進屋，吩咐道：「今兒個就讓廚房置辦兩桌席面，抬了梅香做姨娘，還有她的院子就歸置在青苑吧！那裡離二老爺的院子近一些。」又說了自己要賞哪些東西給梅香。

蔡巧一一記住了，這才退下。

「祖母對梅香竟是這樣好呢！」蕭晗抿著唇笑。「原本不是說先從通房做起，怎麼第二日就抬了姨娘，可是父親的主意？」

「那可不是，他心疼梅香，自然捨不得委屈了她。」蕭老太太唇角一翹，顯然是心情大好，又對蕭晗道：「再過幾日吧！等梅香與妳父親相處得更好了，妳再去接劉氏回府。」末了又道：「就是委屈妳了。」

「孫女不委屈，倒是累得祖母操心了。」蕭晗擺了擺手。劉氏回府的其中一個條件便是要由她親自去接，這一點蕭晗早就知道了，接個人罷了，倒也沒什麼。

「還是妳懂事。」蕭老太太欣慰地拍了拍蕭晗的手，祖孫倆又聊了一會兒，等到徐氏與蕭晴她們前來請安後，蕭晗便與姊妹幾個上魏老嬤嬤那裡學規矩去了。

第四十六章 有情

梅香抬姨娘的消息一傳出來，蕭盼就急紅了眼。

母親都還沒回府呢！怎麼偏偏就多出了個姨娘？

一經打聽，才知道這個女人當日是從蕭晗院裡出來的，蕭盼氣極了，立即殺進了蕭晗的辰光小築。

「我就說祖母他們怎麼會同意了接我娘回來，原來是妳在背後使壞呢！」蕭盼奔到蕭晗跟前就是一頓罵。

蕭晗淡淡掃了她一眼，輕笑一聲道：「二姊的規矩學到哪裡去了？這模樣形同潑婦罵街，若是傳到魏老嬤嬤耳裡，看她明日如何責罰妳！」

蕭盼縮了縮脖子。她原本就在魏老嬤嬤手上吃過虧，小腿上的青紫還沒消去，她可不想再挨藤條！蕭盼氣急地看向蕭晗。「妳也就會拿魏老嬤嬤壓我！」眼中一片怨毒。

「像妳這樣不分青紅皂白地闖到我屋裡來鬧，就算告到祖母那裡，妳也是沒理的。」蕭晗不想與蕭盼糾纏，只想打發她了事。

蕭盼卻是更加地不依不饒。「妳別以為祖母幫著妳，我就沒地方訴苦，若不是妳找來的梅香，還會有誰？」

「長輩的事情我自然不會摻和，若妳想知道梅姨娘是從哪裡來的，可向祖母打聽看看。」蕭晗冷嗤一聲，拿不出證據的事情她向來不會承認，再說就連蕭志謙都以為梅香是蕭老太太找來的人。

「說的比唱的好聽，這家裡也就只有妳與咱們母女倆過不去了，若不是妳，我娘也不會被送回娘家去。」蕭昐冷哼一聲，顯然不相信蕭晗的說辭。

「信不信由妳，眼下我要歇息了，妳沒事就請回吧！」蕭晗起身往內室走去，根本不想再理蕭昐，就將她給晾在了那裡。

蕭昐氣得想要摔東西，可春瑩與蘭衣都在屋裡守著，她只能氣得咬牙，轉身拂袖而去。

劉氏在收到蕭昐傳來的消息後，自然是坐立難安。

怎麼蕭志謙會納了妾？那一日他過來時明明還好好的，她不過是稍微拗了一點，沒有像平日一般順著他的意思，也是因為他那段日子的冷落，讓她想使點小性子報復一下罷了。

聽說新納的妾叫做梅香？這個名字有些熟悉，她從前好似聽蕭志謙提起過……對了，是他那個未成親前便已經病逝的通房丫鬟！

劉氏眸中泛著冷光，此梅香必定不是彼梅香，可名字一樣，又那麼快地被蕭志謙給抬了姨娘，那這兩個梅香之間一定有什麼相似之處。

怎麼在這個節骨眼上，竟然會發生這樣的事？

劉氏咬了咬唇。她是和蕭志謙嘔氣，但卻想著回府後再將他給慢慢哄回來。男人嘛！打一棒再給個甜頭吃，哪個能不就範？可前提是他們之間沒有第三個人！

可眼下那個梅香堂而皇之地插進了他們兩人之間，她就算有再開闊的心胸，也做不到毫無芥蒂。這些年來她之所以對蕭志謙一心一意，是知道他對莫清言那個女人心涼了，也只有她能撫慰這個男人，但眼下梅香出現了，她立刻感受到了濃濃的威脅。

不行，她要立即回蕭府去！

劉氏說做就做，眼下她也不想擺什麼高姿態等著蕭晗來接她回府了，她要立刻見到蕭志謙，她要看看那個叫做梅香的女人是什麼貨色！

劉氏自個兒風塵僕僕地回來後，整個蕭家都被驚動了。

蕭晗還未歇下，聽丫鬟來報，立即更衣往敬明堂而去，說是眼下劉氏正在那裡鬧騰呢！等到了敬明堂，只見徐氏母女幾個也在，當然也少不了蕭昐。

看見蕭晗來了，蕭昐便投去一個怨毒的眼神，又走到劉氏身後附耳說了幾句話，劉氏的目光緊接著也淡淡地望向蕭晗，冰冷得如淬了毒的針，唇角一扯，嘲諷道：「晗姐兒竟來得這樣快。」

「今日有事說事，別這麼陰陽怪氣。」蕭老太太冷哼一聲，有些不耐地看向劉氏。「明明說過幾日才要回來，這大半夜的妳回來做什麼？還驚動全家老小，讓不讓人消停了？」

「老太太，不是我不讓人消停，是有人不讓我好過！」劉氏冷哼一聲，面對著蕭老太太的喝斥，也不如從前那般懼怕，反倒是硬著脖子道：「我今兒個回來就是來討個公道的，蕭志謙在哪裡？快讓他出來！」

蕭志謙已經讓她丟臉，她又為什麼要給他留面子？索性將事情鬧大了，也好讓她出了這一口惡氣。

「別叫了，我來了！」劉氏話音剛落，屋外便響起一道沈悶的男聲，緊接著簾子被人掀了開來，穿著一身淡綠竹紋滾邊長袍的蕭志謙跨了進來，身後還跟著一身桃紅衣裙的梅香。不得不說梅香很適合這個顏色的衣服，她肌膚本就白嫩，眼角的勾魂痣天生便帶著媚態，一顰一笑都有如春風拂柳一般，哪個男人見了骨頭不酥？

劉氏自從梅香進屋後，眼睛就像釘在了她身上一般，見梅香怯怯地躲在蕭志謙身後，更是恨不得撲過去抓花了她的臉！

「妳怎麼那麼晚了還回來？」蕭志謙看著滿屋子的人，臉色有些不悅，對著劉氏的口氣也有些冷。明明說好了幾日後他帶著蕭晗親自去接她回府，怎麼就突然跑回來了。

「蕭志謙，你對得起我？」劉氏眼眶一下子便紅了。都說男人只見新人笑、不見舊人哭，她原本還不信，這不活生生地就擺在了眼前？

「妳說的是什麼話？」蕭志謙哼了一聲，又對蕭老太太拱了拱手。「打擾母親歇息了，我這就帶劉氏走。」又轉向徐氏道：「大嫂多擔待些。」

徐氏擺了擺手表示不在意，蕭志謙這才拉了劉氏就要往外走，哪知道劉氏並不順他的意，掙扎著揮開他的手，冷笑道：「你做了醜事還怕我說不成？蕭志謙你好不要臉！」

「我做了什麼醜事？」蕭志謙猛地回頭，面色鐵青，衝著劉氏吼道：「妳倒是說清楚！」他也顧不得還有晚輩在場，劉氏這樣不給他留臉面，讓他原本還惦念著的幾分夫妻之情，剎那間便消失得無影無蹤。他只覺得眼前的女人他完全都不認識了，這副嘴臉看著竟讓人覺得噁心！

劉氏愣怔了一瞬，蕭志謙從來沒有這樣吼過她，這讓她心裡本能地懼怕了一下，但隨即怒火便轉向了他身後的梅香——都是這個女人作怪，若不是她的出現，蕭志謙絕對不會這樣對待她！

「妳這個賤人，我撕了妳！」劉氏紅著眼撲向了梅香。

梅香不由尖叫一聲，往蕭志謙身後躲去，一邊躲還一邊泣聲道：「婢妾是真心喜歡老爺的，求太太高抬貴手，給婢妾一條活路！」她柔軟的身子不住地往蕭志謙背後蹭去，也激發了他強烈的保護慾。

「妳鬧夠了沒！」蕭志謙一心想護著梅香，擋在了她的身前，劉氏的指甲招呼過來時他躲閃不及，臉上、脖子上都被她狠狠地撓出了血痕，只能吃痛地抓住她的手，胸中的怒火更是一波波地往上漲。

眾人都被劉氏鬧的這一齣給嚇傻了，平日裡她可是一副溫柔婉約的好妻子模樣，誰知道居然連自己的男人都敢打，這還得了！

「快，攔住她！」蕭老太太反應過來，忙讓蔡巧喚了幾個得力的丫鬟進來拉住了劉氏，等場面穩定下來，這才氣得直拍桌子，指著劉氏痛罵道：「妳反了妳，當著我的面就敢打老二，妳還要不要做這二房太太！」一句話震得劉氏回過了神來，只紅著眼看向蕭老太太，終究是控制不住地跪在了地上，掩面痛哭起來。

「祖母息怒！」蕭盼也跟著跪了下來，手抹著淚，剛才的場面讓她太過驚懼，她雖然想幫著母親，卻不知從何幫起。

蕭老太太緩過一口氣來，又接過蕭晗遞來的茶水抿了一口，才指著劉氏道：「梅香是我作主給老二抬的姨娘，妳有什麼不滿衝我來就是！他一個大老爺兒們，屋裡連個女人都沒有成何體統，妳倒是什麼都不管地回了娘家，可老二身邊沒有個知冷知熱的女人要怎麼活？妳不心疼妳自己的丈夫，我還心疼我兒子呢！」

劉氏哭喪著一張臉，只能不住地抹淚，心裡卻是憋屈得很，她這是有苦都沒地方訴去。

徐氏在一旁冷眼看笑話，不慌不忙地勸著劉氏。「我說弟妹也要看開些，這些年二叔守著妳已是不易，就說咱家老爺前兩年不也在任上納了個妾嗎？我都沒說什麼不是？這女人就該大度些，自己照應不到的地方就託個幫手，我還在心裡感激那位姨娘幫我照顧我們家老爺呢，妳就別在這裡不依不饒了！」

徐氏說完這話後，蕭晗不由多看了她一眼。蕭志傑在任上是有那麼一個女人照顧著他，可卻不是姨娘，如今徐氏這樣說，是真有那麼大度，還是只為了在蕭老太太跟前討個好？

果然蕭老太太聽了這話，讚許地看了徐氏一眼。「老大媳婦說的是，女人就該大度些，多為自己的男人著想，眼下梅香納也納了，妳自己看著該怎麼辦吧！」

蕭老太太近來被劉家人氣得心頭不順，她就是不想讓劉氏好過，眼下梅香還真達到了這個效果，老太太心頭暗自高興，回過頭她肯定得好好賞一賞梅香。

劉氏咬了咬牙，心中思量又思量，最後還是決定將這口氣吞進肚子裡。如今蕭家的人都站在同一陣線對抗她，她孤立無援，除了個幫不上什麼忙的蕭盼，她便只有劉家可以依靠。

想明白這一切後，劉氏只能打斷牙齒和血吞，對著蕭老太太磕了個頭，哽咽道：「是媳婦不對，也是我一時沒有想明白，激動了些，還望老太太別往心裡去，媳婦錯了！」說罷她深深地伏了下去。

「行了，妳想明白就好！」蕭老太太不耐煩地擺了擺手。「既然妳回來了，就在自己的院子裡反省吧！外人怎麼說的我不管，咱們家裡人都明白妳做錯了什麼，以後好自為之！」

「那媳婦先行退下了。」劉氏苦澀地咬了咬牙，又對蕭老太太行了一禮，這才帶著蕭盼先行離去，從頭到尾再也沒看蕭志謙一眼。

看著劉氏離去的背影，蕭晗微微瞇了瞇眼，看來這個女人倒真是能屈能伸，不過眼下有梅香對付劉氏，讓她省去了不少麻煩。

經過劉氏這一鬧，梅香的事情算是落定了，劉氏雖然哭鬧了一陣，但蕭老太太不鬆口，蕭志謙不心軟，她也是沒轍。

梅香做了姨娘後倒是很守本分，日日到劉氏跟前請安。雖說劉氏不待見她，一貫的嘲諷和責罰也少不了，可梅香還是默默地忍了，只是回頭將跪得青紫的膝頭往蕭志謙跟前一送，這便又惹來他與劉氏的一頓吵罵。

梅香確實是個聰明的女人，也懂得隱忍之道，這一點連蕭晗都不得不讚許，這些日子裡她可沒少聽見臨淵閣裡的閒話。

聽說蕭志謙也不怎麼往劉氏屋裡去了，任憑她急得上火也沒法子，只能漸漸收攏心神，換上小心行事的姿態。

九月的天是一天比一天涼快，蕭晗已經脫了鮫綃紗裙，換上了質地輕軟的煙羅長裙，那裙襬上綴著一顆顆小巧的珍珠，瑩潤的光澤在裙間閃爍，猶如月華落地。

枕月輕手輕腳地進了屋，見蕭晗凝神在一本帳本上，便走過去為她倒了一杯茶水，笑道：「再過幾日便是小姐的十四歲生辰，得了老太太吩咐，奴婢瞧著府裡都開始操辦起來，大太太也忙得腳不沾地呢！」

蕭晗笑了笑，抬起頭來，漂亮的桃花眼中泛著一抹流光，隨手擱下了手中的帳本。「我本說不大辦的，家裡人吃頓飯就行了，可老太太不依，我也沒辦法，就是辛苦大伯娘了。」

蕭晗又問起了梳雲的情況。「聽說梳雲前兩天能在院裡活動了，我好幾日沒看見她，可是好多了？」

「確實好多了。」枕月點頭回道：「梳雲本就是習武之人，恢復得也比尋常人快些，前兩日能夠下床，便在院子裡走了走。不過恐怕還要休息月餘，才能再到小姐跟前當差。」

「不礙事，我跟前又不缺人，妳去看她時讓她安心休息，養好身體要緊。」蕭晗擺了擺手，又問枕月。「梳雲她哥哥來看過她沒？」

「來了一回，他沒敢進來內院探望，也就在二門上留了些補品、藥膏，是奴婢親自去拿的。」枕月說到這裡微微垂下了目光，臉頰有些發紅。她還記得那一日見到梳雲哥哥的情景，那麼人高馬大的一個人，五官卻生得斯文儒雅，與梳雲沒有一絲相似的地方，若說這兩兄妹是一個娘生的，倒真讓人有些不敢相信。

梳雲的原名是叫周雲，聽說她哥哥是叫周益。

「梳雲在我身邊侍候卻受了傷，我心裡有些過意不去。」蕭晗嘆了口氣，又扶著枕月的手站了起來。「橫豎今兒個有空，我去廚房熬些湯水，妳給老太太送去一些，餘下的給梳雲補補身子。」說罷便往廚房而去。

等忙碌完後，蕭晗將雞湯放在灶上燉著，便聽見蘭衣前來稟報，說是孫若泠來看望她，蕭晗只得讓枕月在廚房守著燉鍋，自己帶著蘭衣先回屋去了。

「若泠妹妹可是好久沒來了。」蕭晗回屋裡換過一身衣裳後，便來到花廳裡見孫若泠。

「晗姊姊！」瞧見蕭晗，孫若泠立刻來了精神，笑著迎過去，親熱地扶著她坐下。「晗姊姊喝茶！」孫若泠給蕭晗倒了杯茶水，端端正正地擺到她的跟前，殷勤得不得了。

「妳在打什麼主意？」蕭晗端起茶水抿了一口，認真地打量起孫若泠來。她比自己還小上幾個月，眉眼生得秀氣，笑起來一對酒窩印在兩頰，很是甜美可人。

孫若泠左右看了一眼，眼睛眨了眨。「妳們先下去吧！我與晗姊姊說一會兒話。」她的表情竟是前所未有的認真，還帶了一絲緊張。

孫若泠的丫鬟自然領命出了門，蘭衣卻望向蕭晗，見她點了頭，才小心翼翼地退了出去。

「有什麼事情妳就說吧！咱們倆不見外。」蕭晗有些好奇地看向孫若泠，不知道她會有什麼事，竟還要遣退了丫鬟才能說。

「就是……」丫鬟都退了下去，孫若泠反倒有些扭捏起來，只揪著自己的衣角，小心地看了蕭晗一眼，最後才羞怯地咬唇道：「時哥哥沒和妳說？」

「時哥哥？」蕭晗微微一怔，旋即反應過來，心中大為震驚，又將孫若泠打量了一番。

「妳和我哥哥怎麼了？」蕭晗不由攥住了孫若泠的手，迫得小姑娘不得不抬頭看向她，那一雙眸子飽含春意，盈盈水波流動其間，分明是動了情的模樣。

蕭晗心中一緊，這兩人究竟到了何種地步？怪不得她總感覺蕭時最近一直在躲著她，難道就是因為孫若泠的關係？

「也是我不好。」見蕭晗這樣凝神看她，眸中神色喜怒難辨，孫若泠一時之間也慌了，只道：「我一直喜歡著時哥哥，雖然我娘不答應，也讓我忘了他，可我總做不到……」

「那我哥哥怎麼說？」蕭晗深吸一口氣，放開了孫若泠。這個消息實在讓她太過震驚，蕭時怎麼就和孫若泠攪和在一起了？

「他起初也是沒搭理我的。」看著蕭晗面色稍緩，孫若泠這才小聲道：「不過我堵了他幾次，最後他被我纏得沒辦法，也就……也就答應我了。」她說罷一臉羞怯地低下頭去，臉頰上升起兩團紅暈來。

蕭晗不由失笑，想著蕭時那性子也不是熱情的人，如今卻被孫若泠這個小姑娘給追到手了，她怎麼有種哭笑不得的感覺。

「怪不得這些日子我回府都沒怎麼見著我哥，他都去見妳了？」蕭晗試探著問。

孫若泠羞澀地點頭。「我與時哥哥約著三日見一回，都是在相熟的酒樓雅間裡，沒人瞧見的。」她信誓旦旦地對蕭晗保證著。

「可你們這樣也不是辦法。」蕭晗攤了攤手。「還是要兩家長輩點頭同意才行。」

想到蕭時前一世未娶親便戰死沙場，蕭晗心中不由戚戚，或許這一生真的會不一樣了！蕭時娶了親後心中有了惦念，又怎麼會毫無顧忌地征戰沙場，這對他來說就是另一個轉折！

「我也想啊，可我不敢和我娘說。」聽蕭晗這麼說，孫若泠立刻苦了一張臉，看向蕭晗道：「妳與我三哥那件事畢竟過去不久，我娘心裡有疙瘩，又怕刺激了我三哥！」見蕭晗面色微變，又趕忙改口道：「瞧我這張嘴，晗姊姊，我不是說妳有錯，只是……唉，妳知道的。」

孫若泠越急越說不清楚，蕭晗知道她生性爽朗直率，便也沒計較什麼，只沈吟道：「我們家這邊應該是沒什麼問題的，就是你們家恐怕沒那麼容易點頭啊！」

「我就是這個意思。」孫若泠忙不迭地點頭。「我娘心氣高，若是知道我想嫁給時哥哥，肯定不會同意。」但蕭時是她好不容易追來的人，她可沒有那麼容易放棄，便攥緊了手中的帕子道：「若是他們不答應，我與時哥哥就私奔好了！」

「快打消這念頭！」蕭晗渾身一顫，忙斥了孫若泠一聲。「這念頭妳就不該有，彼此都有一大家子的親人，為了你們能在一起，便捨了至親之人，妳能狠得下這個心嗎？再說了，還有妳姊姊呢！她可還沒出嫁，妳不顧忌她的名聲了？」

這一番話，說得孫若泠有些羞愧地低下了頭。

「今後再也別這樣想了。」孫若泠的一句話讓蕭晗想起了自己的過往，這讓她心裡泛起了波瀾，久久不能平靜。

「晗姊姊，妳會為我們想辦法的是吧？」孫若泠可憐兮兮地拉著蕭晗的衣角。她今日來就是想請蕭晗幫忙的，與蕭時私下相處雖然愉悅，但到底是偷偷摸摸地見不得人，她也希望有一天能成為他的妻子。

「這事容我再想想，妳也別著急。還有，別再私下裡和我哥哥見面了，若是被妳家裡人發現，還不知道會怎麼想呢！」

「這我明白的，那……」孫若泠小心地看了蕭晗一眼，猶豫道：「那我就少見時哥哥一次。」她伸出了一根白嫩的手指頭，在蕭晗面前晃了晃，像個吃不著糖的小孩般充滿了委曲求全的神色。

她的表情將蕭晗給逗樂了。「一次也不行。要想和我哥哥見面，除非你們兩人定下了親事，不然不能私下相見，以免落人口實。」

「可是我想他了怎麼辦？」孫若泠這下急了。

蕭晗慎重地考慮了一下，才道：「若妳真的想要見他，就先來我這裡坐著，我再安排你們見面，反正絕對不能私下相見，知道嗎？」

孫若泠這才勉強答應了下來，又對蕭晗道：「那他明日回府，妳就告訴他我暫時不去酒樓等他了，等你們兄妹談好了，再給我捎信來，我在家裡等著呢！」

「行，他明日回來我就跟他說。」蕭晗應了一聲，心裡卻在嘀咕。連她都不知道蕭時哪一日回府，孫若泠卻將他的行蹤瞭解得如此透澈，她這個做妹妹的難免有些吃味。

等蕭時回府後，可得要他好好地跟她解釋與孫若泠到底是怎麼回事！

第四十七章　拜訪

第二日一大早，便聽二門那裡傳來消息，說是昨兒個半夜蕭時便回府了，因時辰太晚也不敢向內院稟報，所以才拖到了早上。

聽到這個消息時，蕭晗正坐在鏡前梳妝，有意想與蕭時立即碰個面，但又想著一會兒他肯定也會去蕭老太太跟前請安，便裝扮妥當了才往敬明堂而去。果然在蕭老太太那裡見到了蕭時，蕭晗只對他使了個眼色示意，便上前恭敬地給老太太請了安。

蕭老太太笑著讓她起身，又指了蕭時道：「時哥兒昨夜回的府，妳怕是不知道吧？」

「今兒個一早聽說了。」蕭晗看了蕭時一眼，笑意深深。「最近哥哥倒是經常回府，軍中不忙了嗎？」

「還好！」見蕭晗望了過來，蕭時的目光心虛地一陣閃躲。

蕭老太太對著蕭時笑意盈盈。「時哥兒得空了最好，再過幾日就是你妹妹的生辰，到時候要早些回來。」

「是，妹妹生辰我也早備好了禮物。」蕭時這才轉向了蕭晗，一雙眸子含著笑意，看著眼前風華初綻的少女，頓時有種吾家有女初長成的驕傲。

「那我就在這裡先謝過哥哥了。」蕭晗對蕭時笑著福了福身，兄妹倆又陪著蕭老太太說了一會兒話才離去。

蕭時與蕭晗同走了一段路，到岔道口便要分別，蕭時本打算告辭離去，卻不想蕭晗笑著邀他一同用早膳。「哥哥起得那樣早，早膳怕是還沒有用，這些日子總是見你早出晚歸的，連休沐的日子也見不著人影，今兒個好歹碰到了，就與妹妹一同用頓早膳吧！」說完她揪著他的衣角，滿臉的期盼。

蕭時微微一愣，頓覺心中一陣愧疚。他最近忙著與孫若泠相見，竟忽略了蕭晗，眼下時辰還早，若是與蕭晗用頓早膳，應該不會耽擱太久，便點頭道：「那就去妹妹屋裡坐坐。」

蕭晗莞爾一笑，吩咐蘭衣去廚房裡安排，將蕭時的分例一同提到她屋裡來。

「今兒個怎麼沒見著伏風？」蕭晗一邊走著，一邊與蕭時說著話。伏風是蕭時的小廝，平日裡總是寸步不離的，也有些功夫，在蕭時跟前很是得用。

「我讓他去買些東西，眼下不在府中。」蕭時清咳了一聲。一大早他就打發伏風到春輝路街角的王記餅屋排隊去了，孫若泠喜歡吃那裡的杏仁酥，他特意讓伏風去買的。

「喔？」蕭晗這一聲拉得深長婉轉，蕭時面上有些發熱，忙撇過頭去不看她。

等回到蕭晗屋裡，與她一同用過早膳後，蕭時便要起身告辭。蕭晗卻閒閒地端了一杯茶，笑著看向蕭時道：「哥哥莫不是要去見若泠妹妹吧？」

蕭時的腳步一下子便頓住了，有些僵硬地回過頭來，扯了扯唇角，卻笑不出來。「妹妹怎麼知道的？」

「我不僅知道，還勸她今兒個別出門與你相會了。」蕭晗不疾不徐地放下了茶盞，屋裡的幾個丫鬟看見她的眼色紛紛退了出去，靜靜地守在門外。

蕭時這才從尷尬中回過神來，只撓了撓腦袋，無奈地解釋道：「妹妹，不是妳想的那樣。」

「我想的哪樣？」蕭晗翹了翹唇角，有心戲弄蕭時一番。「你們郎有情，妹有意，是再正常不過的事。」見蕭時緊張得一雙手不知該往哪裡擺，她才正了正臉色，話鋒一轉道：「可咱們先前與孫家鬧成了那樣，哥哥若喜歡若泠妹妹，只怕家中長輩不會允許。」

蕭時懊惱地坐下。「其實我也沒想過與她怎麼樣的，只是……只是……」

「沒想過與她怎麼樣？那你還經常和她私下相會，哥哥你到底是怎麼想的啊？」蕭晗驚訝地看向蕭時，鬧了半天她這哥哥還沒開竅，那豈不是孫若泠一頭熱了？

「我就是覺得她有幾分活潑、幾分可愛，她總要來找我，我拒絕了她幾次，可她還是不放棄，我就有些心軟了。」蕭時悶悶地低頭。橫豎是自己的妹妹，丟臉也是在自己人面前，算不得什麼，他索性放開了來說。

「那哥哥你喜歡她嗎？」蕭晗試探著問。其實她覺得孫若泠還不錯，若蕭時也喜歡她，那麼就算排除萬難也要幫忙想辦法讓兩人在一起。

「許是有些喜歡的。」蕭時想了想才點了點頭。若是不喜歡孫若泠，恐怕也不會想著要見她，還讓伏風去排隊買糕點給她，除了蕭晗之外，他可沒對別的女子這般好過。

「但你還沒想過要娶她？」蕭晗點了點頭，又進一步問道。

「她年紀那麼小，我的確還沒想過，咱們兩家如今又有些尷尬，我也不敢往那頭去想啊！」蕭時這才嘆了口氣，又對蕭晗坦白道：「眼下既然妹妹也知道了，妳便幫我想個法子吧！我也知道再這樣下去不是辦法，可若泠那性子又不是會輕易放棄的，我怕又惹她哭。」

聽蕭時這樣一說，蕭晗覺得他對孫若泠的感情只是需要一個循序漸進的過程，畢竟他不是葉衡，怕還做不出翻牆入閨房這種事情，想著想著，蕭晗的唇角不由升起一抹笑來。

蕭時不知蕭晗在想些什麼，見她笑了，不由鬆了口氣。「妹妹可是想到好辦法了？」

「辦法也不是沒有。」蕭晗收斂心神。「最難說服的是孫家，只要孫家點頭，讓你們先定了親，就不用老是偷偷摸摸的見面了。再說若泠妹妹年紀還小，等她出閣，怕也是兩年後的事。」

「就是這個理。」蕭時忙不迭地點頭。

「這事容我再好好想想。」蕭晗沈吟道：「不過我沒想好之前，你們別再私下見面了，若是真想見她，到我這裡捎個信，我讓人去孫家請她出來。」

「這個……」蕭時有些扭捏起來，黝黑的臉頰硬是紅了兩塊。「今兒個我叫伏風去給她買杏仁酥了，這丫頭念叨了好久，若是沒給她送去……」

蕭晗不由失笑。這都惦記著給別人送糕點，哪裡還是一點喜歡而已，分明是喜歡得緊。見蕭時那一臉窘迫的樣子，她有趣道：「伏風買了糕點後，我便著人給她送到府裡去，這樣行了吧？」

「行，我聽妹妹的。」蕭時安心地點了頭，蕭晗又對他叮囑了幾句，這才放他離去。

蕭時離開後，蕭晗又讓蘭衣出門喚了個小廝，往長寧侯府送了拜帖，今兒個下午她要去拜訪長寧侯夫人。

上午在魏老嬤嬤那裡上了課，蕭晗收拾妥當後，又去了蕭老太太屋裡，與老太太一同用了午膳，順道將下午要去長寧侯府拜訪的事情向老太太稟報。

蕭老太太立刻就點了頭。「是該去一趟，侯夫人對妳向來看重，平日裡有什麼好東西也沒忘記往咱們府裡送一份來。」她又琢磨了一陣，才吩咐蔡巧道：「將我庫裡存著的那株三十年的野山參拿盒子裝好，給三小姐一起帶去侯府。」

「三十年的野山參？會不會太貴重了一些……」蕭晗暗自驚訝。這野山參年份越久越貴重，市面上多得是十年、二十年的，這種三十年之久的野山參，卻是有錢也買不到。

「侯夫人我就不說了，她還年輕，自然不缺這種東西滋養，可妳別忘了侯府還有個老夫人呢，他們可沒分家！」蕭老太太微微瞇了瞇眼，點了蕭晗一句，她這才記起長寧侯府確實還有一位老夫人，只是她不是長寧侯的親娘，自然也不是葉衡嫡親的祖母，這裡裡外外隔了一層，她差點就給忘了。

「祖母提醒得是，我倒是忘了。」蕭晗有些不好意思地看向蕭老太太。

「從前咱們家與他們家沒什麼關聯，侯府如何我也不在意，可妳就要成為他們家媳婦，我還是要和妳說說。」蕭老太太拉著蕭晗的手拍了拍，又把自己知道的關於長寧侯府的事情都一一說給她聽，至少要讓這丫頭心裡有個底，哪邊該親近、哪邊過得去就行，不然她一頭熱地對別人好，到頭來別人還不領情，那才真是白忙活了。

蕭老太太絮絮叨叨地說著，蕭晗卻是越聽越吃驚，早知道老侯夫人與長寧侯這一脈不親，卻沒想到其中竟然有那麼多的糾葛。

「這麼說老侯夫人與侯爺是死對頭不成？」蕭晗緩緩鎮定下來，心想若是這樣的情景，那為何還不分家？兩不相看才免得麻煩不是？再說了，從前的老侯夫人對如今的長寧侯葉致遠苛刻得很，若不是葉致遠自個兒離家出走，打出了一片天地，回到京城後又經人保媒娶了蔣閣老的千金，只怕也不能順利承襲爵位。

「我知道妳在想什麼，可眼下老侯爺還沒歸西呢！分家自然得緩一緩。」蕭老太太捏了捏蕭晗的手，又對她道：「不過老侯夫人卻不想分家，妳知道是為什麼？」

「我自然知道。」蕭晗點了點頭，緩聲道：「老侯夫人那邊只有一個嫡子，若是分了家，侯爺占據侯府，到時候她兒子是要分出去過的，又沒了侯府這個依仗，因此她怎麼樣都不會分的。」

「就是這個理啊！」蕭老太太長嘆一聲，輕輕撫了撫蕭晗的手背。「雖然我覺得妳嫁進長寧侯府是天大的榮耀，可他們家的關係太過複雜，我是怕妳牽扯在其中受累了。」

「我不怕的！」蕭晗搖了搖頭，輕聲細語地說：「我今後的婆婆是侯夫人，她溫柔賢慧、待人和善，葉大哥也一心向著我，只不過多了一個太婆婆罷了，難不成她還能越過我婆婆，挑我的刺不成？」

要嫁進長寧侯府，蕭晗的思想是很明確的，對公婆好、對丈夫好，至於其他不相干的人，她頂多做到以禮相待。

蕭老太太點了點頭。「妳心思通透就好，又有侯夫人與世子護著妳，我安心多了。」

拿著從蕭老太太那裡得來的野山參離去後，蕭晗又命枕月備了好些藥材和補品，還挑了自己親手繡的兩方手絹與香囊，都裝在了盒子裡，想了想又加了一柄玉如意。禮物雖輕巧，但也是她的一片心意，想來侯夫人是不會計較的。

長寧侯府在一條十字相交的大街上，整個侯府占據了街道的一大半，來往人群雖然熱鬧，但都是繞過侯府門前行走，就是瞧著那蹲在府門前威嚴的石獅子，與那穿著一身甲冑、看守大門的士兵，也沒人敢不識趣地上前胡鬧。

等到了侯府門前，蕭晗讓春瑩上前遞了帖子，門房早得了信，便痛快地放了她們進去，又有人領著她們往長寧侯夫人那處而去。

「我可盼到妳了。」長寧侯夫人蔣氏的確很喜歡蕭晗，就衝著她願意嫁給葉衡，讓他們這些長輩不用再無休止地擔心下去，只這一點就足夠討人喜歡。

「見過夫人。」蕭晗恭敬地給蔣氏行禮，才蹲身到一半便被蔣氏給牽了起來。

蔣氏熱情地將蕭晗看了又看。「早盼著妳過來，回京也有一段日子了，我還想著哪天要過去看妳呢！」

「夫人不要怪我就好，原是我該經常來拜見的。」蕭晗暗紅了臉。哪有這麼不計較的婆婆，稀罕她就跟稀罕什麼似的。一想到葉衡所受的傷，她心裡有些愧疚。「前些日子葉大哥為了救我還受了傷，我心裡很是過意不去，也累得您擔心了，是我的不是。」說罷又要福身謝罪。

蔣氏卻不在意，只拉著她坐在自個兒身邊，笑著道：「他是個男人，受點傷算什麼呀！從前他爹還不是槍林箭雨裡來去的，男人就該這樣勇猛善戰，更何況保護的還是自己的媳婦兒！」

「敢情我這一身傷在娘眼裡就什麼都不是？別忘了兒子的腿還瘸著呢！」葉衡坐著輪椅出現在門前，蕭晗一見到他，一陣驚喜，本來她就是想來看望葉衡的，沒想到她這板凳還沒坐熱，他人就來了。

「葉大哥！」蕭晗笑著站起身來。葉衡一出現，她的視線就不由自主地黏在了他的身上，想移都移不開，見他坐著輪椅進門不方便，她本想伸手去扶，卻不想葉衡自個兒站了起來。

「我自己能進去。」葉衡笑了笑，左腳微微懸空，右腳輕鬆一蹦便過了門檻，只是那模樣有些滑稽，蕭晗忍住沒笑，他身後的沈騰將輪椅給搬了過來，葉衡才又重新坐下。

「你這皮猴，怎麼腿瘸了還到處亂跑，不是讓你在院子裡休息？」蔣氏走了過來輕斥一聲，可瞧見他們兩人的視線膠著在一起，就知道這段日子怕是對彼此想念得緊了，她不想打擾他們，準備往廚房而去，又對蕭晗道：「今兒個妳難得來府裡，就在這裡用過晚膳再走也不遲。」

「是，勞煩夫人了。」蕭晗客氣地道謝，又想到了什麼，不由有些猶豫道：「我來府中還未曾去拜會老夫人，您看……」她的目光隱隱掃向葉衡，徵求著他的意見。

「老夫人如今在照顧著老太爺，只怕走不開，晚些時候大家一起吃頓飯吧！也該讓他們認識認識熹微。」葉衡沈吟了一陣，才轉向蔣氏。「還要勞娘安排一番。」

「我省得的，也該讓晗姐兒見見長輩，橫豎今後都是一家人了。」蔣氏微微愣了愣，旋即便點了頭。

「坐下吧，一直站著做什麼？」知道蕭晗怕羞，葉衡屏退左右後才牽起她的小手，拉著她坐下，伸手輕輕撫過她的面頰，那柔弱的觸感讓他愛不釋手，不禁反覆流連起來。

「你別鬧！」蕭晗紅著臉撇過頭去，只剩下他們倆，葉衡就開始不正經了。

「我這段日子忙慘了，也沒空去瞧妳，可是讓我想死了！」葉衡自顧自地撒嬌，還張開雙臂對著蕭晗晃了晃。「媳婦來抱抱，讓我也稀罕一下！」

「沒個正經！」蕭晗啐他一口。這是在侯夫人的正屋裡，她可不敢與葉衡隨意親熱，不由正色道：「我就是想來瞧瞧你好些了沒，原本還以為你會在錦衣衛衙門裡辦差，如今是真的在家裡歇著了？」

她聽蕭時說過，葉衡只要辦起差來便沒日沒夜的，她心中顧念著他的身體，眼下見到人好好的，她也稍稍放了心。

見蕭晗沒有投懷送抱，葉衡微微有些失望，但大抵知道她介意什麼，便也不再逼她，只是訕訕地收回了手，點頭道：「是歇在家裡的，我這模樣行動也不便，不過有公務的話，吳簡還是會送到府裡來讓我處理，這些天也忙得腳不沾地。」

「你的腳本來就不能沾地！」蕭晗笑著打趣他，目光又落在他腿上看了一陣。「恢復得還好吧？大夫說多久能下地走路？」

「大概還有一個來月吧。」葉衡有些無奈地抓了抓頭髮。若不是這腿拖累著，他白日裡忙完手裡的活計，晚上還可以翻牆去蕭府看蕭晗，可眼下卻什麼也不能做，只能夜夜想她，好幾個晚上都睡得不踏實。

「那也快了。」蕭晗抿著唇笑。

葉衡靈機一動，拉了她的手道：「不然去我屋子裡坐坐，這好歹是娘的地方，多有不便，我素日裡也給妳買了好些東西，只是沒機會給妳送去，一道去看看？」

「夫人都不在，我們就這樣過去你屋裡好嗎？」蕭晗微微猶豫，雖然她有些心動，但又覺得這樣做似乎不大好。

「我娘巴不得咱們親近些呢！沒事的。」葉衡繼續煽動著蕭晗，她想了想便也應承下來，與葉衡一道往他的院子裡去。

看著牌匾上「慶餘堂」三個大字，蕭晗不由翹唇一笑。「《易經・坤卦》裡有云：『積善之家，必有餘慶』，謂先世積善的遺澤，你這院子名字起得好！」

「這名字是我外祖父取的，他學問深厚，原本我還是不樂意的，可聽妳這樣一說，便覺得好了。」葉衡拉著蕭晗的手，又對她眨了眨眼。「等妳嫁過來，咱們還住這裡，讓娘把臨近的兩個院落整理出來與咱們的慶餘堂合在一處，將來不論生幾個孩子也住得下。」

「誰要跟你生幾個孩子了！」蕭晗紅著臉啐了葉衡一聲，這人越發不知羞了，他們兩人還沒成親呢，真是什麼都敢說。見他還拉著自己不放，她奮力想要掙脫。「那麼多人看著，快放開！」

「好吧，咱們關起門說話！」葉衡壞笑一聲，等兩人進了屋子才拉著蕭晗一陣香親，直吻得她喘不過氣來才作罷，自己則趴在她肩上喘氣，直嘆道：「想著還要再等一年，我這老命都要去了一半！」

「少貧嘴！」蕭晗紅著臉咬唇，將頭輕輕靠了過去，一時之間兩人都靜靜的，誰也沒有說話，淡淡的溫情瀰漫其間，彷彿像是已相處了一輩子似的。

還是屋外有丫鬟奉了蔣氏之命送來了茶果和點心，兩人才不捨地分開。

一下午的時間蕭晗都和葉衡耗在一起，她幾乎將慶餘堂全走遍了，又被葉衡帶著去了他的書房。

葉衡的書房很大，一明兩暗的格局，除了他辦公的地方堆滿了文書以外，一間暗房用作歇息，一間暗房裡卻擺了好些小玩意兒。

「都是在外辦差時瞧著好的就給妳買了，又怕妳不喜歡這些小玩意兒，所以一直沒拿給妳。」葉衡指了指多寶格下放置的箱籠裡，那一堆的東西，確實只是些小巧的東西，多是民間的手藝，像是空竹、太平鼓，還有舶來的鼻煙壺、指南針等等，有些也不大適合女子玩的，卻被他胡亂地買了一通。

蕭晗拿在手裡把玩著，不禁有些失笑，她都多大的人了，怎麼還會喜歡這些玩意兒。

葉衡看著精明，卻有不懂女人心的時候，不過她的心裡還是滑過了一絲甜蜜，這樣時時刻刻都念著妳的男人，必定是將妳放在心上的，得夫如此，她還有何可求？

第四十八章 初見

晚膳是擺在老侯夫人張氏的正院花廳裡，滿滿地坐了兩桌的人，可蕭晗到底還沒有嫁進葉家，蔣氏便讓人用雕花隔扇隔開了男女桌席，也免得蕭晗不自在。

席桌上蕭晗第一眼瞧見的，是老侯夫人張氏。

張氏看起來約莫五十來歲，兩頰有著深深的皺紋，眼睛細長，嘴唇薄薄的，看人時帶著一股戾氣，就像誰都欠著她一般，蕭晗只掃了她一眼，便移開目光。

蔣氏倒沒在意，想來是對張氏這樣板著一張臉見怪不怪了。她是侯府的大兒媳，卻也不在張氏跟前侍候著，只給蕭晗挾了菜，笑道：「家裡吃得素淡，也不知道合不合妳的胃口，這是妳二嬸娘親自燒的紫菜蝦球，妳快嚐嚐味道。」

蕭晗笑著點了點頭，拿起筷子挾了蝦球放進嘴裡細細咀嚼，半晌才吞下肚，又對著坐在張氏另一旁的二夫人羅氏笑道：「二嬸娘的手藝真好，不像我只會做些口味重的，也就家裡的老太太愛這一口，其他人都吃不慣呢！」

羅氏生得細眉細眼，天生有股優雅的氣質，舉手投足都像是一幅畫似的，聽說她的父兄都在國子監當差，父親還是國子監祭酒，出身書香門第的她，氣度果然一等一的好。

聽了蕭晗這話，羅氏淺淺一笑。「我就是平日裡喜歡做些菜，改天得空了，可要嚐嚐妳的手藝。」她態度溫和得很，這才像一個長輩的模樣，蕭晗看在眼裡暗自點了點頭。

二房葉致文是庶出，但因從前被張氏欺壓得太過，與長寧侯葉致遠反倒走得近了，兄弟感情也好，所以羅氏也是親近蔣氏的。

「二嫂這倒是找著知音了。」坐在羅氏身邊的于氏，不冷不熱地冒出一句話。她是老侯夫人張氏嫡親的兒媳，與張氏的關係非同一般，自然與張氏同一個鼻孔出氣，逮著機會少不得就要說說那兩個妯娌。

「吃飯，哪來這麼多話！」張氏瞥了于氏一眼，她雖然不喜歡另外兩個媳婦，對于氏這種做事從來不在正道上的媳婦也沒什麼好感，可再不喜歡，于氏也是她孫兒、孫女的親娘，只能忍著。

蔣氏笑了笑沒多說什麼，繼續給蕭晗挾菜，讓她都不好推拒了。

桌上還坐著二房的大小姐葉蓁，比蕭晗長上一歲，四房的二小姐葉芊又比她小上一歲，大家雖然都在同桌吃飯，但儼然劃分出了陣營，一頓飯倒是各有各的樂趣，兩不相干。

等用過飯後，蕭晗便讓春瑩將野山參呈給了張氏，笑著道：「來得倉促，也沒準備什麼好東西，這山參就給老夫人留著補補身子。」又有些抱歉地轉向了葉蓁和葉芊。「姊姊與妹妹的禮，我下次再補上。」

「晗妹妹客氣了。」葉蓁溫婉一笑，她與羅氏就像一個模子刻出來似的，該有的禮數一點也不缺，舉止得宜，讓人如沐春風，這才是大家閨秀的典範。

反倒是葉芊，在那裡酸酸地道：「晗姊姊也是第一次來侯府，怕是壓根兒就沒想到咱們吧？」

「四妹妹想多了，我絕無此意。」蕭晗有些驚訝，她沒想著葉芊這樣沒禮數，真是什麼話都敢說，也不怕讓客人下不了臺。她想了想，才摘下了頭上的玉蘭花髮簪遞了過去。「若是妹妹不嫌棄，就留個念想吧！」

「那敢情好！」葉芊也不客氣，將玉蘭花髮簪接了過去，歡喜地看了又看。她就瞧著蕭晗身上的都是好東西，她娘于氏剛才也悄悄和她說了，光是蕭晗穿的那條月牙白繡暗紋的綾裙，怕就要好些銀子，還有耳上扣著的東珠耳墜瑩潤飽滿，想來也是不便宜的。

看著葉芊大剌剌地就從蕭晗手中接過東西，蔣氏不由皺了皺眉，有些不贊同地望向于氏。把女兒教成這個模樣于氏竟然也不上前阻止，連她都覺得有些沒面子了，這還是侯府的小姐嗎？也幸好蕭晗不是外人，若是讓其他夫人、小姐們瞧見，她可丟不起這個人啊！

蔣氏面色一凜，對于氏道：「四弟妹，我記得今年入夏時各房都打了頭面的，想著府中蓁姐兒與芊姐兒年紀漸長，我還另行給她們姊妹倆多添置了兩套，怎麼都沒瞧見芊姐兒佩帶過？」

「大嫂，妳也知道我們家老爺那差事不上不下的，一年下來不說攢銀子了，我補貼他也是常有的事。大嫂給的都是金貴東西，我還得給芊姐兒留著當嫁妝呢！」于氏涎著臉笑，一點也沒為自己的貪小便宜而尷尬臉紅，反倒一副理所當然的模樣。蔣氏給什麼她都能收下，就怕別人不給。

蔣氏輕哼了一聲，不再說什麼，掃了一眼張氏那方，只見她正閉目撚著手中的佛珠，像是壓根兒沒聽到別人說什麼似的。蔣氏倒是被氣笑了，也就是有這樣不上道的婆婆，才會有于氏那樣的兒媳婦，只是她不想與她們計較，才一直謙讓至今。

「晗姐兒來！」羅氏笑著對蕭晗招了招手，等她到了跟前，才將一塊如意紋結的玉扣繫到了她腰間，淡藍色的絲條飄散開來，透著一股雅致。「這是我今兒個才做成的，看看喜不喜歡？」

「二嬸娘真是巧手！」蕭晗對于氏母女的作風是詫異不已，她沒想到堂堂侯府的人竟然眼皮子如此之淺，而老侯夫人張氏對此還不聞不問，著實讓她長見識了。此刻又見羅氏這般對她，兩相一對比，對羅氏的好感便又深了些，福身謝道：「我很喜歡，謝謝二嬸娘！」

羅氏含笑點頭，目光剛好與蔣氏撞在一處，兩人不由相視一笑，又見蔣氏對蕭晗道：「我是個愛花的人，正巧妳二嬸娘也喜靜，咱們便常聚在一塊兒，既然妳們兩人都喜歡下廚，有什麼不明白的，得空多向妳二嬸娘請教就是。」

一說到做菜，蕭晗便與羅氏聊開了，間或葉蓁也插上幾句，幾人從廚藝聊到女紅，再到穿衣打扮，相談很是投機。

蕭晗瞧著天色不早，便要起身告辭。

蔣氏立刻讓人去知會葉衡，她推拒不過，只能由著蔣氏安排。其實剛才透過鏤空的隔扇往男桌那邊望去，蕭晗隱約也瞧見了葉衡，只是不好一直盯著他，便移開了視線。

葉家在葉衡這一輩有四個男孫，二房的兩個男孫都還未成親，四房也有一個年紀才十六，她聽見他們兄弟幾個的談話，倒都是圍繞著葉衡說話，隱隱看得出他在這一輩之中的主導地位，世子之位也不是平白得來的。

其實葉衡還有個庶出三房的叔叔，只是因他幼年便落下了殘疾，張氏不待見他，便早早地打發回了祖宅守著，一直也沒有回京。

等蔣氏與葉衡一道走來，蕭晗便起身告辭。張氏不冷不熱地邀她下次再來，蕭晗笑著應「是」，她也知道這僅僅是客套話罷了。

馬車裡，蕭晗已經被葉衡給穩穩抱在了懷裡，她掙扎了幾下又逃不開，只能紅著臉瞪他一眼道：「你這樣我還怎麼坐？」

「坐我腿上就好。」葉衡一臉賴皮的模樣，粗壯的手臂將蕭晗的細腰摟得緊緊的，說什麼也不放開。

「要是壓著你的腿，仔細疼！」蕭晗說著便伸手按了按葉衡的左腿，他的腿該是被什麼東西給固定住了，按上去硬硬的感覺。

「大夫都包紮好了，不疼！」葉衡咧嘴一笑，又湊過去在蕭晗臉上親了一口。「剛才瞧見妳們那邊聊得熱絡，若不是還有兄弟幾個要應付，我都想過去妳們那邊了。」一頓又道：「和我家裡人處得還行吧？」

「你二嬸娘還有大妹妹挺好的。」蕭晗只挑好的說，自動地忽視了于氏母女和老侯夫人張氏。

「她們母女確實不錯，我與大哥、三弟也處得好，他們一房的人妳可以多接觸，平日裡娘與二嬸娘的關係也好。」葉衡點了點頭，又斟酌道：「至於四嬸娘與二妹妹，妳不近不遠地處著就行了。」葉衡卻是絕口不提張氏，對長輩之間的淵源他也有一定的瞭解，可不好輕易評斷。

「行，我聽你的。」蕭晗輕輕地點了點頭，又道：「二嬸娘的廚藝挺好，今兒個桌上好幾道菜，都是她親自下廚做的呢！」

「確實不錯。」葉衡也認同地點了點頭，又將蕭晗的髮絲繞在指間。「不過我還是喜歡吃妳做的菜，咱們口味都重。」說罷嘿嘿地壞笑一聲，惹來蕭晗對著他肩頭就是幾下輕捶，兩人笑作了一團。

「對了，有件正經事要同你說。」笑完之後，蕭晗稍稍坐正了些，葉衡卻又將她扯進了懷裡。「有事妳說就是了，隔那麼遠我聽不清怎麼辦？」

「又不是七老八十了你，那麼近都聽不清。」蕭晗嗔他一眼，眸中帶笑。「我哥哥有喜歡的人了，你可知道？」

「蕭時？」葉衡愣了愣，旋即便笑了起來。「他總算是開竅了，我還以為他這輩子都要打光棍呢！」

「閉上你的烏鴉嘴！」蕭晗趕忙捣住了葉衡的嘴，眸中閃過一絲驚嚇，想著前世蕭時的遭遇，她多怕他一語成讖。

「好了，我開玩笑的，說說是哪家姑娘那麼不走運的被他瞧上了？」葉衡瞧蕭晗謹慎的模樣，也不好意思再開這個玩笑，只將她輕輕摟住。「說來我幫他參詳參詳。」

蕭晗面色稍緩，又小心翼翼地看了看葉衡的臉色，才道：「是都察院左僉都御史孫家的四小姐，我也認識的。」

「孫家……」葉衡細細琢磨了一陣，便回想起來，看向蕭晗的目光深了幾許，抿唇道：「莫不是孫若齊的妹妹？」

「是他家四妹妹。」蕭晗勉強笑了一聲。她原本不打算說的，可想來想去這件事還是要告訴葉衡一聲，指不定將來還能請侯夫人出面給蕭時作媒呢！有這樣體面的媒人，或許蕭時的親事還有幾分把握。

只是她從前與孫若齊相看過一次，原本兩家也預備著說親的，這事不好隱瞞，或許葉衡早便知道了，只是一直沒有說破。

「我覺著不好。」葉衡癟了癟嘴，低頭看向蕭晗，目光專注而認真。「孫若齊對妳有好感，若不是我先提了親，指不定妳就……」

「那不是誰都沒你手腳快嗎？」蕭晗失笑地看向葉衡，她就是不喜歡兩人之間有秘密，不然總覺得隔了一層。葉衡明白從前的她是怎麼樣的人，也並未因此而看輕她，關於孫若齊的事情她自然也不好隱瞞，再說若蕭時與孫若泠的親事成了，兩家以後也要當親家的。

「蕭時喜歡誰不行，偏偏喜歡孫若泠。」葉衡悶悶地低頭，瞧著那紅灩灩的嘴唇就在眼前，傾身就吻了下去。他的小姑娘只能是他一個人的，別人連多看一眼都不行，更不用說還起了別樣的心思。

唇齒相依，蕭晗被吻得喘不過氣來，剛想說話便又被葉衡給堵住了，直到她沒法子再想別的事情，只能本能地回應著他，又換來他一陣更激烈的索取。

一吻歇罷，蕭晗不由撫著胸口喘氣，又狠狠瞪了葉衡一眼。「哪有你這樣的，說不下去就堵別人的嘴。」她咬了咬唇，只覺得紅暈從面頰一直蔓延到了耳根後。

「你再這樣，我今後有事都不與你說了。」待平復過後，蕭晗才緩了面色坐直，兩手撐在葉衡肩頭上，看著他道：「喜歡一個人哪有那麼多講究，喜歡了就是喜歡了，我哥哪裡控制得住，眼下我瞧著他們倆關係挺好的，你別搗亂！」

「真那麼喜歡？」狠狠地吻了蕭晗一遍後，葉衡這才覺得心裡快慰了幾分，橫豎這是他小媳婦，誰也奪不走，又將蕭晗的小手攥在掌中握住。「不過之前你們兩家曾鬧得不愉快，這親事還能說成？」

「這個嘛……」蕭晗眼波一轉，狡黠一笑。「老太太那裡我會先好好說說，若是真談成了，到時候請你娘給我哥作媒，可行？」

葉衡點了點頭，低語道：「妳不是不知道我娘對妳的事情最上心不過，蕭時是妳哥，愛屋及烏，這樣的忙她當然會幫。」

「那就行了，在家等我的好消息。」蕭晗甜甜一笑，眸中神色卻是轉了幾轉。今日去長寧侯府一是為了探望葉衡，二便是琢磨著這請媒人的事，眼下看來兩件事都不用操心了。

「什麼在家等，再過幾日便是妳的生辰，就算拖著瘸腿我也會過去看妳的，妳才要乖乖在家裡待著。」蕭晗那一副鬼主意在心頭的模樣，葉衡是怎麼瞧怎麼不放心，又對她叮囑告誡了幾聲。

等馬車慢吞吞地抵達蕭府後，葉衡又抱著蕭晗耳鬢廝磨一番，這才萬般不捨地將人給放了回去。

在蕭晗生辰前兩日，許福生終於回到了京城，也是他走運，當時沒有與蕭晗他們一道回京，這才躲過了那場劫殺。不然真遇到了，還不知道能不能躲得過，畢竟秋芬的遭遇就在眼前。

「若是有小的在，指不定還能幫襯一點，可眼下秋芬就這樣沒了，小的這心裡……」許福生難過得有些說不出話來，只垂著頭，臉色黯然。

「也不是沒了，只是還沒找著，咱們都希望她好好的不是？」蕭晗斂了眉眼，長嘆一聲，不想再糾結在這個話題上，便問起許福生莊子裡的景況。

「王祥管理得還不錯，事事親力親為，佃農們也都服他，小的看著他上手一陣子，心裡踏實了才敢回京來給小姐覆命。」許福生抄手立在一旁，上身微傾，一臉恭敬，並不因為自己主子是女子就看輕她。實際上，蕭晗的厲害手腕他也見識了不少，之前古玩鋪的老劉，還有後來安慶莊上的林奇，任憑這些人再狡詐滑頭，最後還不是讓蕭晗給收拾了。

「你做得很好。」蕭晗點了點頭，想了想又問許福生。「你家裡可還有什麼人，成親了沒有？」

許福生臉上一紅，忙搖頭道：「家裡有個老母，至於成親……小的這副模樣有誰看得上啊？」他的目光在蕭晗左右一掃，除了枕月以外，還見到兩個眼生的丫頭，他都不認得。不過能夠在蕭晗身邊侍候的，自然是好的，若是能得一個當妻子，就是他上輩子修來的福分了。

蕭晗的目光跟著許福生轉了一圈，見蘭衣還是面無表情地立在一旁，只是眉眼低垂，全然沒有將許福生的偷偷打量放在心上，倒是春瑩眉眼含笑、欲語還羞的，她心裡便有了幾分底。都是她身邊的丫鬟，只要用心當差辦事，她自然不會虧待，便對許福生道：「你安心替我辦事就是，你的親事我會替你留意的。」

許福生大喜，忙向蕭晗作揖謝禮，又聽她道：「這次你先回去將你娘安頓好了，若是不放心，就跟街坊鄰居說一聲，託他們照看一下，銀子給得大方些，多的是人圍著你們娘兒倆轉。」說完就讓枕月去取一百兩銀子過來。

許福生隱隱覺得這是他爬到高處的一個機會，卻又不敢肯定，便笑著問蕭晗。「小姐有什麼事，儘管吩咐小的去辦就是。」

「這次安慶的事情多虧你在前後照應著，你辦事索利，我也放心。」蕭晗笑了笑，繼續道：「只是安慶莊上發生的事情，或許只是冰山一角，其他的莊子與鋪面因隔得太遠，我也管不過來，眼下就想委派你四處巡查，將我名下那些莊子和鋪面都清查一番，有欺上瞞下的你儘管處置就是。我就封你個大總管，你帶著我的親筆書信在各處走動，諒他們也不敢不聽你的。」

主子親封的大總管，還能管著五個莊子和十八間鋪面，這可是天大的好差事，許福生激動得雙眼都泛紅了，下一刻便跪在了蕭晗跟前。「小的一定竭盡所能管好這些莊子和鋪面，不辜負小姐的一番栽培！」說罷便給蕭晗磕了三個響頭。

「行了，快起來。」蕭晗笑著點頭。

枕月上前將八十兩銀票與二十兩碎銀子遞給許福生。「這是通匯錢莊的流通銀票，可現取現用，還有二十兩碎銀子，你拿回家看著打點一番，你走了總要留人照顧你娘。」

「枕月姊姊想得真周到。」許福生咧嘴一笑，接過了銀票與碎銀子，又向蕭晗道了謝。他的年紀並不比枕月小，甚至還要大上一、兩歲，可他嘴甜，討人喜歡，枕月與他接觸過幾次，自然是曉得他的脾性，便笑咪咪地退到了一旁去。

「過兩日我生辰擺酒，你們也來坐上一桌，我也請了梳雲的哥哥來，到時候你幫著招呼一下。」蕭晗說到這裡，轉過頭去看枕月。「他們的席面妳來安排。」

「是，小姐。」一聽到梳雲的哥哥要來，枕月心裡有些歡喜，馬上笑著應聲。

蕭晗又讓枕月在庫房裡找了些往年沒穿過的素色錦緞，連帶著一張灰鼠皮，一道給了許福生，讓他回去給他娘做幾身衣服。

許福生對著蕭晗千恩萬謝，這才拿著一個大大的包袱出了蕭府。

第四十九章　生辰

蕭晗的生辰，蕭老太太本來就準備熱熱鬧鬧的好好辦一場，也是為了替蕭晗去去晦氣，但因與長寧侯府結親的事情已傳了開來，所以也不想太過張揚，只請了幾家相熟的親戚朋友，但又有好多風聞了消息不請自來的，是以蕭晗生辰這一日，內、外院足足擺了有二十桌的席面。

「怎麼那麼多人？」蕭晗一看這陣勢也傻眼了。她是滿十四歲，不是及笄，也不是什麼特別重要的日子，這滿院裡都是人，她看得都有些眼花。

「有些是與咱們家沾親帶故的，有些想來是看著長寧侯府的面子才來的，妳只管收禮就是。」蕭晴笑著上前挽了蕭晗的手，又對她擠眉弄眼道：「妳這福氣別人可是連羨慕都羨慕不來的。」

「好些我都不認識呢！」蕭晗苦了一張臉，見別人對她笑著打招呼，也只好點頭笑著回應。

「橫豎離開席還有一會兒……」蕭晗想了想才對蕭晴道：「大姊，妳與四妹在這兒先應付一下，我好似瞧見孫家人來了，我去瞧瞧若泠妹妹。」

「去吧！」蕭晴點了點頭。

蕭晗到了蕭老太太屋裡，與眾人請了安後，便逕自走到了孫若泠跟前，笑道：「好久沒見著若泠妹妹了。」

「是啊！我也想晗姊姊呢。」孫若泠到了蕭家後早就在四處張望，就算蕭晗不過來找她，一會兒她也得自己摸過去。

「那咱們出去說一會兒話，就不擾長輩們了。」蕭晗笑意盈盈，行為舉止都是落落大方。

孫二夫人雖然心裡仍然還有些彆扭，卻還是得笑著點頭，又對孫若泠囑咐道：「去吧，好好跟著晗姐兒，別不懂規矩！」

「是，娘！」孫若泠得了孫二夫人的允許，自然高興得跟什麼似的，又與蕭晗一同一一對長輩行了禮，這才退了出去。

「今兒個我二姊姊有事來不了，但我三哥卻是來了的，只怕眼下就在前院呢！」孫若泠嘴快得很，想到什麼便說什麼，話一出口才覺得自己說錯了，忙摀著嘴對蕭晗歉意一笑。

「妳又沒說錯什麼，若是今後咱們兩家結了親，也不能總是避著吧！」蕭晗倒是看得很開。

孫若泠這才笑著吐了吐舌頭，又挽了她的手輕聲道：「來的時候也沒見著時哥哥，他該是在外院吧？」她抬頭張望了一陣，像是期待著蕭時突然出現一般。

「肯定是在外院的，今兒個內院裡女眷眾多，他也不好亂闖。」蕭晗點了點頭，與孫若泠說話時她謹慎得很，只將她往人少的花園一角帶去，那裡的角落有個涼亭，周圍清溪環繞，連著一座小拱橋，又有濃密的樹叢遮掩著，一般人不容易看到。

孫若泠臉上難掩失望的神情，隨著蕭晗到涼亭裡坐定後，這才問她。「那我與時哥哥的事情有眉目了嗎？晗姊姊妳說該怎麼辦？」

「這事還要妳娘先點頭才是，我想好了，若是妳娘同意了，就請長寧侯夫人作個媒，有如此體面的媒人，家裡人也不會太為難妳，妳說是不是？」蕭家與長寧侯府結親的事情雖然讓孫家有些怨言，但這怨怪的對象卻是蕭家，他們沒有理由怪長寧侯府的不是。

不過蕭家先屬意孫家，後來卻選擇了長寧侯府，確實有些傷了孫家的面子。但面子傷了總要補回來，兩家人又不是老死不相往來了，所以該緩和的時候，也要適當地放軟姿態，別真的傷了和氣才好。

「要我娘點頭可難了。」聽見蕭晗這話，孫若泠立刻便苦了一張臉，又看了她一眼才猶豫道：「晗姊姊，我也不瞞妳，就在妳訂親後，我娘便又為我三哥相看了幾家姑娘，可他總是瞧不上……想來就只瞧上了妳，偏偏你們又沒有緣分，我娘心裡存著這個疙瘩，自然不會輕易點頭。」

「這事我也早想過了。」蕭晗輕聲一嘆，道：「妳娘心裡到底還是有些怪我的。」

「這也怪不到妳，女子的婚事由父母作主，更何況能與長寧侯府結親，明眼人都知道該怎麼選的。」孫若泠搖了搖頭，眉目間倒是顯現出少見的成熟。「若換作我家，只怕也會做出同樣的選擇。」

「那……不然讓我見妳哥哥一面？」蕭晗略微猶豫了一陣才道，又見孫若泠詫異地望了過來，不禁輕聲解釋。「若是妳三哥不願娶親的癥結在我，我為他解開就是，想來我也欠他一個明白。」

「我也覺得三哥最近總是鬱鬱寡歡，若真是因為晗姊姊，那妳去開導他一番也未嘗不可。」孫若泠起初還有些猶豫，而後卻越說越順溜。「若是我三哥願意和別人成親，我娘的心頭大石也就放下了，指不定對我的親事會更爽快的答應，這樣做使得！」

「進二門後拐個彎，旁邊有個夾道，平日裡門都是鎖著的，也沒有人會往那裡去。一會兒我就讓丫鬟傳了妳的名義去請妳三哥來，咱們就在那裡等著他。」蕭晗轉身對蘭衣吩咐了一番，這事必須做得小心謹慎，蘭衣自然明白，應下後便退了下去。

蕭晗這才帶著孫若泠慢慢地往二門夾道而去。

二門拐彎處的夾道很是清靜，蕭晗去要來鑰匙開了門，又叮囑守門的婆子不許亂說，最後還特意讓春瑩將婆子給支開，這才帶著孫若泠往裡而去。

夾道狹長窄小，也就只能容納兩個人並肩而行，兩旁都是高高的圍牆，看著給人一種壓迫感。有風吹來，角落裡腐朽的木屑被吹起，在空中打著轉，顯得莫名的淒涼清冷。

「晗姊姊，我怎麼覺著有些冷啊？」孫若泠往蕭晗那邊縮了縮身子，兩人靠得近了，她這才覺得暖和了一點。

「要不我讓人回去給妳取件披風來？」蕭晗轉頭看向孫若泠。

孫若泠忙搖頭拒絕，又瞧了一眼牆角的青苔，略有些緊張地吞了口唾沫。「不用了！我就是覺得這裡太清冷了些。」

「是很清冷，平日裡也沒怎麼用過這裡，少了人走動，自然就少了人氣。」蕭晗四處打量了一眼，又走到了夾道的盡頭，透過斑駁的木門能瞧見門的那端是座荒廢的院子，院中長滿了枯草，怕有半個人高了，也不知道是外院的哪一座院子，她並不熟悉。

身後傳來一陣輕巧的腳步聲，便聽見蘭衣輕聲回稟道：「小姐，孫三公子來了！」

「我三哥來了嗎？」孫若泠驚喜地轉身，待瞧清來人後已是如蝴蝶般歡快地撲了過去。

蕭晗則是慢慢地轉過身，定定地看著站在不遠處的年輕男子。

男子如初見時那般，眉眼儒雅溫潤，只是身形似乎清瘦了些；一身淡綠色繡暗花雲紋的長袍穿在身上，略顯得寬大，袍袖在微風中輕輕揚起，就像掖著兩片荷葉般。

孫若齊的目光原本像是隔著重重迷霧，有些看不清、道不明，直到望向蕭晗，才如雲破月出，霎時便盈滿了清亮的光輝，只是這光輝一閃而沒，旋即又變得黯淡，連那輕薄的唇角也微微抿起，帶著一抹不為人知的苦澀。

涼風徐徐而過，吹起長袍的衣角，孫若齊狀似隨意地伸手撫了撫，看向眼前的孫若泠，微微皺眉道：「四妹，是妳尋我來這兒？」雖然心裡有些猜測，但到底不敢隨意說道壞人名節，畢竟蕭晗看向他的目光清亮至極，坦然得如一汪清水，他實在不想隨意揣摩她。

「這個……」孫若泠有些緊張和尷尬，又看了蕭晗一眼，見她輕輕點頭才又道：「是我尋你來的，不過晗姊姊有話與你說。」說罷飛快地拉了蘭衣後退。「我在這邊等著你們。」

孫若齊愣了愣，略有些僵硬地面向蕭晗，待見著那抹淺紫色的身影慢慢向他踱步而來時，他的心還是止不住地狂跳起來。

他一直知道她很美，五官精緻得有如玉石雕琢的一般，漂亮的桃花眼就像會說話似的，整個人嬌豔得如枝頭新綻的海棠，連他娘都說她長得太過豔麗，可他覺得這樣的美在她身上綻放卻是剛剛好，增減一分便都不是她了。

看著蕭晗緩緩走近，孫若齊不由低垂了眉眼，深吸一口氣拱手道：「蕭小姐。」

「孫公子。」蕭晗輕輕頷首。記憶中的孫若齊也是這般，眼睛從來不會亂瞟，目光總是停留在恰到好處的地方，不會讓人感覺到絲毫的不自在。

「不知道蕭小姐尋孫某來有何事？」孫若齊清了清嗓子，他的嗓音圓潤，就像山澗的清泉。

「貿然請孫公子來這裡，確實有些唐突。」蕭晗輕垂眉眼，纖長的睫毛微微顫動，在她白皙的臉龐上投下如貝殼般的陰影，惹人憐愛。

看著孫若齊屏息以待的模樣，蕭晗一時之間有些不知道該怎麼開口才好，又見不遠處的孫若泠正踮起腳尖、伸長了脖子往這裡看來，眸中有著一絲緊張和期待，她突然忍不住就笑了出聲。

當真是美人如花，搖曳生姿！

若說不笑時的蕭晗如同一幅美人圖，那麼這傾然一笑卻猶如梨花綻放枝頭，霎時便迷了他的眼。

見孫若齊的目光有些癡迷地望著自己，蕭晗驚覺不對勁，很快便收了笑容，清咳一聲道：「從前的事情，我欠你一個道歉，本來好好的兩家人如今有了芥蒂，這是咱們的不對。」說罷朝著他福身賠罪。

孫若齊從驚豔中回過神來，慌忙地對著蕭晗拱了拱手，苦笑道：「哪裡就怪蕭小姐了，父母之命，媒妁之言，是咱們沒有緣分罷了。」

他喜歡她，思之難忘，以至於蕭晗與長寧侯世子訂親之後，母親又為他尋了幾家小姐，他都意興闌珊。孫若齊都覺得自己是不是魔怔了，對蕭晗他也談不上瞭解，可見過那一面之後，蕭晗就像在他心裡扎了根似的，求而不得，越發讓人覺得渴望。

「咱們家老太太本來就與孫老夫人交好，這件事咱們家處理不當，還望公子不要放在心上。」蕭晗輕聲說著，又見孫若齊抬眼望她，咬了咬唇才道：「今日請公子前來，是想說說令妹與我二哥的事。」

「我妹妹與妳二哥？」孫若齊愣了一愣，旋即詫異地回頭看了孫若泠一眼，見這丫頭既羞澀又期待地對他眨了眨眼，心中一時之間紛亂如麻，望向蕭晗道：「妳是說若泠與蕭時？他們……」

蕭晗點了點頭，又道：「他們兩情相悅，只是礙於兩家的關係所以不好提起，我便想問問公子的意見，拋開從前的嫌隙不說，你能接受他們兩人在一起嗎？」

孫若齊怔住了，心中一時浮上許多難言的滋味，原來蕭晗尋了他來，竟是為了別人的事情。

孫若齊低垂著目光，長長的睫毛微微顫動，蕭晗不由又出聲道：「也是因為從前我倆相看過的事，孫二夫人對咱們家已有了芥蒂，而若泠妹妹喜歡的恰巧又是我嫡親的哥哥，若是貿然提起這樁親事，只怕孫二夫人也不會點頭應允。」微微一頓後，她又猶豫道：「孫二夫人會這麼做，想來也是心疼公子的緣故。」

「我明白了。」孫若齊深吸了一口氣，緩和著內心有些酸澀的情緒，落寞地看向蕭晗，唇角輕扯。「妳是想讓我對我娘說，對以前的事情不介意，早已放開了胸懷，是不是？」

孫若齊的目光雖然平靜得沒有一絲波瀾，卻不難看出其中隱藏的苦澀與失落。

蕭晗突然有些不敢與他對視，忙移開了目光，輕聲道：「我是這樣想的，孫二夫人放不開，想必也是因為在意公子的感受，若公子能夠放開胸懷，孫二夫人或許也能以平常心看待你妹妹的婚事。再說我哥哥品性敦厚、待人至誠，是這世間上少有的好男兒，若是將若泠妹妹託付給他，這一輩子他都會好生待她的。」

他們兄妹感情一定很好吧？不然蕭晗也不會為蕭時做到這種地步。

孫若齊緩緩點了頭，雖然滿腔的酸澀難言，卻不忍看她失望的表情。「妳放心，我會找個適當的機會與我娘說的。」

若真是蕭晗所求，他必當竭盡所能地為她達成這個心願。

「那我就先謝謝公子了。」蕭晗喜上眉梢，幸好孫若齊這般通情達理，想來也是真心疼愛孫若泠的吧！她揮手招了孫若泠過來。「妳哥哥答應同妳娘說了。」

「三哥！這是真的嗎？」孫若泠幾步奔了過來，一臉期盼地看向孫若齊。

孫若齊笑著揉了揉她的額髮。「妳這個姑娘家還真是不知羞，這件事哥哥放在心上了，有準確的消息再告訴妳。」

蕭晗在一旁看著他們兄妹情長，孫若齊又轉頭看向她。「妳為妳哥哥，我也是為了我妹妹，所以道謝的話就不用多說了，到時候有了消息，我再託人給妳傳信，可好？」見她輕笑著對自己點了點頭，他原本沈悶的心緒也多了一絲安寧。

午宴開始後，蕭晗與自家的姊妹們坐在一桌，還有孫若泠與葉蓁、葉芊姊妹，李家的李思琪，以及從前認識的趙瑩瑩與雲亦舒也擠了過來。

對於蕭晗能夠嫁給長寧侯世子，這幫姑娘們是又羨又妒，既羨慕她的好運，又覺得也只有她這般的美貌才能配得上長寧侯世子，不然她們這裡隨便一個出來跟她比，只怕都差了許多。

只是雲亦舒到底關注了長寧侯世子那麼些年，眼見蕭晗就這樣不聲不響地得了先機，說出的話總帶著幾分酸味，李思琪一聽便不免嘲笑了兩句。「靖安侯家的姑娘可是嫁得滿京城都是，妳還怕找不到好婆家？」

「我哪裡是這個意思。」雲亦舒一聽馬上紅了臉，只瞪著李思琪道：「妳不也高不成、低不就的，聽說相看了好幾家，就沒一個合妳心意的不是？」

李思琪柳眉一橫。「我的事哪要妳管？妳管好妳自己的嘴就行了。今兒個是晗姊姊過生辰，又沒請妳來湊熱鬧，妳這樣眼巴巴地來了，莫不是還想見世子爺一面？」

「妳胡說！」雲亦舒越急越說不出反駁的話來，見李思琪得意的模樣，她氣得跳腳，瞧見桌上的一杯酒水，便順手拿起來，朝李思琪潑了過去。

整桌的人都被雲亦舒這突如其來的舉動，嚇了好大一跳。

李思琪頂著一頭濕髮，臉色倏地劇變，一下子站了起來，便要過去揪雲亦舒的頭髮，蕭晴趕忙將她給擋住了。

「還不快將兩位小姐給請下去更衣！」眼見兩人的爭執越演越烈，蕭晗趕緊讓身旁的丫鬟上前幫手，幾個丫鬟立刻上前將兩人圍住，半拖半就地將人給帶了下去。

又有丫鬟上前索利地清理桌面的狼藉，還換了乾淨的碗碟，重新擺上新鮮的菜色，才平息了這一場騷動。

蕭晴給蕭晗使了個眼色，自己則跟著李思琪她們退了下去。她是知道這位大小姐的脾氣的，一般人還安撫不住，她得去看著點。

蕭晗對著蕭晴點了點頭，等她離開後，才對在座與隔座的小姐們致歉。「一場誤會，讓各位見笑了。」她心下不無驚訝，沒料到雲亦舒與李思琪會如此兩不相讓，不過就是一晃眼的工夫，便從口舌戰演變到動了手，還好這場鬧劇沒繼續發展下去。

「倒真是讓我開了眼界，這靖安侯府與太常寺少卿家的小姐也太不知禮數了，明明是晗姊姊的生辰宴，她們兩人居然打架？」葉芊嗤笑一聲，又碰了碰一旁葉蓁的胳膊，揶揄道：「而且還是為了二哥，妳說可笑不可笑？」

葉蓁淡淡地掃了葉芊一眼，沒有說話，又舉起筷子挾了個紅豆沙包放到葉芊碗裡，是什麼意思不言而喻。

一旁的孫若泠已忍不住笑出聲來，這下子葉芊的臉脹得通紅，只狠狠地瞪了葉蓁一眼。「要吃什麼我自己會挾，再不濟還有丫鬟，不勞大姊動手。」

「我以為妳喜歡吃這個。」葉蓁無所謂地聳了聳肩，這下更將葉芊給氣到不行，洩憤似地一口咬在紅豆沙包上，不顧形象地大口咀嚼起來。

一旁的蕭盼暗自轉了轉眼珠，看來長寧侯府這兩位小姐相處得也不是那麼和睦，蕭晗又與葉蓁交好，那麼葉芊……敵人的敵人便是朋友，這樣一想，她便殷勤地靠了過去，坐下與葉芊攀談起來。

第五十章　送禮

蕭晗忙了大半天，著實有些累，眼下戲臺子已經開場，好些夫人、小姐們都湊了過去，倒不用她在跟前忙活，便想回屋稍作歇息，哪知道剛到辰光小築門口，便遇到了蕭時。

「妹妹讓我好找！」見著蕭晗的面，蕭時立刻笑著迎了上來，手中還托著個杏黃色的錦盒。

蕭晗喚了聲「哥哥」，左右看了一眼才道：「眼下內院裡都是女眷，你可不要衝撞了誰。」轉而想到孫若泠，她又帶著幾分笑意打趣蕭時。「哥哥莫不是來見若泠妹妹的？」

「哪有的事，我今兒個還沒瞧見過她呢！」蕭時一窘，面上不由有些泛紅，直將手中的錦盒往前遞去。「還不是為了給妳送禮物來的。」

「是什麼？」蕭晗笑著接了過去，錦盒不大，可沈甸甸的很是墜手，她打開來一看，只瞧一眼唇角便翹了起來。

錦盒中放著一塊雕琢過的壽山石，壽山石本就珍貴，可這擺飾卻更是好玩，是一隻正欲破殼而出的小雞仔，尖尖的小黃嘴，一雙半睞半睜的黑眼睛，看起來憨態可掬；石身外是半破的蛋殼，整個石雕自然流暢、栩栩如生，若不是她正托在手裡，實在不敢相信這是一塊石頭雕成。

「哥哥在哪裡尋得的？好可愛！」蕭晗一拿在手裡就愛不釋手，怎麼瞧怎麼喜歡，已經在想著要將它放在桌案上還是內室的梳妝檯上。

「偶爾尋得的，妳喜歡就好。」蕭時樂得呵呵一笑，又從身後抽出了一幅畫卷。「這是岳叔叔送妳的，他說妳的生辰他也不好貿然前來，便畫了幅畫給妳。」

蕭晗挑了挑眉，笑意微斂幾分，心中有些過意不去。她倒是忘記岳海川了，沒想到他竟是個有心人。

將壽山石放進錦盒裡，遞給了身後的蘭衣，蕭晗這才與蕭時一同打開畫卷來看。

只見畫中有兩名女子，一坐一站，坐著的女子著一身絳紅色衣裙，眉目含笑、風姿綽約，漂亮的桃花眼微微上挑，有種嫵媚的風情；而站著的女子微微頷首，兩邊的環髻垂下了淡紫色的絲條，目光盈盈如水波，在看向坐著的女子時難掩孺慕之情。再看兩人的眉眼，竟然有七、八分相似。

「這是……我和母親嗎？」只看了一眼，蕭晗便覺著眼眶有些酸澀起來，恐怕也只有岳海川能將她們母女畫得如此傳神了。

「是，岳叔叔畫得可真好。」蕭時連連點頭，又指著畫中人點評道：「我記得娘在世時就是這般模樣，美得就像畫中人；妹妹也是不差，如今妳又大了一歲，妳們倆瞧著倒不像是母女，像姊妹！」

「這幅畫我一定讓人裱起來，掛在我屋裡。」蕭晗深吸了一口氣，緩緩捲起畫卷。母親是幸運的，在她有生之年還能遇到像岳海川一樣的男子，就算她已經香消玉殞，可這世間上還有一個人深深地記著她，揮毫潑墨間居然可以將她畫得如此傳神，彷彿她再生了一般。

「妳喜歡就好，回頭我與岳叔叔說去。」蕭時撓了撓腦袋。

蕭晗想了想才道：「今兒個恐怕抽不出空去拜會岳叔叔……我一會兒便讓春瑩去廚房裡包幾顆壽桃，再拿一壺金華酒，若是哥哥得空了便替我送去，若是沒空，讓伏風跑一趟也成，就說過幾日我定去拜會岳叔叔。」

「行，這事就交給我。」蕭時拍著胸脯保證，又見蕭晗對春瑩吩咐了一番，便道：「一會兒準備好了東西，來外院尋我就是。」

「是，一會兒奴婢就去外院找二少爺。」春瑩對著蕭晗兄妹恭敬地行了一禮，這才轉身退了下去。

這禮也送了，蕭晗原以為蕭時要離開，誰知他卻對自己眨了眨眼，又湊近了小聲道：「師兄在我那裡等著妳呢！妹妹要不要去見他一見？」

「他在你那裡啊……」蕭晗拖了個長長的尾音，唇角翹了起來，她就說今兒個怎麼沒聽見葉衡的消息，原來是躲蕭時那裡去了。

「師兄他腿腳不便，今兒個到了咱們府上也算是半個蕭家人，好多人找他敬酒，推託不過便喝了些，眼下酒氣有些上來，我便讓他到我那裡歇息，可他卻一直說要見妳，要親自送妳生辰禮物，我也不好不幫他傳這個話不是？」

蕭時搓了搓手，原本說得好像理所當然，可細細回味又覺得哪裡不對，嘴角微微一抽，他好像又被師兄給坑了？

「哥哥想見若泠妹妹嗎？」冷不防地蕭晗冒了這一句話出來，蕭時直覺地點了點頭。他想，非常想！

「哥哥把心放寬了，你與若泠妹妹的親事，應該是無礙的。」蕭晗清了清嗓子，笑看向蕭時。「不若哥哥先回外院等著，一會兒我與若泠妹妹一同過去可好？」

「那我與師兄就在外院等著妹妹了。」蕭時笑逐顏開，心想他真是有個善解人意的好妹妹。

送走了蕭時後，蕭晗便讓院裡的一個小丫鬟去尋孫若泠，讓她找到人後領到二門處等著，自己則回院裡收拾整理一番，想了想又讓人去廚房端了醒酒湯過來，這才帶著蘭衣往二門而去。

孫若泠早已經等在那裡，因不知道蕭晗尋她來的用意，還納悶了好一陣，見人來了便趕緊迎了上去，仰頭道：「晗姊姊找我何事？」

「我想去我哥那裡瞧瞧，妳要不要一同去？」蕭晗對著孫若泠眨了眨眼，唇角的笑意帶著一絲促狹。

孫若泠頓時眼睛一亮，忙不迭地點頭，又左右瞧了一眼，才小心翼翼地道：「那咱們就快去吧！」

蕭晗拉了孫若泠便往外院走去，又想著今日客人眾多，專挑了無人的小徑走，不一會兒便瞧見了蕭時的院落，她伸手指給孫若泠看。「『靜堂』便是我哥哥住的地方，院子不大，平日裡人也不多。」她帶著孫若泠一邊走一邊說道：「這院子是我娘還在時為我哥哥選的，就想著今後他成家了，還要在內院安一處歇腳的地方，這外院便留得不大。」

「是這個理。」孫若泠笑得甜甜的，開始暢想她與蕭時婚後的生活，有了內院的住所，蕭時哪裡還用得著回外院去，她肯定將他日日都留在身邊。

蕭時早在屋外等著她們，一瞧見孫若泠，趕忙忍著激動上前，目光在她臉上巡了一圈，這才轉向蕭晗道：「妹妹來了，快些進去吧！」他指了左邊的一間廂房。

蕭晗點了點頭，看向身旁的孫若泠道：「若泠妹妹且在屋裡坐坐。」又對蕭時道：「哥哥幫我招呼一下，我一會兒就來。」

「行、行，妳快去就是。」蕭時急忙點頭，話語裡不乏迫切的意味，一轉過頭就跟孫若泠對上了眼，就像怎麼瞧都瞧不夠似的。

蕭晗清咳一聲，壓低了嗓音道：「你們倆快進屋去吧！這樣瞧著像什麼事？」

「好、好。」蕭時回過頭來，忙應了一聲。

孫若泠也紅著臉點頭，實在是見到蕭時太開心了，她有好多話想要對他說，眼睛片刻都不想離開他，但見蕭晗要往廂房而去，這才疑惑道：「晗姊姊這是要……」

「師兄在房裡等著她呢！妳跟我來這裡。」蕭時拉著孫若泠進了自己的房裡，那迫不及待的模樣真是讓蕭晗哭笑不得。

左邊的廂房靜悄悄的，堂屋裡倒沒瞧見有人。

蕭晗讓蘭衣在屋外守著，自己提著食盒進去，又想著葉衡許是喝醉了，眼下可能躺在床上睡著了，便輕手輕腳地往裡而去。哪知道剛剛拐進月洞門，腰上覺著一緊，緊跟著便被人拉著跌坐了下去，撲進一具溫暖的懷抱。

鼻端是熟悉的竹葉清香，將她的驚嚇驅散了不少，只轉過頭來瞪了一眼。「你嚇死我了！」葉衡的臉頰紅紅的，一雙眸子卻清亮至極，甚至還有著灼燙的火光，連呼出的氣息都帶著幾分灼熱的酒氣，熏得人有些暈乎乎的。

「我等妳好久了！」葉衡呢喃了一聲，目光找準了那殷紅的唇瓣，話落便湊了上去，細細碾磨。

他吻得小心翼翼、溫柔繾綣，蕭晗幾乎要暈眩過去，只覺得手腳發軟，原來提著的食盒從指間滑落，她這才驚得回過了神來。仔細一看，食盒被提在葉衡的手上，並沒有落地，讓她虛驚了一場，又羞又惱地捶了他肩頭一記。「差點將食盒給摔了，那裡面可放著給你的醒酒湯！」

「我先喝了就是。」葉衡呵呵地笑著，胸膛微微震動。

看著他喝完醒酒湯後，蕭晗才將食盒收好，又指了他道：「明明知道會醉，還喝那麼多幹麼？你身上的傷指不定還沒好呢！我哥也不勸著點。」

「不關他的事，是幾個朋友看了我的面子一道來為妳祝壽，這不是羨慕我得了個好媳婦嗎？」葉衡笑著擺手。他雙頰泛紅、眉眼如波，看起來分明是動了情的模樣，倒是少了平日的冷冽之氣，讓人不由自主地想要親近。

橫豎這裡也沒有別人，蕭晗便大膽地坐在了他的腿上，輕輕摟著他的脖子，吐氣如蘭。

「我想你了。」

「我知道。」葉衡笑了笑，大手在蕭晗的腰間摩挲著，透過衣裙浸進了一點點溫熱。

「妳還帶了孫若泠過來？我瞧妳哥可是笑得嘴都合不攏了。」葉衡剛才並沒有睡下，反倒隔窗往外看了一眼，那個孫若泠像個小嫩芽似的，除了個子長得高一些，怎麼看他都覺得不像個女人，也不知道蕭時喜歡她什麼。

「你瞧見了？」蕭晗退開看了葉衡一眼，見他點了點頭，才道：「他們兩人也有幾日沒見著，若是我再不牽線搭橋，只怕他們又要私下裡相約。」

「妳倒真是個小媒婆！」葉衡刮了刮蕭晗的鼻頭，一臉寵溺的笑。

「我才不是呢，等他們成事了，到時候你娘才是正經媒人。」蕭晗笑得鬆快。

葉衡瞧了她一眼，唇角一勾。「怎麼才幾日的工夫，這事就有進展了，快跟我說說。」

「這個嘛……總之也不會有什麼差錯了。」蕭晗心虛一笑。雖然葉衡知道她曾經與孫若齊相看過，但她直覺還是不要將私下見了孫若齊的事情告訴他，免得他又醋意橫飛。這樣一想，蕭晗便接著道：「若泠妹妹已經與孫二夫人透了幾分底，孫二夫人雖然沒同意，但也沒反對不是？我就想著做娘的到底都是疼愛自己女兒的，又是嫡親的閨女，只要若泠妹妹軟磨硬泡上一段時日，應該就能夠順了她的心。」

「是嗎？」葉衡扯了扯唇角，明顯對這個說辭有些不信服，又見蕭晗眼神躲閃，心裡一猜便明白了幾分，不由眯眼道：「我卻聽說孫二夫人最疼愛的便是孫若齊這個兒子，為了他的親事，這段日子可是相看了好多家姑娘，可沒一家姑娘能讓孫若齊動心的。」他撩起一縷蕭晗頰邊垂下的烏髮，在指間輕輕把玩起來，狀似隨意地開口道：「妳說他是不是心裡還掛念著妳？」

男人都是這樣的，越得不到越想要，葉衡實在是太清楚這種稟性，可蕭晗已經是他的人，不容任何男人覬覦。

「哪……哪有的事！」蕭晗舌頭有些打結，見葉衡的目光越發晶亮，似乎看穿了她的謊言，讓她連掩飾都顯得多餘，這才不得不承認。「是，我是見了他，不過也不是單獨見他，還有若泠妹妹和蘭衣都在。」

「見他幹什麼？」葉衡的面色平靜，眸中卻緩緩有風暴凝聚。這丫頭有事情不來求他，反倒去找不相干的男人，這讓他覺得自己的尊嚴受到了挑釁。

後果，將會很嚴重！

「也就是讓他幫忙在孫二夫人面前說說情……」蕭晗偷偷瞧了葉衡一眼，實在覺得他這模樣有些嚇人，不自覺地坐立難安起來。「還有就是勸他不要因為從前的事情耽擱了自己，有了合意的姑娘還是早些成親，讓家裡人放心才是。」
「勸他早日成親是好事。」葉衡點了點頭，這才緩聲道：「今後不准再私下見他了。」
「不會了，只這一次。」蕭晗趕忙點頭，又伸出一根手指在葉衡面前晃了晃，信誓旦旦地保證道。
「不過為了讓妳長點記性，我有必要好好懲罰妳一次。」葉衡平靜地說，飛揚的眉眼卻帶著一絲邪氣。
蕭晗有些害怕，那雙直視她的黑眸就像漩渦一般，拉著她就往下墜，她還來不及逃開，葉衡的吻已經落下，帶著些許懲罰的意味，再不是剛才的溫柔如水，而是狂風驟雨般的啃噬，直吻得她靈魂都在打顫。
有一隻手解開了她的衣襟，跟著溫熱的唇落下，一路向下延伸著，留下一串串火熱的印記。
蕭晗整個人都變得暈乎乎的，全身更是鬆軟無力，想要抗拒卻發現連抬手的力氣都沒有。她就像一葉小舟，在屬於他的汪洋裡沈浮著，一個大浪打來她便幾乎沒頂，那種顫慄般的感覺直達到她的靈魂深處。
蕭晗想要尖叫抗拒，喉嚨裡卻像堵了團綿花似的，除了小聲的嗚咽和輕吟，她幾乎發不出其他的音調。
直到吻夠了，葉衡才抬起頭來，一雙眸子已經泛紅，就像一隻不知饜足的野獸般，想要索取更多。

蕭晗連忙動手推拒著。「不要了，真的不要了……」聲音細若蚊蚋，一手摀在唇間，這才驚覺脖子到胸口仍然發著燙，她不由伸手掩住了衣襟，又羞又惱地瞪向葉衡。

葉衡不捨地收回視線，舔了舔唇，嗓音微啞。「今後可知道了，若是再見其他男人，我還是這般懲罰妳！」

「知道了！」蕭晗氣鼓鼓地瞪了葉衡一眼。他就會欺負人，而這欺負人的方式讓她羞到不行，她可沒臉再待在這裡，忙喚了孫若泠一道匆匆回了內院。

蕭晗回到自個兒屋裡時，還覺得這心口怦怦地跳個不停。葉衡太壞了，眼下隔著肚兜她還覺得內裡濕濡一片，那種難耐的感覺就像螞蟻在身上爬似的，她差點被他撩撥得控制不住。

幸好最後理智還在，兩人才能及時地剎住腳。再這樣下去也不是辦法，萬一哪一天就……蕭晗搖了搖頭，不敢往深處去想。

今後再不要與他單獨相處了。

蕭晗咬了咬唇，又吩咐蘭衣給她準備熱水，她要擦拭一下再換身乾爽的衣裳。然而剛剛坐定後，蕭時又找來了。

「哥哥又來替他傳話不成？」蕭晗板著臉看向蕭時，若不是蕭時喚了她出去見葉衡，她也不會被他欺負成這般模樣。

「哪有的事。」蕭時訕笑著連連擺手，又試探著問蕭晗。「難不成剛才師兄惹妳生氣了？」不然這丫頭為什麼會突然離開，又將他的孫若泠也給帶走了，他到現在還有些遺憾呢！

「你說呢？」蕭晗沒好氣地看了蕭時一眼。

她與葉衡發生的事情，她自然不會說給蕭時聽。況且，別以為她剛才匆忙之間啥都沒瞧見，孫若泠的唇可是都腫了，他們兩人之間發生過什麼，她心裡明白。

「好了，我不問了。」蕭時討了沒趣，趕忙閉口不再追問，又拿出了葉衡要送給她的錦盒，遞給了蕭晗。「剛才妳走得太匆忙，師兄給妳的生辰禮物都忘記拿了。」

這傻子！

蕭晗心裡暗嗤一聲，這才癟著嘴接過了錦盒。

通身黑色的錦盒，上面有紅色絲線繡成的祥雲紋，打開一看，裡面是一枝盈潤通透的梨花簪。梨花如雪般潔白，朵朵簇擁在一起，雕工精湛、栩栩如生，花芯是用一顆顆黃色的寶石點綴在其中，陽光照耀下，那晶亮的光芒就像要透進人心裡似的，這樣一枝羊脂白玉鑲寶石的梨花簪，不說價值千金，卻也絕對不便宜，還有這送禮之人的心意恰巧投她所好，這份禮物便顯得更加珍貴。

「好漂亮的玉簪！」連蕭時都不由讚嘆了一聲，又對蕭晗道：「想來師兄是知道妹妹獨愛梨花，這才命人打造了這支梨花簪，師兄真是用心良苦！」又為葉衡說了一番的好話，也是想讓他們兩人的關係緩和一些。

「哥哥，你回去告訴他一聲，說這禮物我收著就是。」蕭晗心中還是歡喜的，面上卻不顯，只緩緩扣上了錦盒，不慍不火地對蕭時說：「若是他問你我喜不喜歡，你就說我不喜歡！」說罷轉身往內室而去，只唇角緩緩升起一抹笑來。

第五十一章 薦人

第二日蕭晗起了個早，正在梳妝之際，莫錦堂便來向她辭行，蕭晗怔了怔，一時之間還未從驚訝中回過神來。

莫錦堂是在她生辰前一夜才趕到蕭府，第二日在蕭老太太跟前請安時見過一面，可礙著人多，兩人並沒有怎麼說話，之後就是宴席的各種忙碌，沒想到才過一日他就要走了。

「表哥怎麼走得這麼急？都不在京裡多歇息幾日？」蕭晗有些遺憾，極力挽留著莫錦堂，又想著在應天府時，他對自己的種種照顧與款待，在安慶莊上又為她鞍前馬後地辦事，越發捨不得讓他離開。

「京裡倒沒有多少事務，我今日察看一番就要離開，實在是忙得有些脫不開身，眼下又要轉去南寧。」莫錦堂也很是無奈，他也是擠出時間才能到京城來給蕭晗慶生，匆匆來、匆匆去，生意人就是這般。見著蕭晗一切都好，他心裡踏實了幾分，卻也知道多留無益，寄望於不屬於自己的人或物，終究是徒勞一場。

蕭晗嘆了一聲，又挽留了幾次，見實在是留不住人，便對他叮囑了一番，要他莫累壞了身子，這才將人給送出門。

「表少爺可真是忙！」枕月陪蕭晗將莫錦堂給送走，便扶著她往回走。今兒個再見到莫錦堂，倒真覺得有哪裡不一樣了，至少對她們主僕客氣了不少，看人也不再是那樣冷冷清清的，反而多了一絲親近。

「莫家整個擔子都壓在他身上，不忙也得忙啊！」蕭晗不禁有些同情起莫錦堂來，若今後他能娶個精通生意的妻子，對他來說也是多一個幫手。

枕月點了點頭，又聽蕭晗問道：「昨兒個妳與梳雲兄妹還有許福生他們一同吃席，可還順利？」

「還好。」枕月心頭一跳，紅著臉點了點頭。

枕月還記得昨日給周益倒酒時，他的手不小心碰到了她的手腕，兩人還鬧了個大紅臉，一旁的許福生乘機打趣，當時的她恨不得能找個地洞鑽進去。如今細細一想，她甚至還能夠感覺到周益碰到她時那股溫熱的觸感，他是練武之人，手指間有著一層薄繭，刮到皮膚時癢酥酥的，就像撓進人心裡似的。

想著想著，枕月的腳步便慢了下來，蕭晗走了幾步見她沒有跟上，不禁詫異地停下了腳步，回頭望去。

見枕月一臉紅暈、又羞又喜的模樣，蕭晗的眸中劃過一抹深思，看來枕月是有喜歡的人了。

不過府裡來來去去就這些人，從前也沒見枕月對誰上過心，會是誰呢？

蕭晗皺眉深思，許福生個子小，年紀雖說比枕月大，但枕月卻不喜歡他跳脫的性子，若說是昨兒個來了府中，還被枕月瞧見的人……不是還有梳雲的哥哥周益嗎？

想到周益，蕭晗眼睛一亮，她好似聽枕月提起過一回。兩人之前是見過面的，昨兒個又來府中吃席，這一來二去，莫不是就瞧對眼了？

「枕月，妳過來，我有話問妳。」蕭晗笑著對枕月招了招手。

「呀，小姐！」枕月回過神來，見自己竟然落後了蕭晗一大截，忙快步追了上去。

「若我帶著個丫鬟，最後還把丫鬟給丟了，別人到底是笑我，還是笑這丫鬟呢？」蕭晗好笑地打趣著枕月。

枕月臉上又是一紅，忙拉了蕭晗的衣袖搖了搖。「好小姐，您快別取笑奴婢了！」

「剛才在想什麼呢？想得這麼出神。」蕭晗看著枕月，一臉笑意。

枕月有些不好意思地低了頭，輕聲道：「沒想什麼。」

「當真沒想什麼？回頭我問問梳雲去。」蕭晗呵呵一笑，轉身便往回走，枕月卻攥著她不放，眉眼間一片焦急。「小姐您別去問她，多丟人啊！」

「哪裡丟人了？」蕭晗嗔了枕月一眼，眸中笑意更深。「我是去問梳雲昨兒個吃得好不好，她哥哥不是也來了嗎？若是招待不周，豈不是讓我失了顏面？」話落又一臉深究地看向枕月。「不然妳以為我要去問什麼？」她眸中閃過一絲促狹的笑意。

枕月驟然鬆了口氣，但見著蕭晗那一臉壞笑的模樣，又覺得自己似乎低估了自家主子的聰慧，不由紅著臉咬唇道：「小姐您不許在梳雲跟前亂說。」

「我怎麼會亂說，就是關心一下他們兄妹罷了，周益眼下不小了吧，也不知道在軍營的這幾年成親了沒有？」蕭晗一邊說，一邊留意著枕月的臉色，見她聽了自己的話微微變了臉色，心頭暗笑一聲，嘴上卻道：「不過沒聽梳雲說過她有嫂子，她哥哥應該還沒有成親。」

「小姐，您壞死了！」枕月急得跺腳，蕭晗的話都說到這個分上了，她可不信蕭晗不知道她心底那點小心思。

「罷了，不逗妳了。」蕭晗斂了笑意，認真地看向枕月道：「妳跟了我這麼些年，我總要為妳尋個好人家，原本是想讓妳在管事和掌櫃裡挑的，但妳有自己合心意的更好，這事我會幫妳留意的，若是他們家也有那個意思，我就成全了你們。」

枕月捂著發燙的臉，轉過身去。「八字還沒一撇呢，小姐快別亂說！」

「我明白妳的心思。」蕭晗拍了拍枕月的肩膀，給了她一個妳懂我也懂的眼神，抿著唇兀自笑得開心。

不想主僕兩人一回頭，便瞧見梳雲正走了過來，枕月頓時一陣尷尬，趕忙扯了扯衣角，紅著臉問道：「妳在這裡多久了？」

「沒多久啊，剛才就瞧見妳與小姐在這兒說話。」梳雲給蕭晗行了禮，枕月卻是暗自鬆了口氣，又對蕭晗使了個眼色，不讓她亂說。蕭晗笑了笑便問梳雲。「不是不讓妳亂走嗎？妳這一趟又是去了哪裡？」

「我從外院出了門，去旁邊的巷子裡瞧蕭大哥了。」梳雲低垂著眉眼，一臉的落寞，若不是她心情不好，只怕剛才也能留心聽清楚蕭晗與枕月的對話。

「去看蕭潛了？」蕭晗緩緩斂了面色，連枕月也正經了起來，再不像剛才提到周益時動不動就臉紅。

蕭潛自從斷了一條胳膊後，便在家休養，蕭家旁邊的巷子裡安置了好幾處宅院，是給府裡受器重的奴僕在外安的家，輪著誰當值的時候入府就是，這也是蕭老太太給那些跟著她從川蜀之地一同來的人的一份體貼。

「嗯。」梳雲點了點頭，輕聲道：「蕭大哥看起來很不好，從前那麼英武的一個人，如今斷了胳膊就跟失了魂似的，整個人都沒有精神了。」畢竟斷胳膊的人不是她，她也沒辦法感同身受，可她多希望看到從前那個朝氣蓬勃的蕭潛，而不是如今這樣如一攤爛泥的人。

「我知道他心裡不好受，只是這個坎要他自己走過，別人也幫不了他。」蕭晗抿了抿唇，輕輕搖了搖頭。

「奴婢知道，蕭家已經對他很好了，沒讓他在府裡當值，甚至每個月的月錢還能照領，可他覺得自己是個廢人。」梳雲抬起頭來，眸中是散不去的愁容，只看著蕭晗道：「小姐，奴婢想幫幫他，可又不知道該怎麼幫才好？今兒個進他屋裡一瞧，滿地的酒罈子，只怕這次府裡賠給他的藥錢，他都去買了酒喝。」

蕭晗微微皺眉，不由輕嘆一聲。「那妳得空了多陪陪他、多開解他，也算是替我盡一份心。」

「到時候我與妳一同去看看蕭大哥，陪他說一會兒話也好。」枕月拉了梳雲的手輕聲道，她心裡也感念著蕭潛曾經的救命之恩，又因為喜歡周益，她對梳雲自然就上了心。

「行，妳們商量著就是，若是需要什麼藥材或補品，儘管去庫房裡拿。」蕭晗說完，又讓枕月扶著梳雲回去，叮囑道：「妳眼下身子虛，去外院太遠了，下次讓婆子抬了軟轎，載了妳們倆一同去，也省得這來回的腳程。」

「那奴婢就先謝謝小姐了。」梳雲本還有些遲疑，她只是身子受了些傷，哪裡就那麼嬌氣了？可枕月卻先她一步應了下來，她倒沒好反駁，又見著枕月盡力地攙扶著自己往前走，心裡不由滑過一絲暖意。

梳雲雖然有些遲鈍，可蕭晗生辰那一日發生的種種，到底讓她看出了些許不對勁，又加之最近枕月對她殷勤了不少，想著枕月或許是喜歡上了自己的哥哥，心中不免有些驚訝。等枕月不在時，她便單獨找上了蕭晗。

「怎麼？有話還不好對我說了？」蕭晗不知道梳雲前來的目的，只是看著她欲言又止的模樣，唇角不由翹起一抹笑來。

「其實也沒什麼。」梳雲搓了搓手，乾笑一聲，心中琢磨著該怎麼對蕭晗開口。

「沒什麼是什麼意思？」蕭晗越發感到好笑，手指輕輕撫著桌上粉瓷茶盞的杯緣，眼角一翹，笑意深深。

「哎呀！小姐，您別笑了！」被蕭晗看得有些著急，梳雲不由咬了咬唇，猶豫道：「我就想問問枕月可有喜歡的人了？」

「妳問這個幹什麼？」蕭晗笑意一斂，坐直了幾分，有些探究地看向梳雲。莫非這丫頭看出了什麼？

「其實我也是替我哥哥問的。」梳雲有些不好意思地撓了撓腦袋，這才道：「那一日小姐生辰，奴婢的哥哥也來吃酒席，枕月與咱們一桌……」頓了頓好似在回憶一般，又接著道：「哥哥從來沒有對其他女子紅過臉，他的心思我還是明白幾分的，原本想要問枕月，又不好開口，所以先來小姐這裡探個底。」說完，她一臉期盼地看向蕭晗。

「妳倒是聰明！」蕭晗唇角一翹，似笑非笑地看向梳雲，倒是讓梳雲摸不著底，心裡有些惴惴不安，又聽蕭晗道：「這事妳還是先回去問過妳哥哥的意思，妳看明白是一回事，他自己的心意更重要，若是真有那個心，就拿出點誠意來，我家枕月可是個好姑娘。」

「明白了，小姐，奴婢一定回去好好跟哥哥說！」梳雲驚喜地連連點頭。蕭晗雖然沒有與她明說，但也是間接告訴了她枕月的心思，若是她哥哥也有意思，那麼這事便成了。

「先下去吧！」蕭晗笑著點了點頭，瞧梳雲離開後，才讓人將枕月給找來，又將梳雲的意思說了一番，末了還道：「我是告訴梳雲了，讓她回去知會她哥一聲，若真喜歡就要拿出誠意，我的丫鬟可沒那麼容易給人。」

「小姐說的是什麼話，奴婢還要在您跟前侍候一輩子呢！」枕月揪著衣角滿臉的紅暈，眼角眉間卻是掩不住的笑意，想來是心中歡喜極了。

蕭晗看在眼裡也不說破，只笑著道：「妳當然要在我跟前侍候著，就算妳嫁了人，我放了妳的奴籍，但若是沒妳在身邊了，我還不習慣呢！」

「小姐要放了我的奴籍？」枕月怔了一下，有些沒回過神來，她是被先太太買回來侍候小姐的，一直待在蕭家做事，若是放了奴籍，她還算是蕭家的人嗎？

「放籍是好事，怎麼妳還不願意？」蕭晗招了枕月到近前，看著她一臉糾結的模樣，知道她在擔心什麼，便道：「放了妳的籍只是為了讓妳好生婚嫁，妳還要在我跟前當差的，別以為我不要妳了。」她心裡早便打算好了，將來枕月成親，不管嫁的人是不是周益，她也會放了她的奴籍，在外面給她置辦一座小院子，再準備一份豐厚的嫁妝，讓誰也不能小瞧了枕月。

「聽小姐這樣說，奴婢心裡就踏實了。」枕月這才紅著眼，點了點頭，那小模樣委屈得跟什麼似的，看得蕭晗一陣大笑，忍不住又開始打趣她。

兩日後，梳雲得了準信，滿臉喜氣地來回了蕭晗。「小姐，這些年奴婢的哥哥存了五百兩銀子，他說為了娶枕月，願意將銀子都拿出來，這次便託了奴婢帶來呢！」說著便從袖袋裡拿出銀票，遞給蕭晗。

「妳拿給我幹什麼？回頭給枕月吧！」蕭晗笑著看向梳雲。她沒想到周益竟然這般老實，將自己的積蓄全都拿了出來，他也只是在神機營裡任了個百總的職，官不大，想來一年的俸祿也沒多少，存起來更是不容易。

「是，回頭奴婢就去找她。」梳雲激動得滿臉泛紅，想來是知道哥哥的親事能成，指不定她很快就要有嫂子了，來年或許還能當姑姑呢！

「枕月要嫁人，我也不會虧待她，到時候妳們倆的奴籍一塊兒給放了，但人還是在我跟前當差，妳看可好？」蕭晗說完這話又想了想，才道：「過幾日得空了，請妳哥哥過府一敘，這親事若真說定了，也要商量個婚期，該走的禮數也不能落下。」

「是，回頭奴婢一定給他帶信，讓他休沐之日便來府中一趟。」梳雲連連點頭，蕭晗又吩咐了她幾句，這才讓人離開。

趁著這些日子有閒暇，蕭晗帶著蘭衣往書舍去走了一趟。

書舍後院裡的古井依舊，遮蔭的葡萄架上綠意深深。岳海川依舊坐在長條的木雕桌旁飲茶，悠閒自得，恍若世外高人，只是在瞧見蕭晗到來時，眸中閃過一抹驚喜，對她含笑點頭。「坐！」執壺便為她倒了一杯溫茶。

「岳叔叔這裡總是那麼安靜。」蕭晗笑著抿了口茶水。「還要謝謝岳叔叔送我的畫，我很喜歡。」她輕輕擱下了手中的茶盞。

「妳不也託人給我送了壽桃與金華酒來？就是一人獨飲有些寂寥。」岳海川淡笑著搖了搖頭，話語中多了一絲感慨與落寞。

蕭晗眼波婉轉，忽而一笑，又對著身旁的蘭衣道：「將那幅『灕江春雨圖』打開給岳叔叔看看。」因為想到了劉啟明，她出門前便將這幅畫給帶上了。

蘭衣點了點頭，打開了畫卷。

岳海川略帶驚訝地望了過去，只見潔白的畫卷上淡淡幾筆勾勒著遠山、江水、孤舟，雖然筆力還有些不足，卻給人一種悠遠遺世的意味，只看一眼他便知道這是別人臨摹他的畫作，不過往下看去，倒也有幾分他畫風裡的精髓。

「這是妳畫的？」岳海川轉回目光，看向蕭晗，眸中笑意盈盈。

「我哪有這般厲害，是我表哥畫的，岳叔叔看著可還行？」蕭晗還記得曾經答應過劉啟明，若是有機會一定會向他引薦岳海川，這傻小子還想拜在岳海川門下，若是潛心學畫，今後指不定能有一番作為。

「畫得不錯，倒是有些功底。」岳海川笑著點頭，他就知道不是蕭晗，因為莫清言也根本不懂作畫，她們母女總有些一脈相承的感覺。

「岳叔叔也覺得不錯？」蕭晗抿著唇笑，眸中閃過一抹狡黠的光芒。

岳海川將她的表情看在眼裡，笑道：「有什麼話就直說，看我能不能幫到妳。」

「岳叔叔真是明白人。」蕭晗不忘恭維岳海川兩句，這才道：「我這表哥原本並沒有拜師學藝，都是在家裡自己摸索著作畫，他身體不大好，也未入仕，得空便自己閒畫兩筆。我瞧著岳叔叔一個人在書舍裡待著也寂寞，要不收個徒弟試試？」

「想當我的徒弟哪有這般容易？」岳海川抿著唇笑，就是不輕易點頭。要知道從前想要跟他學畫的人，不說成千上百，那一雙手也是數不過來的，再說收個徒弟就有責任，學得好是應當，若是學得不好還敗壞他的名聲，他何苦來哉，眼下落得清閒不是很好？

「我知道岳叔叔收徒弟是看資質的。」蕭晗也不著急，略微一想便明白了岳海川的想法，只是輕言細語道：「到時候人來了，您看著好就收，看著不好當個僮僕使喚也行啊！總有人在您跟前端茶倒水，沒事聽您嘮叨幾句，那日子過得也有意思了不是？」

「妳倒是個會說話的。」岳海川聽了不由一笑，心中也有幾分意動。「說說是妳哪位表哥？」

蕭晗眨了眨眼道：「是劉家表哥，叫劉啟明。」

「劉啟明？」岳海川微微一怔，旋即眉頭輕擰，略帶不贊同地看向蕭晗。「是妳繼母娘家的表哥？」

「是他。」蕭晗坦然地點了點頭，見岳海川眸中寫滿了不悅，想來也知道劉氏不是個好相處的，又因為莫清言的關係，他向來不喜歡劉家人。不過劉啟明不一樣，她耐著性子與他解釋。「表哥生性純良，與他們家裡的人都不一樣，我也是瞧著他至情至性，這才向岳叔叔提起，難道叔叔不相信我看人的眼光？」

岳海川沈默了下來，半晌才抬頭問蕭晗。「妳覺得這人當真不錯？」

「當真不錯！」蕭晗點了點頭，肯定地回覆岳海川。「不過好與不好還要岳叔叔看了再行定奪，他在作畫上有天分，可身子不好所以不能四處走動，不然他也想像叔叔這般遊覽山河勝景，既開闊了眼界，也能提升畫藝。」

「行，既然妳都說好，那隔日便讓他來吧！」岳海川這才笑著點了頭。「妳可是第一次向我推薦人，我也不好拒絕。」一頓又道：「不過我這人脾氣不好，也就是對著你們兄妹還能說上兩句，換了別人不一定能夠受得了。」

「表哥很是敬重先生，對先生的言行也必會遵從，想來不管最後能不能做您的徒弟，他都一樣開心。」蕭晗這話一落，岳海川便滿意地點了點頭。

他也是給她提個醒，本來他就對劉家人不怎麼待見，會見這小子也是給她面子，最後成與不成，他不保證。

從書舍離開後，蕭晗覺得輕鬆了不少，待會兒再差人給劉啟明捎個信去，這傻小子要是知道能夠見到岳海川，指不定要怎麼開心呢！

劉啟明這人至純至善，還有一顆赤子之心，就連原本對劉家芥蒂頗深的她都討厭不起來，想來岳海川也能慢慢地看見他的好處，至於收徒與否，就真要看兩人的緣分。

去劉家帶話的小廝回府後，還給蕭晗帶了一幅劉啟明親手所畫的畫作。「這是劉公子託小的帶給三小姐的，說是給您的生辰禮！」

「取來我看看。」蕭晗對春瑩吩咐了一聲，她便走出門去收了畫卷，又回到屋裡，展開在蕭晗跟前。

畫中的人自然是她，一身淡綠色衣裙靜立在湖邊，顧盼的眉眼、飛揚的唇角，清新嬌豔得如朝陽初升，身旁楊柳垂枝，湖面波光粼粼，明明眼下已是涼秋，卻讓人生出了無限春意。

劉啟明當真是除了岳海川之後，第二個將她畫得如此之好的人，不說畫風清雋雅致，單是畫中人那股神韻與風姿，便不是常人能夠輕易描繪出的。

「賞！」蕭晗笑著點了點頭。

春瑩捲上了畫卷，順手遞了個荷包出去，小廝自然千恩萬謝後才退了下去。春瑩在一旁笑道：「奴婢雖然不懂畫，可瞧著那日岳先生送給小姐的畫卷與這幅畫很是相似，想來兩位都是畫功了得。」

「一個是當世大家，一個是初出茅廬的小子，妳說哪個厲害？」蕭晗淡笑著起了身，藍色的裙角微微一動，人已是往裡而去，輕柔的嗓音卻飄進了春瑩的耳裡。「不過我想過不了多久，表哥的畫作也能一鳴驚人！」

第五十二章　提親

十月初，孫若齊與李思琪訂親的消息傳了出來，想到如孫若齊那般清風朗月的男子，竟然會娶像李思琪這種刁鑽任性的女子，蕭晗一時之間也不知道是該惋惜還是感嘆。

不過孫若齊的親事定下來之後，孫二夫人便往蕭家走了一趟，暗地裡敲定了孫若泠與蕭時的親事。

十月初六是蕭時的生辰，孫若泠第一次大方地坐在蕭家的席桌上為他慶生，眾人還很是納悶，只見蕭老太太意味深長地笑道：「我與孫老夫人也算是多年的老友，如今看著你們這般，我也很欣慰。」又轉向孫若泠道：「前些個日子妳祖母也來過，與我說了這事，我心裡也高興呢！得空了妳就常來家裡坐坐，不拘什麼時候。」目光又往隔桌的蕭時那裡掃過，其中的意味不言而喻。

蕭老太太一番話說得孫若泠心花怒放，連連點頭應「是」，暗想這走了明路的就是不一樣，她今後與蕭時見面，再也不用這般偷偷摸摸。

席罷，蕭老太太又對徐氏說起蕭志傑父子倆要回京述職的事情。「昕哥兒離得遠些，指不定這次要先走，我料想著十二月初就該到了，妳要先將他們夫妻倆的院子給收拾打理出來，該添置的都記好了，不要落下。」

蕭昕是徐氏的長子，年紀輕輕便考中了進士，也算是年少有為，只是為官時被派了個縣令，去的又是南邊的小縣城，路途遙遠不說，這一去就是三年，也虧得他媳婦上官氏在身旁照顧著，家裡人才能少操一份心。

「媳婦省得，回頭我再著人清理一番，看什麼短缺了，再補上就是。」徐氏笑著回應。對自己的長子她是各種滿意，一表人才不說，從小到大都不用她操心，也極有出息，就是娶的這個媳婦上官氏……想到這裡徐氏不禁輕輕一嘆。

說到這裡又是個老生長談的話了，如今上官氏也有十九，可成親幾年都沒能有孕，這不蕭老太太也低聲問了起來。「怎的昕哥兒媳婦還是沒有好消息？」話語中流露出了一絲期盼。

「還沒呢……」徐氏搖了搖頭，滿臉愁容。「老太太操心這曾孫，我也想抱嫡孫不是？可這孩子是緣分，只怕是還未到時候。」

蕭老太太默了默，眸色一深，半晌才道：「我記得前兒個妳說過娘家來了個投親的遠房姪女，把人接過來我瞧瞧，若是還不錯的話……」老太太半眯著眼看向徐氏。

徐氏微微一僵，便也軟和了下來，點頭道：「老太太的顧慮媳婦明白，過幾日就將人接來讓老太太瞧瞧，若是規矩、模樣都不差，留下來也是使得的。」

「如此甚好。」蕭老太太這才滿意地點了點頭。

蕭晗陪坐在孫若泠身邊，也沒聽清蕭老太大與徐氏在嘀咕著什麼，倒是蕭晴對孫若泠擠眉弄眼地打趣著，讓這個平日裡活潑的小姑娘有些不好意思。

幾個小姑娘竊竊私語，又說起了孫若齊與李思琪的親事，蕭晴才對孫若泠笑道：「沒想到我那未來小姑子要嫁給妳三哥了，繞來繞去都帶著親，看來咱們兩家人，是注定要交好的。」

蕭晴的婚期定在來年三月，這又與蕭晗前世所知道的有些不一樣，要知道蕭晴上一世出嫁可是在十六歲後，這次硬生生提前了幾個月，也不知道是不是李家催得緊。

孫若泠也是個嘴皮子索利的，聽了蕭晴的話連連點頭。「我就說咱們有緣不是，端午那次見著就覺得幾位姊姊可親呢，與我親姊姊都沒兩樣！」

「這丫頭嘴巴可真甜！」蕭晴樂得呵呵直笑，又打趣蕭晗。「三妹，妳今後可有個好嫂子了，咱們都羨慕得緊呢！」眾人又是一陣哄笑。

蕭晗只得在一旁陪樂。孫若泠的孩子氣她是知道的，只要有人陪她瘋，怎麼玩都行，這一日足足鬧到晚間，孫若泠又在蕭家用了晚膳後，蕭老太太才讓蕭時親自送了她回府。

又過了幾日，蕭府住進了一位徐氏的娘家姪女徐柔，這徐柔已經有十七歲，人長得溫柔秀美，人前人後都恭敬得很，特別能討蕭老太太歡心。

可不知怎麼的，蕭晴卻是瞧不上她，逮住蕭晗就說個不停。「瞧她那副模樣，就跟她自己是老太太嫡親的孫女般，咱們幾個都得往後靠了。」又往隔扇那廂瞧了一眼，悶悶地癟嘴道：「老太太怎麼就喜歡她了呢？這樣的姑娘京城一抓就是一大把，是個破落戶還偏生要裝成大家閨秀的模樣，我可知道這段日子，老太太往她屋裡賞了不少好東西呢！」

徐柔剛來蕭家那陣子，蕭晴就將她的身世打聽清楚了。他們家原是住在鄉下，家裡發了大水遭了難，她爹就死在那場水災裡，徐柔這才跟著她娘，帶著她弟弟一道來京城投親，其實他們家與徐家說來，早是出了五服的遠親，也是徐家好心才收留了下來。

「既然是借住，總有要嫁人的一天，何況她年紀也不小了……」蕭晗說完這話，自己也怔住了，與蕭晴對視一眼後，眸中都是掩不住的驚訝。

蕭老太太與徐氏都對這個徐柔另眼相待，若說沒有什麼打算也是不可能的，徐柔又是待嫁的年齡，長得也不差，就是出身不行，但這樣的女子給人做妾也是可以的，到底身家還算清白。

「難不成是給大哥預備的？」蕭晴喃喃地說道，又抓緊了蕭晗的手，疾聲問道：「三妹妳說是不是？」

「這個我也不知道啊！」蕭晗攤了攤手，滿臉的為難。家裡住進一個或許要當妾的姑娘，她們這些正經小姐自然是覺得不自在的。

「一定是的。」得不到蕭晗的肯定回答，卻不妨礙蕭晴繼續揣摩。「大嫂嫁給大哥都幾年了，卻一直未懷有身孕，想來我娘是著急了，這才找了徐柔來。」她有些傷感地搖了搖頭。「大哥要帶著大嫂回京述職，等大嫂看見徐柔在這兒，心裡還不知道要怎麼難受呢！」

「咱們也不要亂猜，等著大哥與大嫂回來再說吧！」蕭晗不好多做評斷，畢竟是大房的家務事，就算徐氏真有這個心思，也不是他們這些小輩可以置喙的。

「也只能這般了。」蕭晴咬了咬唇沒再多說什麼，垂下目光，不知道在想些什麼。

十一月蕭盼及笄，她雖然是二房的嫡女，可蕭老太太卻不準備給她大辦，也就請了幾桌親戚朋友，辦得冷冷清清的，這排場和席面還比不上蕭晗十四歲生辰時的場景。

蕭盼委屈得直落淚，回屋後便哭倒在床榻上，劉氏只是靜靜地坐在一旁看著，並未上前相勸。她是知道自己女兒的性子，不受些打擊和挫折便永遠長不大，今日的教訓也能讓她記住這分恥辱，將來才好加倍地奉還。

哭了半晌後，蕭盼緩緩收了聲，坐起身來看向劉氏，咬唇道：「女兒都哭成這樣了，娘也不心疼？」

「我怎麼不心疼妳？」劉氏扯了扯唇角，浮起一抹苦笑。「只是我心疼妳又有何用，如今蕭家哪個人還站在咱們母女這邊？就連妳爹都只緊著梅香肚裡的孩子，這般大年紀了還想抱兒子，我看他是老不修！」說到這裡她不屑地哼了一聲，眸中閃過一絲冷厲的光芒。

「我不管梅姨娘生不生孩子，橫豎等著她孩子落地，我早就嫁人了。」蕭盼抹乾了眼淚，又坐到劉氏身旁期盼地問道：「娘，今兒個我瞧見您與外祖母私下在談話，我與大公子的事情到底成不成？」

「妳外祖母說成了，雲陽伯府已經點頭了！」說到這事到底讓劉氏舒了心。

「真的嗎？」蕭昐驚喜得眼睛都在發亮，卻還有些不信地看向劉氏，直到劉氏又點了點頭，她才欣喜若狂。

「不過這事妳外祖父也是使了力氣的，之後去劉家，妳要好好給他磕個頭！」劉氏輕撫著蕭昐的烏髮，感慨了一聲。若不是她父親如今官職還算顯赫得用，只怕雲陽伯府也不會輕易點頭，父親真是將一張老臉都給捨了出去，她心裡也著實慚愧。

「是外祖父幫忙促成的嗎？回頭我一定好好謝謝他老人家！」蕭昐連連點頭，眼睛都有些泛紅。她等這一天等了好久，蕭家就四位姑娘，兩個都定了親事，蕭雨是庶出的不說了，她是嫡出且排行第二，卻還要在蕭晗之後訂親，她心裡早憋屈得不成樣子，如今總算輪到她揚眉吐氣了。

「這事妳先別張揚，等著雲陽伯府來提親再說，不然蕭家這些人還以為咱們母女說笑呢！」劉氏自然清楚自己女兒心中想的是什麼，不禁按了按蕭昐的手，又勸她兩句。「娘是知道妳巴不得明日就在姊妹幾個跟前炫耀，可是這金子啊得捂著，總有它發亮的時候！」

「喔……」蕭昐雖然滿心的不願但又不好不聽劉氏的話，只能不甘地應了下來，又囑咐劉氏道：「娘，可要讓雲陽伯府快些來提親，若是再晚些，到了年下就什麼都不成了，要辦諸多事宜還要等著開年呢！」

「娘知道，一定讓他們儘快來提親，咱們也要把這場婚禮給辦漂亮了！」劉氏滿口答應，心中暢想著蕭昐嫁到雲陽伯府後的美好生活，到時候等著她女兒有出息了，看全府上下還有誰敢瞧不起她們母女！

十一月三十這天，藍天白雲，是難得的好天氣。

沿途的官道雖被昨夜的積雪覆蓋了些，但第二日一早就被清掃了出來，一路暢通無阻。蕭昕夫妻乘坐的馬車在這一日，終於駛進了京城的大門。

時隔三年，蕭晗再一次見到蕭昕，只覺著他曬黑了些，眉目間也多了一絲從前沒有的沈穩與內斂，果真是在官場歷練過的人，再不像從前那個唯讀聖賢書的呆子。

上官氏生得纖瘦，五官深刻突出，臉色有些蠟黃，瞧著身子便不是很好，或許要孕育孩子真的挺艱難。

蕭晗想著，目光便轉向了站在蕭老太太身旁的徐柔。

今日的徐柔刻意打扮過，天水藍綾花紋的緞襖包裹著她玲瓏有致的身形，銀藍色腰封又束住了她不盈一握的小腰，她的膚色白皙紅潤，烏髮上插著鎏金簪子，垂下的瓔珞搖曳在耳邊，當真是嬌媚可人。

「我的兒啊！娘有幾年沒瞧見你了，人是瘦了也黑了，是不是在外吃了許多的苦？」徐氏拉著蕭昕看了又看，眼圈忍不住地泛紅。兩個兒子她都疼愛，可蕭昕畢竟是她的長子，傾注了她太多的希望和心血。

「沒有的事！」蕭昕搖了搖頭，淡笑道：「在外做官挺好，兒子不也經常報信回家？」

切都還順遂。」幾句話輕描淡寫地便帶過，並不想細說，到底圍著的都是家中女眷，蕭昕有些不自在，目光往蕭老太太身邊一掃，一下便頓住了。

徐氏也跟著他的目光瞧了過去，這才笑著道：「那是你遠房的表妹，叫徐柔。」又對徐柔招了招手。「柔姐兒，還不過來拜見妳大表哥！」

徐柔這才輕移蓮步挪了過去，嬌羞地對著蕭昕行了禮，眉眼半抬輕輕掃了他一眼，又極快地低了下來，輕聲喚道：「大表哥！」

「表妹快起。」蕭昕心中一動，想要伸手扶徐柔起來，到底又覺得不恰當，還是收回了手。

一旁的上官氏抿了抿唇，眸中光芒一閃，輕笑道：「真是個標緻的人兒，柔表妹快快起來吧！」說著便伸手扶了徐柔起身，又掃了一眼蕭昕，心中微微有些發沈。

她不是不懂人事的小姑娘了，嫁到蕭家也有幾年，雖然沒在兩重婆婆跟前侍候，但女人家的那點事情她還是明白的。上官氏的心情一時之間酸澀又複雜，看向徐柔的目光不禁多了幾分難言的滋味。

「表嫂好！」徐柔對著上官氏客氣有禮，倒是讓人挑不出半分錯來。

蕭老太太看在眼裡暗暗點了點頭，又往徐氏那兒掃了一眼，婆媳兩個眼風交會在一處，自然是在心中有了計較。

一旁的蕭晴咬了咬唇，很是看不慣徐柔，擠開了她上前對上官氏笑道：「好久沒見著大嫂了，如今回來可要好好住些時日。」又轉向蕭昕道：「大哥能否留在京城任職？去那麼遠的地方，娘可想妳了。」說完便拉著他的袖襬撒嬌。

「這個哪裡說得準，過些日子還要看吏部的安排。」蕭昕說得含蓄，其實他心裡也沒有幾分底氣，自己不過是初出茅廬的官員，等著在吏部排位的起碼也有上百位了吧！他的政績又不是特別出色，只怕留京還有些難度。

聽蕭昕這樣一說，蕭晗不由看了劉氏一眼。

劉氏的父親便在吏部任郎中，若是想要疏通一下，找他該是沒錯的，可兩家人的關係向來不好，前些日子還出了劉氏被攆回娘家的事，如今蕭家人怎麼好涎著臉去求人家？

果然，徐氏的目光微微一閃，只是往劉氏那裡瞄了一眼便收了回來，清咳一聲道：「昕哥兒在哪裡都是為朝廷效命，年紀輕輕的出去多歷練幾年，也是好的。」

徐氏是打死也不會去求劉氏的，不說她對這個妯娌向來不喜，想來劉氏也沒忘記曾經被她挖苦過，兩人本就不對盤，若求到她跟前也是丟了自己的臉面。

徐氏收回了思緒，轉向上官氏笑道：「昕哥兒媳婦，妳也幾年不在家，這次回京就好好陪陪我與老太太，也別往他任上去吃這分苦了。」

徐柔聽得心中一喜，趕忙斂了眉目，壓抑住那份喜悅。徐氏這話說得那麼明白，她知道是她出頭的日子到了，又見蕭昕生得一表人才、儒雅清俊，就算只做個姨娘，她也願意的，總比配了那些糟老頭子來得好。

上官氏的眸中盈滿了苦澀，可徐氏這樣說，她又不得不答應，忙恭敬地點頭。「婆婆說的是，相公在外當差，媳婦是應該替他在家裡盡孝的。」說罷便低垂了目光。

這事便這樣說定了，蕭老太太讚許地對徐氏點了點頭，婆媳倆相視一笑。

真是有人歡喜有人愁！

蕭晗暗嘆一聲，上前挽了蕭晴的手，故意插進話來。「我也好些年沒瞧見過大嫂了，大嫂可還記得我是誰？」她俏皮地眨了眨眼。

上官氏這才抬起頭來，看了蕭晗一眼，略有些遲疑道：「莫不是三妹妹？」想著過往對蕭家幾位姑娘的印象，也只有蕭晗有那樣精緻的容貌了。

「大嫂好眼力，沒想到過了幾年還能一眼認出我呢！」蕭晗點了點頭，笑了開來。

蕭晗笑容甜美，上官氏又忍不住誇讚她。「果真是女大十八變，三妹妹越來越漂亮了！」

蕭晗姊妹幾個又引著上官氏到另一旁的內屋裡說話，倒是將徐柔給落下了，徐柔暗暗咬了咬牙，只深吸一口氣後，便退到了蕭老太太身邊。

那廂徐氏不知道與蕭昕說了什麼，他又往徐柔看了兩眼，那眼神便有些說不出來的曖昧，徐柔不由紅了臉，羞澀地低下了頭。

果然沒過兩天，蕭昕便納了徐柔做妾，府裡還特意擺了酒席，蕭晗與姊妹們坐在一桌，瞧見另一頭有些黯然的上官氏，心裡也有些不是滋味。

蕭晴的臉色也不是很好，看了一眼穿著一身水紅色對襟小襖、正含羞立在徐氏身邊的徐柔，暗自唾了一口。「眼下就只是個姨娘，她還以為自己是正頭嫡妻呢！」又轉向蕭晗悄聲道：「回頭我給大嫂說說，讓她日日讓徐柔在跟前立規矩。」

「算了，如今都是一家人了。」蕭晗在一旁輕聲勸著蕭晴。「再說她也是妳娘接進府裡的，妳若過於刁難，豈不是讓大伯娘沒面子？」

蕭晴這才作罷，又小聲嘀咕了幾句，總之都是對徐柔的不滿，不過再不滿，也改變不了既定的事實。

幾日後，雲陽伯府請了官媒來向蕭昐提親，讓蕭家人都震驚了。

劉氏這下總算是揚眉吐氣，連走路都帶著風，想來就算梅香懷孕了，對她的影響也不及蕭昐的親事來得緊要。

「我就說咱們昐姐兒是個有福氣的，如今果真是應驗了。」劉氏雙掌合十，喜不自禁。如今她與前些日子的低調全然不同，滔滔不絕地訴說著自己的喜悅，可惜除了蕭昐是真的開心之外，其他人表情都是淡淡的。

等劉氏歇了話，蕭老太太才點頭道：「親事定下就好，昐姐兒年紀也不小了，妳便與伯夫人商量著吧！看看是擇個明年還是後年的吉日，一應婚嫁用品還是要準備著了。」

「老太太說的是。」劉氏笑著點頭，又特意掃了內屋一眼，蕭晗姊妹幾個正坐在裡頭，這才抿唇笑道：「媳婦想著晗姐兒的出嫁日就定在明年及笄後一個月，盼姐兒是她姊姊，自然不能晚出嫁，就挑個近些的日子，趕在晴姐兒之後也是行的。」

「妳決定就好。」蕭老太太沈吟道：「幾個姐兒出嫁我也不循私，就依著規矩從公帳中貼了嫁妝，餘下的妳們各房自己準備，有什麼缺的、少的，再與我說不遲。」

「媳婦謝過老太太。」劉氏趕忙對著蕭老太太行了一禮，面上雖然恭敬，心中卻有些不以為然。老太太說是不循私，指不定私下還要多補貼蕭晗一些呢！

「不必謝我，我只是照著規矩辦事。」蕭老太太淡淡地一揮手，劉氏便順勢起了身，她們兩人都明白如今只是維持著表面的婆媳關係罷了。想了想，蕭老太太不由又提醒了劉氏一句。「如今梅姨娘懷著身孕，我本想將她接到我院裡來照顧，可妳畢竟是二房的主母……我就將人交給妳了，妳可能應承我保他們母子平安？」

自從梅香懷了身孕之後，蕭老太太一直是防著劉氏的，原本是要將人接過來放在自己身邊，但略一想後還是作罷。眼下梅香懷孕正是個機會，若劉氏真有什麼動作，她也能夠乘機處置了劉氏，但若沒有，二房又能添個丁，也是好事。

劉氏面上一白，可那麼多雙眼睛瞧著她又不好發作，只強笑道：「瞧老太太說的，梅姨娘身子康健得很，想必孩子也能順利出生的。」她的額頭微微發了虛汗，目光不自覺地垂了下來，袖中的雙手更是握緊了。

原本她還想等蕭盼的親事定下，再騰出手收拾梅香，可眼下蕭老太太這樣一說算什麼意思，全家人的眼睛都往她這兒瞧呢！若是梅香有個頭疼腦熱的，是不是都要算到她頭上來？

老太太這是強自給她束了繩索，讓她動彈不得啊！

「好，這話可是妳說的。」蕭老太太微微眯了眯眼，唇角笑意深長。「若是得了個女兒就不說了，若是個兒子，便過繼到妳名下也行的，如今二房只有時哥兒一個嫡子，確實太單薄了些。」

「是，媳婦都聽老太太的。」劉氏恨得咬牙，卻不得不恭敬回應。在蕭盼訂親這當口，可不能再傳出她與老太太不和的傳言，否則豈不是平白給雲陽伯府拿捏的藉口？

「真是恭喜弟妹了，不久後又要添丁了。」徐氏在一旁撝了唇笑，每次看到劉氏吃癟，她心中都很是快意。「還有盼姐兒的親事也定下了，真是雙喜臨門。」

「謝謝大嫂了。」劉氏不冷不熱地應了一聲，又看向徐氏道：「如今蕭家四位小姐訂親的已有三個，還剩下雨姐兒……」眼珠子微微一轉，笑道：「大嫂可要放亮了眼睛，比照著她前三位姊姊的親事，給雨姐兒物色個好人家，可千萬不要因為她是庶女而刻薄了。」

「這我知道，不勞弟妹操心。」徐氏冷笑了一聲轉過了頭去，真是話不投機半句多。

第五十三章 美景

蕭盼的親事定下後，劉氏便忙碌了起來。從前莫清言的嫁妝在她手上，自然什麼都不愁，可眼下都被蕭晗捏在手裡，就是想從她指甲縫裡抓一點出來也不容易。為了給蕭盼置辦些體面的嫁妝，劉氏可是使盡了渾身解數，甚至還不惜放下身段來討好蕭志謙。

鑑於劉氏從前的種種劣跡，蕭志謙也不會再傻得一味相信她，便與她約法三章。

若是梅香能夠順利產子，蕭志謙便拿出五千兩私銀給蕭盼做嫁妝，若是中間有個什麼差池，那就變成二千兩，與他給蕭晗的一般無二。

劉氏聽了不由氣得咬牙，沒想到十幾年的夫妻情誼竟然被蕭志謙以金錢來衡量，甚至還拿梅香肚子裡的孩子威脅她，難道蕭盼就不是他的女兒了？

可即使心裡有怨氣，也得忍著，因為如今的蕭志謙可不會再對她事事遷就順從了。

面對這個男人時，劉氏依舊得微笑相對，又溫柔地訴說著從前的種種，試圖喚起他的憐憫之心。

可蕭志謙如今已是鐵了心，就算對劉氏的表現有些心軟，也絕不鬆口，畢竟劉氏已經年老，又怎麼比得上梅香的活色生香？

蕭志謙在這裡聽了劉氏一籮筐好話，到了梅香那裡又被她全部洗了去，只剩下滿室軟玉溫香。如此一來，倒是為蕭晗省去了不少的麻煩，因為劉氏如今的注意力完全不在他們兄妹身上。

十二月中旬，蕭志傑終於姍姍歸來，對這事最高興的莫過於徐氏，以至於對自己丈夫帶回來的那個還未升做姨娘的女人，她也可以視而不見。

徐氏忘記了自己曾經說過的話，劉氏卻忍不住提醒她。「大嫂可是說過陳氏侍候大伯有功勞，回來便給她抬了姨娘不是？今兒個那麼高興，大嫂不若就乘機將事情給辦了吧！」她笑意盈盈地轉向站在徐氏身後、眉目低垂的陳氏。

陳氏不過也才雙十年華，姝顏麗色，雖出身風塵，當初卻也是好人家的女兒淪落在外，一直潔身自好，這才被蕭志傑給收入了府中。當然這事也是同徐氏說過的，兩地相隔，即使徐氏有心反對也鞭長莫及，就順了他的意思。

今兒個徐氏是第一次瞧見陳氏，倒是個貌美溫柔的女子，雖然心裡有些疙瘩，但也不會被劉氏一刺就急得跳出來，畢竟她是正頭嫡妻，這點氣度還是有的，姨娘、妾室不過是個玩意兒罷了，最後能不能在府中站穩腳步，也要看她的意思不是？

這樣一想，徐氏便笑著喚了陳氏上前。「既然今日二太太說了，我便也升了妳的位分，今後妳就是陳姨娘，也能與梅姨娘做個伴。」她笑著摘下了頭上的赤金如意髮簪，插在了陳氏的頭上。

陳氏千恩萬謝地給徐氏磕了頭，她也瞧出了徐氏與劉氏兩妯娌有些不對盤，磕了頭後便規矩地立在一旁，並不多說什麼。

蕭老太太看在眼裡，暗暗點了點頭，果然是在蕭志傑身邊侍候過的人，懂得察言觀色，也是個守規矩的，便對徐氏道：「既然讓陳氏做了姨娘，今兒個趁著給老大接風，便再多擺一桌席面，由得他們樂一樂。」

「是，老太太，媳婦一會兒就去辦。」徐氏笑著點頭，又瞥了劉氏一眼，輕視的意味不言而喻，也就劉氏揪著姨娘這事不放，還鬧了一番，平白失了正頭嫡妻的氣度，不過就是個妾罷了，她還真不放在心上。她已經為蕭志傑生育了三個子女，就連唯一的庶女都是她養大的，她底氣足得很，怕什麼？

反倒是劉氏，跟前可就只有蕭盼一個女兒，人家蕭晗與蕭時兄妹倆與她又不是一條心，將來梅香生了孩子要親近哪一邊可不一定呢！等蕭盼出嫁後，劉氏可就真正是孤單一個人。

這樣一想，徐氏心裡便暗自發笑，她倒要看看劉氏還能得意多久。

這頭蕭老太太又向陳氏問起了蕭志傑在任上的種種，諸如吃好穿暖，是不是照顧周到了，平日裡有沒有個病痛的，官場上的事情倒是問得少，橫豎她們女人也不懂這些。

蕭志傑回府後，也就是報了個信，又馬不停蹄地往吏部而去。他在上面是有靠山的，與蕭昕不同，不過兩人是父子，該提攜照顧的他總不會忘記。

等著回了府後，蕭志傑又與蕭志謙、蕭昕在書房裡商量了一陣子，這才趕著來拜見蕭老太太。

「我的兒啊！如今你回來了，為娘就放心多了。」蕭老太太難得情緒外露，也是因為蕭志傑在外多時，又總是輾轉各地，哪有像小兒子蕭志謙這般時時伴在身邊，想念是有的，更多的卻是心疼。

「兒子不孝，沒能在娘跟前盡孝！」蕭志傑撩起衣襬便跪在了蕭老太太跟前，連著磕了三個頭，老太太親自扶了他起身，老淚漣漣。

「兒子回來是喜事，娘該高興才是。」蕭志傑扶著蕭老太太坐定後，一眾晚輩這才來向他行禮，他目光一掃，極威嚴地點了點頭。「家裡人都好就行，免得長輩掛念。」

蕭晗掃了一眼蕭志傑，果然在人前這個大伯是極有氣度風儀的，相較於溫吞性子的蕭志謙來說，大有一語定乾坤之勢；再看蕭老太太巴著他的手就不想放開的模樣，那其中的依賴與信任不言而喻，也就只有蕭家的主心骨能有這待遇了。

蕭志傑對著蕭昕兄弟幾個勉勵了一番，這才轉向了蕭家幾位姑娘，微微頷首帶過，只是在蕭晗身上多停留了一眼，畢竟是要嫁到長寧侯府的姪女。

蕭時剛好休沐在家，蕭昀的書院則是休到年十五之後才開課，比起兩個兄長，他好似要更畏懼蕭志傑，言語間不免有些唯唯諾諾的感覺。

蕭志傑看得有些皺眉，又與蕭昀單獨相處了一會兒，考校了他的功課後都不是很滿意，等晚間歇下時，才與徐氏說起了這事。「我覺著昀哥兒學業上太過死板，就算那些四書五經都背牢靠了，可不懂得運用，上了考場也無用武之地。」說罷目露深思。

「那依老爺所見該怎麼著才好？」徐氏微微撐坐了起來，她目光柔和，一頭烏髮披散在身後，倒是少了幾分平日的嚴謹，在暈黃的燭光中帶著柔和的暖色。雖然徐氏已經不年輕了，但誰沒有過年輕的時候，就算比不過陳氏的嬌俏嫵媚，也自有一股正室的端莊典雅。

蕭志傑轉過頭看向徐氏，目光微微一凝，旋即伸手撫上了她的臉蛋，來回摩挲，眸色漸深。徐氏微微咬著唇，面色多了一抹羞澀的紅暈，便聽蕭志傑啞著嗓子道：「為夫是想，若年後這官職定了下來，便讓昀哥兒回家唸書，我再不濟也是兩榜進士，教教他綽綽有餘，總比在書院裡讀著死書好。」微微一頓又道：「再說該學的他都學了一籮筐，我教他的便是學以致用，太太以為如何？」

「既然老爺都這樣說，我自然沒意見。」徐氏溫順地依了過去，抬起唇角輕輕地在蕭志傑耳邊輕拂而過。

「如此甚好！」蕭志傑唇角一掀，翻身而上，惹得徐氏一陣驚呼，待嬌羞過後便主動迎了上去，摟了他的脖子重重吻了過去。

年前的日子最是忙碌，幾位蕭家的姑娘都被徐氏拉著練手，家中庶務都分管了一塊，連上官氏也被徐氏給揪了出來，雖然她性子本就溫吞，可今後卻是要做當家主母的。

蕭晗分管廚房這一塊，自然是最忙碌的，除了在魏老嬤嬤那裡的課業不能落下，她幾乎是忙得腳不沾地，就連葉蓁與孫若泠來府裡拜訪她，也都被拉著一塊兒幫忙了。

再過三天便是年節，蕭晗洗漱一番後換了身乾淨的中衣躺在床榻上，掰著手指算著自己的事務還有什麼落下的沒有。好在屋裡有地龍，倒是沒有外邊那麼冷，蕭晗想得出神，不覺踢了被子露出一隻白嫩嫩的小腳來，枕月見狀趕忙上前來給她掩住，又不忘叮囑兩句。「小姐可得留神，眼下都要過年了，別讓自己受了風寒，陳大夫都已經回鄉下過年去了，可沒哪個大夫在這個時候還要出診的。」

「我知道，就是想得出神了，不過又不冷。」蕭晗笑著攏緊了被子，又見枕月低頭給她理著床鋪，不由打趣她道：「看看妳這模樣，哪像年後就要出嫁的人，當真不急了？」

「急什麼，人都定下了，早晚都一樣唄！」枕月仍舊是不慌不忙地理著被子，連頭也沒抬地說：「小姐給奴婢的宅子就離府不遠，奴婢瞧著挺好的，他也喜歡，置辦起來又用不了多少日子，咱們都沒父沒母，成親便請了親近的人就是，要不了那麼多繁文縟節。」

周益畢竟只有五百兩銀子傍身，雖然都交給她存著，可也要省著點用，枕月這些年也有積蓄，連同蕭晗賞賜的合在一起也有幾百兩，不過想在京城裡買套兩進的宅院也不容易，這筆大款都由蕭晗出了，他們兩人心裡很是感激。

「我就喜歡你們這般爽快簡單的成親。」蕭晗笑著點頭，又想到自己成親時恐怕多的是規矩要走，不由感嘆連連。「要是我與葉大哥也能悄悄地成親，不驚動任何人，就兩人過過自己的小日子多好。」

「小姐是說笑的吧，兩家都一大家子人呢！」枕月失笑地看向蕭晗，又為她孩子氣的話語搖了搖頭。「再說世子爺成親是大事，自然不可能隨隨便便。」

蕭晗無奈一笑。「是啊！到時候少不得還要進宮磕頭。」

「不過還早呢，十個月之後的事，您就別提前操這份心了。」枕月放下了床帳子，轉身便去桌旁吹蠟燭，又提了油燈在手上。「奴婢在外間歇下了，小姐也快睡了吧！」

「妳去吧，我也睏了！」蕭晗打了個呵欠，只覺得睡意襲來，不一會兒便進入了夢鄉。

夜很長，將原本立在窗臺下的身影拉得老長。

葉衡已經在窗下守了一會兒，也聽見了她們主僕的對話，心中暗自發笑，等蕭晗的屋裡歇了燈火，主僕倆皆沒有動靜之後，葉衡這才悄悄地翻窗而入。

到了蕭晗的床榻邊，葉衡動作俐落地脫下外袍鑽了進去，被子裡暖暖的，他不由擠了過去緊緊地挨著蕭晗，大手輕輕地搭在她的腰上，嘴也不老實地開始亂動了起來。

睡夢裡的蕭晗不覺皺了皺眉，她怎麼覺得夢裡好像總有蟲子在咬她似的，脖子後面熱熱的、癢酥酥的，她伸手去抓卻摸到了一張溫熱的臉。蕭晗一下子便驚醒過來，身後的人卻緊緊地貼了過來，呵著熱氣道：「是我。」

「你怎麼到我這裡來了？」蕭晗又好氣又好笑，曲起手肘便往葉衡身上撞去，意欲拉開兩人的距離。這人太無恥了，不聲不響地便摸進了她的被窩裡，若是被別人瞧見了還得了。

「別動！我什麼都不做，就想抱抱妳，行嗎？」見蕭晗扭動著身子，葉衡趕忙腿腳並用地從身後將她給壓住了，委屈道：「我在妳窗下站了好久，眼下手腳都是冰涼的，媳婦兒妳就可憐可憐我，讓我在被子裡暖暖吧！」

「你活該！」蕭晗聽得心中一軟，卻還是忍不住呸了葉衡一聲。「深更半夜的誰讓你跑到我屋裡來，都睡得正好呢！你偏要將人給吵醒。哪隻手冷了？伸過來我給你暖暖！」說是這樣說，可蕭晗還是捨不得葉衡受凍的。

葉衡心下一喜，笑咪咪地將手從蕭晗的腰上伸了過去，還乘機在她腰上蹭了兩下，又惹來蕭晗的一記飛肘。

「腿好了？又敢爬牆了？」蕭晗將葉衡的大手捣在掌心裡，來回地搓動起來。

「前些日子就能走了，只是得先慢慢地走，我又怕好了會不靈活，所以在家裡練了幾日，這才敢來蕭家找妳。」葉衡湊近她，嗅著鼻間的香氣。「我好想妳，媳婦兒！」

蕭晗紅著臉，咬唇道：「我也想你，只是年下事情太多，我大伯與大哥他們也回了京，我走不開，就沒能去府裡看你。」

葉衡理解地點了點頭，手上的動作收緊了一分。

「今年家裡熱鬧了許多，梅姨娘還懷著身子，我大哥屋裡也添了個姨娘……」蕭晗絮絮叨叨地說著近來蕭家發生的瑣事，葉衡也不嫌煩，只靜靜地聽著，偶爾插進一、兩句話來，兩人就這樣靜靜相擁，悄聲說話，時光靜好。

等蕭晗話語方歇，葉衡便擁緊了她道：「今日也是來向妳告別的，我怕是又要出京辦差了，歸期未定。」其實這才是他捨不得蕭晗的原因，想著或許會有幾個月都見不著自己的小媳婦，他心裡就不是滋味。

「又要出京？」蕭晗本能地一顫，不由攥緊了葉衡的手。「就不能不去嗎？」蕭晗面色急切地轉過身看向葉衡，夜色中他一雙眼睛尤其明亮，正帶著專注和柔情看向她。

「不能。」葉衡笑著搖頭，又伸手撫過蕭晗嬌嫩的臉蛋。「這次的事情我一定要去做個了結，這是我的職責。」當然，報仇也是促使他必須要去的原因。

「可是我擔心你。」蕭晗放不下心來，若是再遇到之前那樣的災禍，她無法想像。

「我會保重自己的，就算是為了妳，我也不會讓自己輕易涉險。」葉衡輕聲保證著，又見蕭晗不信，便說了許多安慰她的話，漸漸地小丫頭倦意襲來，迷迷糊糊地點著頭。

「睡吧，我等著妳睡著了再離開。」葉衡鬆了口氣，又湊近了蕭晗，輕輕地在她額頭上落下了珍視的一吻。他愛她、憐她、寵她、疼她，將她視作手心裡的寶貝，只要她安全地待在京城裡，只要她沒有一點危險，他便能放開手腳行事，再也不會如上次那般束手束腳。

希望他回來之日，便是迎娶他的小妻子之時，那一天他已經期盼了好久。

盯著蕭晗熟睡的容顏，葉衡仍然捨不得離開，這小丫頭卻毫無所覺一般，還往他懷裡拱了拱，似乎找到了一個更舒服的姿勢，腿又巴巴地纏了上來，睡得很是香甜。

葉衡不由一臉苦笑，說了今日不碰她，他便也信守承諾，可身下一直緊了又鬆、鬆了又緊，當真是甜蜜又痛苦的折磨，一直等到天邊泛起了魚肚白，葉衡這才輕手輕腳地離開。

第二日蕭晗上課時顯得心事重重，回到屋裡便讓蘭衣找了各色絲線出來，又從景泰藍的盒子裡取出了十八顆晶瑩剔透的琉璃珠。蘭衣找來了彩色絲線，可看著蕭晗這陣仗卻不知道她要做什麼，不由問道：「小姐要做什麼吩咐奴婢就是，哪需要您親自動手。」

「我想做一條長命縷。」蕭晗搖了搖頭，又指派蘭衣。「將絲線給我分五色出來。」

「可眼下並不是端午啊！小姐做得怕是早了些。」蘭衣心中雖然揣著疑惑，手下動作卻沒有遲疑，自然是蕭晗怎麼吩咐，她怎麼做。

「我知道，我自有用處。」蕭晗點了點頭。端午送長命縷的習俗她當然知道，可上一次的端午他們兩人的關係未定，她也不好送東西給葉衡，如今送他，卻是有更特殊的意義。

琉璃晶瑩剔透，在佛家裡有消災避難的意思，十八顆琉璃珠串成的長命縷寄著她的期待和盼望，只希望葉衡這次事事順遂，平安歸來。

到了大年三十這一天，京城街道上的店家幾乎都關了門，家家戶戶都圍坐在火爐旁，嗑著瓜子閒聊天，等年飯上了桌，便從晌午一直吃到大半夜，笑聲、歡鬧聲不曾間斷。

夜色漸深，屋簷下的燈籠左右飄搖，不遠處還有沖天的煙花火炮。蕭晗從屋裡出來透氣，倚在廊柱下看著滿天的花火，這一刻，她真的很想葉衡，可兩人沒成親，自然要與各自的家人相聚在一處，也不知道他有沒有戴上自己親手編織的長命縷？

看了一會兒煙花，蕭晗又到廚房安排了一番，離守歲還有一會兒光景，她便回到自己的屋裡歇息去了。屋裡黑燈瞎火的，蘭衣剛點上燈籠，蕭晗便覺得眼前人影一晃，再一細看竟然是葉衡。

「你怎麼來了？」蕭晗眸中帶著驚喜地看向葉衡，她還以為他正在長寧侯府呢！畢竟是過節，誰家的人不聚在一處啊，又轉向身後的蘭衣。「妳先退下，守在門外。」

「是，小姐。」蘭衣對著蕭晗點頭，又向葉衡行了一禮，這才匆忙地退出去守在屋外。

「原本是要在府裡過節的，可昨兒個宮中又傳了話，讓咱們一家子進宮赴宴，這宴會進行不到一半，我就跑了出來，想來看看妳。」葉衡牽了蕭晗的手，將她看了又看，又有些心疼道：「近來太忙了吧！我瞧著人都瘦了。」說罷伸手揉了揉她的臉蛋。

「也不是太忙，咱們姊妹幾個都有事做，只是我分到廚房裡，事情稍多了些。」蕭晗笑著搖頭，臉在葉衡的掌心摩挲了一陣，他的手掌上有些薄繭，摩挲起來有種癢癢的感覺。

「走，我帶妳看煙花去！」葉衡拉了蕭晗就往外走，一邊走一邊道：「往年我得空了都在皇宮裡的松露臺看煙花，那裡是京城最高的地方，看得最遠，景色也是最美的。」

「你要帶我進宮？」蕭晗腳步頓時打住，又有些糾結地搖頭道：「眼下我怎麼能離開，若是家裡人找來怎麼辦？」

「不礙事，交代妳的丫鬟一聲就好，再不濟還有枕月與梳雲給妳遮掩著呢！出不了事。」葉衡說著便打開了門，瞧見了恭敬垂首的蘭衣，直接吩咐道：「我帶著妳們家小姐出去一趟，若是有人來找，妳可知道怎麼說？」

「奴婢就說小姐有些不適，歇息一陣再過去。」蘭衣的頭垂得更低了。

蕭晗哭笑不得，她的丫鬟就這樣被葉衡給安排了，又聽他繼續對蘭衣說道：「若是自己應付不來，可以去找枕月和梳雲，我與妳家小姐的事情她們倆都知道。」

蘭衣連連點頭應「是」，蕭晗這才無奈地隨著葉衡往外走去。

「閉上眼睛，倚在我懷裡。」葉衡張開手臂，黑色的大氅如潑墨般掩在夜色中，那麼寬大，內裡甚至還鑲了一層灰鼠毛，看起來便很暖和。

蕭晗微微猶豫了一下，輕輕倚了過去。

「手環著腰，不然摔著了怎麼辦？」葉衡自顧自地將蕭晗的手纏在自己的腰上，又確認她抱緊了，這才騰空而起，在屋簷上騰躍挪轉，朝著皇宮的方向飛奔而去。

葉衡的懷抱很溫暖，蕭晗安心地貼近，任大氅外風聲呼嘯，在他的懷中似乎自成了一個小天地，暖和中還帶著他特有的竹葉清香，很是宜人，聞著聞著，蕭晗不由打了個呵欠，實在是白日裡太過忙碌，夜裡還要守歲，她覺得有些疲憊，便靠著葉衡睡著了。

「起來了，小懶豬！」一絲冰涼點在蕭晗的臉上，她驟然驚醒，看著葉衡壞笑的臉，忍不住伸手捶了過去。「叫你壞，叫你拿雪冰我，壞死了！」

「好了好了，妳瞧這是哪裡？」葉衡擒住了蕭晗胡亂揮舞的雙手，將她轉過了身來，她頓時被眼前的景色震驚了。

白茫茫的一片雪景中點綴著數不清的紅燈籠，一陣冷風吹來，紅燈籠便左右搖擺起來，遠遠望去真像是一顆顆結在樹上的果子。天邊驟然炸響了一聲禮炮，緊接著便是數不清的煙花沖天而起，在天空中交織出絢爛的美景，整個夜空似乎都被點亮了。

「好美啊！」蕭晗忍不住失聲讚嘆，這樣的美景她還是第一次瞧見。

「還好咱們趕上了，這只是宮中的禮炮開響，不一會兒民間的煙火也會回應起來，足足要熱鬧大半夜呢！」葉衡從身後環住了蕭晗，又將她籠在自己的懷裡。

「謝謝你帶我來這兒，真的好美！」蕭晗側過頭望向葉衡，他清亮的黑眸中倒映著一片五彩的煙火，看起來熠熠生輝，漂亮得讓人移不開眼。

「這有什麼，只要妳喜歡，以後咱們年年上這裡來。」葉衡牽了牽唇角，見蕭晗直愣愣地望著自己連目光都不轉了，忍不住輕輕刮了刮她的鼻頭，打趣道：「是不是瞧見妳相公我長得玉樹臨風、瀟灑倜儻，所以怎麼看都看不夠？」

「你少貧嘴！」蕭晗紅著臉轉過了頭去，一顆心卻是咚咚地跳個不停。

「我喜歡妳看我，繼續看，看一輩子都別生厭才好！」葉衡扳過了蕭晗的身子，兩人目光直視，情緒都有些觸動，溫熱的唇瓣不由緩緩地貼合在一起。

滿天的火樹銀花似乎都成了她眼中的陪襯，星光漫天，白雪飛舞，蕭晗最後記住的只是葉衡那飽含深情的一吻，一直讓她沈醉、沈醉，不願意醒來……

第五十四章　出事

蕭志傑在吏部活動多時，終在元宵後的某一日將官職確定了下來，入戶部任郎中，雖然與應天府同知都是正五品的官職，但京官與地方官自然不能同日而語，也算是他高陞了。

蕭志傑官職一定，連帶著蕭家從上到下都鬆了口氣。

可蕭昕卻是沒機會留京了，二月初他便要啟程往江南去，這次依然是個正七品的知縣，不過江南富庶，即使只是縣城也算得上是個好地方，做為地方官只要秉公執政還是有出頭之日的，何況他還那麼年輕。

蕭昕本就對留京沒有過多的期待，這個結果也在他意料之中，當然也有蕭志傑在其中幫忙打點，不然江南諸縣這塊肥缺誰不想去，怎麼就讓他得了個知縣的職位？也不知道羨煞了多少才入職為官的年輕俊傑們。

這一次上官氏便不能隨著蕭昕離京了，得了徐氏的吩咐，她要留在京城裡侍候婆婆，代丈夫盡孝，即使心中有苦，也只能強自嚥下，面對蕭家人還得撐著一張笑臉，這才是她作為一個嫡妻該有的氣度。

蕭晗看在眼裡也不知道說什麼才好。對一個女人來說，再多的勸慰也比不上自己的丈夫能在身旁，更何況還要看著另一個女人隨著蕭昕一同離去，上官氏只怕連死的心都有。

這幾日徐柔倒是春風得意，四處打點安排，置辦一應要帶走的器具。徐氏與蕭老太太還賞了她許多的好東西，讓她務必在任上將蕭昕給照顧好了，還有就是在孩子這事上多努力，全家人都等著他們的喜報呢！

「這一走怕要幾年才能歸來了，幾位妹妹多保重！」徐柔穿了一身淡紅色繡海棠花瓣、纏枝紋的金襖裙，梳著墮馬髻，頭上斜插著一支金步搖，看起來光彩照人，與另一旁穿著一身暗黃色素面襖裙、面容憔悴的上官氏一比，簡直是兩個極端。

眼瞧著徐柔得意地轉身離去，蕭晴不由呸了一聲。「就憑她一個姨娘也敢喚咱們妹妹？不說破是不想讓她丟臉罷了，她倒真是叫順口了。」

「大姊少說兩句吧！」蕭晗扯了扯蕭晴的衣袖，目光又往上官氏那裡瞄了一眼。「大嫂眼下正難過呢。」

「我就是為大嫂不平。」蕭晴咬了咬唇，暗暗跺了跺腳。任誰都知道徐柔這一去若是懷上孩子，那倒真是母憑子貴，與徐家又有著那層親戚關係，到時候可有得她炫耀了。

「大嫂如今最緊要的便是調理好身子，身子好了，這孩子將來自然會有的。」蕭晗提醒了蕭晴一句。

蕭晴想了想也反應過來。「是啊！這次大嫂歸京妳瞧她那臉色就有些不好，回頭我與娘說說，是不是也該請個大夫來給她瞧瞧。」

早春二月，空氣裡還帶著幾分濕寒，冬天並沒有如約而去，在與初春交替之時總有一股乍暖還寒的冷意，可即使是這樣也沒能阻擋枝頭那一抹新綠綻放，連冰冷的雪地裡都蹦出了幾許清新的綠芽，處處帶著早春的氣息。

蕭晗姊妹幾個相約出遊，出了京城後，一條長長的車龍蜿蜒前行著，枕月挑開車簾看了一眼又極快地放下了簾子，轉頭對蕭晗道：「小姐，光咱們府裡的馬車就有近十輛了，再加上長寧侯府葉家的、李家的、孫家的、還有雲陽伯府季家的、靖安侯府雲家的一共有近三十輛馬車了。」

「我也沒想著會來那麼多人，可人都來了，總不能攆了回去吧？」蕭晗無奈一笑。好在大興的莊子也不小，安置這些人應該沒什麼問題。不過大家脾性也不是全部相投，到時候入了莊子，只怕就會分了派系，各玩各的，她也不用一直緊著誰。

大興的田莊離京城不遠，還未到晌午，蕭晗一行人便已經到了。

這裡的全莊頭早得了信在門口恭候著，又見著下車的都是一些小姐們，更是連眼都不敢抬，只恭敬地將人一一迎了進去，這才在蕭晗跟前稟報。「小姐兩天前命人傳了消息來，小的便讓莊上的僕婦幫著準備了房間，就是鄉下粗陋了點，到底沒有城裡的屋舍那般精貴，就怕怠慢了各位小姐們。」他有些緊張地擦了擦汗。

全莊頭可是見識過蕭晗的厲害，她當時不聲不響地就將古玩鋪裡的老劉給收拾了，又給了他們幾個下馬威，連劉氏都曾被鬥得回了娘家，聽說眼下雖被接回了蕭府，可也不敢再興風作浪，他們這些下人更是不敢造次，還是安心地做好差事，免得丟了飯碗。

「這倒不礙事，莊上是簡陋了些，若是哪些小姐住得不慣，你儘管差人來回了我就是。」蕭晗淡然一笑，來做客的想來都是知道規矩的，若還有挑三揀四、沒事找事的，她不介意親自出馬收拾她們，這裡供不起大佛，直接拉回京城得了，今後要出遊什麼的，也不會再請了來。

「是，那小的就下去安排了。」全莊頭這才鬆了口氣，躬著身子退了出去。

半天奔波之後也有些疲憊，又遇到她的癸水來了，蕭晗簡單地用了午膳後，便靠在床榻上懶懶地不想動。

過了信期，蕭晗的身子好了些，便與孫若泠她們玩在了一塊兒。沒有了長輩的管束，這幾個丫頭當真就瘋了起來，其中數孫若泠最會玩鬧，這瘋丫頭竟然還會爬樹，可是讓她大開了眼界。

「咱們過去坐坐吧！」葉蓁上前來挽了蕭晗的手，她是侯府的小姐，母親羅氏又出自書香門第，平日裡的氣度也與常人不同，幾位小姐對她都很是客氣，但又不敢與她太過親近，也就蕭晗能與她一起玩了。

「行，由得她們鬧騰，咱們到涼亭裡坐著清靜清靜。」蕭晗笑著點頭，又命蘭衣準備些茶水點心，這才帶著葉蓁往涼亭而去。

這座莊子的涼亭倒也沒有府裡的那般考究，繞過一個不大的池塘後，通往涼亭是一座結實的木橋，雖然沒有石質拱橋看來美觀大方，卻也是舒適耐用。

「妳看，妳大姊她們在那裡釣魚呢！」葉蓁指了指不遠處池塘邊的兩個身影，蕭晗望過去，沒想到除了蕭晴，還有趙瑩瑩在旁邊。

「由著她們玩吧！莊子那麼大，各人的愛好都不盡相同。」蕭晗抿著唇笑，又招了葉蓁到近前說話。「那一日我還瞧見雲家小姐在池塘邊撿石子呢！沒想到她還有這種愛好。」

葉蓁挑了挑眉，淡笑不語，又與蕭晗一同坐下，抿了幾口茶水後，她看了蕭晗一眼，似乎有話要說。

「怎麼了，咱們之間還有什麼不能說的嗎？」蕭晗笑著看向葉蓁。她們兩人雖然相識不久，但性子相投，她已經將葉蓁視為最好的朋友。

「也沒什麼……」葉蓁笑了笑，順手撩了撩頭髮，這才看向蕭晗道：「就是我的親事定下來了。」她神情淡淡的，看不出有何特別。

蕭晗眉頭一挑，笑著問道：「是哪家公子這般幸運，能夠娶到咱們長寧侯府的大小姐？」

「忠義侯閔家的二公子，如今在軍中任職，大伯說他聰敏上進，人很不錯。」葉蓁牽了牽唇角。「妳知道我爹最聽大伯的話了，他說好的一定是好的。」

「怎麼？妳不喜歡？」蕭晗握住了葉蓁的手。她的哥哥也是習武之人，葉衡亦在錦衣衛任職，她對武將向來有好感。

葉蓁淡淡地搖了搖頭。「也不是不喜歡，只是沒見過人，誰都一樣。」

「這有何難？」蕭晗聽了緩緩一笑。「等咱們回京城後，找個機會去看他一眼，神不知鬼不覺的，也能讓妳安個心。」

「這……」蕭晗的提議讓葉蓁有些心動，可她從來沒做過如此大膽之事，眼下有些猶豫。

「去吧！」蕭晗在一旁鼓吹著葉蓁。「弄清楚他在哪裡當職，咱們守在路上瞧他一眼就是，又不當面和他碰上，沒事的。」

「行，那到時候妳陪我一塊兒去。」葉蓁終於下定了決心，又邀了蕭晗作陪。

蕭晗笑咪咪地點頭。「自然要為姊姊相看一番，若是太差了咱們就悔婚，怎麼能讓姊姊這樣的鮮花插在牛糞上？」

兩人又互相打趣了一番，這才瞧見有丫鬟急急來報，說是孫家三公子到了莊上，蕭晗微微有些不解。「莫不是來接若泠她們的？」

想著孫若泠還在爬樹，那衣衫不整的模樣，蕭晗便拜託葉蓁。「妳去瞧瞧孫家姊妹，讓她們稍作收拾再出來吧！我且先去見見孫三公子。」

「行，我立刻就去。」葉蓁點了點頭，轉身便往先前那處而去，蕭晗這才理了理衣衫，去正廳裡見客。

孫若齊正坐在圈椅上，手中端著杯熱茶，可明顯有些神思不屬，聽到屋外響起腳步聲，這才擱下茶盞站了起來。待見到來人時微微有些驚訝，不過也是一下便回過了神來，對著蕭晗拱手一禮。

「三公子。」蕭晗笑著對孫若齊還了一禮。「三公子這般急著來，是不是要接令妹回府？」

「不瞞三小姐，確實是家中出了事，奉了我娘之命，這才特地來接兩位妹妹回府。」孫若齊說完後便兀自沈默著，但不難發現他神情中有一抹焦灼。

蕭晗見他神情如此，也不好再說出什麼留客的話來，只道：「三公子還請稍等，我已經讓葉家姊姊去請了她們來，你且稍安。」又見孫若齊仍然眉頭緊皺，不由關切地問了一句。「不知道是什麼事情累得公子如此憂心，我能否幫得上忙？」

孫若齊抬頭看了蕭晗一眼，沒想到在這個時候她還能夠關心他，他心中微暖，卻又慶幸著好在嫁給他的人不是蕭晗，不然或許真是要害苦了她。

「這事我實在是不好啟口……」孫若齊艱難地蠕動著嘴唇。瞧見蕭晗一雙水波盈盈的雙眼看著自己，那專心聆聽的神情、那發自內心的關懷，都讓他觸動不已，便不想再隱瞞下去，只沈聲道：「這事就算我不說，想來回京後妳也會知道。」

微微一頓後，面色中多了幾分澀然。「祖父被人上奏彈劾，如今氣得犯病臥床，口不能言……」

蕭晗聽後面色一變，心中更是震驚不已。孫若齊的祖父即是都察院左僉都御史，專職糾劾百司，辨明冤枉，提督各道，為天子耳目風紀之司，歷來受天子重用，可若是被人彈劾……莫不是真的做了違法之事？

蕭晗不敢輕易論斷，只能壓下心頭的震驚，緩緩勸著孫若齊。「孫老大人一生為官，想來朝廷裡的故友也是不少，到時候查明了因由，必會還老大人一個清白的，公子切勿太過掛心。」

蕭晗起身吩咐蘭衣收拾回京的細軟，又對孫若齊道：「我與公子一道回京，到時候問過我家老太太，再到府中探望孫老大人。」

孫老大人貴為正四品的都察院左僉都御史，可是整個孫家支柱，孫家的兩位老爺都在外任職，不過也是依仗著老大人在朝中的關係，若是孫老大人一倒，那孫家的結果真是不敢想像。怪不得孫若齊是這樣一副沈重的模樣，這個少年似乎在一夕之間長大了。

「怎麼能勞煩三妹妹？」孫若齊話一出口便知道自己僭越了，可妹妹兩個字既喊出口，再不好更改。

「不麻煩。」蕭晗微微一怔便反應過來。「咱們兩家人都要結為親家了，我也喚你一聲三哥，今後家裡有事只管找了人來府中報信就是，雖說我們不一定能幫上什麼忙，只求或許能盡點綿薄之力。」

「三妹妹心地善良，我在這裡多謝妳了。」孫若齊苦笑一聲，又對著蕭晗拱了拱手。

「如果家裡真的有事，那妳哥哥與若泠的親事……」

「沒有如果！」蕭晗斬釘截鐵地打斷了孫若齊的話，態度甚至比他還要堅決。「我哥哥與若泠的事情，是兩家人都點了頭的，我心裡早已經將她當作了我的嫂子，雖然如今還未正式過定，卻也不能因為家裡有什麼變故而耽擱了他們，這事我會與府裡老太太說的，還請三哥放心。」

孫若齊輕嘆著搖了搖頭，眼下恐怕也只有蕭晗是這般想的，換作任何人家若是遇到這種事情，沒有訂親的只怕已經避之不及，定了的都要想辦法給退了，同富貴容易，共苦難……憑什麼？連他自己都會這樣想，別人又如何不會？

孫若齊握了握拳頭，也是他沒用，若是能早些考中進士，入了朝堂，說不定還能幫上一些忙，可眼下卻只能乾著急。

「三哥哥、三妹妹叫得這般親熱，若是不知道的，還以為你們才是未婚夫妻呢！」李思琪不知道什麼時候到了廳外，此刻一臉冷笑地踏了進來，瞪了蕭晗一眼後，這才轉向了孫若齊。當初也是李夫人瞧上了孫若齊，甚至不介意他還沒有功名在身，若不是李夫人好說歹說的讓她點了頭，她還真不稀罕這個窮酸書生。

「思琪，妳說什麼話呢？」蕭晴是在李思琪之後進了廳裡，身後還跟著一臉緊張焦急的趙瑩瑩，見了有男子在這裡，她立即轉身幾步又退了出去。

蕭晗唇角一抿，淡淡地掃了一眼李思琪。「蕭家與孫家是世交，我喚他一聲三哥怎麼了，這樣也礙著李小姐的眼了不成？」

「我說不行就是不行！」李思琪看向蕭晗，又瞪了孫若齊一眼。「你來這裡幹什麼？」

「我是來接兩位妹妹的，還望李小姐口下留德，不要壞人名聲。」孫若齊斂了面色，側過了身去，顯然是不想與李思琪計較。

孫若齊這話不說還好，一說李思琪便來了火氣，指著他的鼻子罵道：「對著別人就親親熱熱地喚妹妹，我就是李小姐？你倒真是親疏有別！孫若齊你別忘記了，我才是你未過門的妻子！」

「今日著實抱歉，我在莊外等著她們姊妹就是。」孫若齊對蕭晗拱手一揖，又看了李思琪一眼，搖了搖頭，不發一言地走了出去。

「你敢走?!」李思琪急得跺腳，眼見著孫若齊轉身要走，便伸手想去攔。

蕭晴腳步一抬擋在了李思琪的跟前，眉眼微冷。「思琪，妳今日過分了！」

「我過分？」眼見孫若齊走遠了，李思琪只能咬牙看向蕭晴。「還不是妳袒護著自己的妹妹，橫豎我這個小姑子就不重要了？」

蕭晗橫了她一眼，這才將蕭晴拉了過來，低聲道：「大姊，孫老大人出了事，我怕是要回府一趟，不過莊上還有葉家、趙家等幾家小姐，咱們也不好都走了。」想了想又道：「要不妳們晚兩天再回來，這裡只能交給妳了。」

「到底是什麼事情這般嚴重，要孫三公子親自來接人？」蕭晴也意識到事態嚴重，此刻沒心情理會李思琪的大小姐脾氣，若不是要顧及兩家的親事，這次她才不會帶了李思琪來大興田莊，明明是正常說話的兩人偏偏被說得如此不堪，面對蕭晗她都覺得有幾分汗顏。

蕭晗附在蕭晴耳邊悄聲地說，她不禁變了臉色，又拉緊了蕭晗的衣袖。「孫家不會有事吧？」

「希望不會。」蕭晗搖了搖頭，眼下她也沒有心情玩樂。

「那妳快去吧！」蕭晴點了點頭，送著蕭晗出門。

這時李思琪又湊了上來驚呼道：「怎麼她也要走？莫不是追著孫若齊去的？」

蕭晗腳步微頓，眸中泛起點點寒霜，裙襬一動，轉頭對著李思琪冷冷一瞥。「李思琪，別以為妳想法齷齪，別人就跟妳一樣齷齪！」又對蕭晴道：「大姊，我這莊上不歡迎嘴巴不乾淨的人，我一會兒就差人送李小姐回去，對不住大姊了。」

蕭晴沈默地點了點頭。李思琪即使將成為她的小姑子，這般作派著實也讓她失了顏面，就算李夫人怪罪，她也要將人給送回去。

「妳們敢攆我走?!」李思琪氣極，又見蕭晗姊妹的眼神如出一轍，充滿著嘲諷與不屑，心中頓時惱怒不已，脫口罵道：「別以為我稀罕來這個破莊子！本小姐這就回去，不用妳們安排。」又對蕭晴忿忿道：「妳敢這麼對我，回頭我一定告訴母親！」說罷轉身就跑開了。

趙瑩瑩就站在屋外，此刻見了這一幕尷尬不已，對蕭晗她們笑了笑，訕訕地離開了。

「對不住大姊了。」蕭晗轉向蕭晴致歉，她是想要忍忍李思琪的，可這人真是太討厭了，她著實忍不下去。

「不礙事，我也忍她很久了。」蕭晴攤了攤手表示並不在意。「若是她向李夫人告狀，我也有我的一套說辭，她平日裡嬌縱霸道慣了，又不是真從李夫人肚子裡爬出來的，看李夫人相信誰。」又握了蕭晗的手道：「妳別擔心我，收拾收拾快些回京吧！」

「這裡就拜託大姊了。」蕭晗對著蕭晴點了點頭，帶著枕月快步離去，又親自與葉蓁交代了一番，這才與孫家兄妹一道回京。

回京的馬車走得很快，此刻蕭晗也顧不得顛簸，只想快一些趕到蕭家，蕭時那裡她已經讓小廝先去報信，希望他得了消息能夠回府一趟。

孫若泠姊妹的馬車就在前面走著，孫若齊為了商量事情，也與孫家姊妹一道坐在那輛馬車中，兄妹三個也不知道在車裡說了些什麼，等在路邊的茶寮裡稍作歇腳時，看孫若泠的眼睛都紅了，孫若萍還好，卻也看得出來是哭過的。

眼下事情未有個結果，蕭晗也不好妄自評斷，只讓他們兄妹放寬心，指不定回了京後孫老大人便好些了。

「也只能這樣想了。」孫若泠抽泣著對蕭晗點頭，又拿絹帕擦了擦眼角，低垂著目光不知道在想些什麼。

看著孫家三兄妹各自沈默著，蕭晗的心情也很沈重，孫老大人能不能康復只是其一，若真是康復了，那之後對朝中的彈劾又該如何應對，這也是要緊的事情。

孫家兩位老爺在任上鞭長莫及，孫若齊上面只有一個長房的二哥，可這二哥也是個不頂事的，下面兩個弟弟又小，如今孫家能夠挑大樑的，無疑就只有孫若齊。

馬車行到半路又下起了雨，雷聲隆隆，電閃雷鳴，烏雲滿天，天色沈鬱得似傍晚一般，前頭孫家的馬車一個打滑，連人帶車都倒在了路邊。

第五十五章　取捨

屋漏偏逢連夜雨說的怕就是眼前的場景，孫家人坐著的馬車翻了，孫若齊兄妹幾個從車裡滾了出來，沾了滿身的泥濘，看起來好不狼狽。

蕭晗匆匆下了馬車，也顧不得打傘，與幾個丫鬟一道扶了他們起來。

孫若泠一路都在忍著，此時大雨傾盆，落在她的臉上也不知是雨是淚。看著那與蕭時有些相似的眉眼，她忍不住抱著蕭晗號啕大哭起來，許是想到了親人的安危、家族的存亡，以及她與蕭時或許剛有希望便要被掐斷的幸福，孫若泠哭得幾乎喘不過氣。

孫若萍也在一旁抹淚，只是她年紀稍長，人也含蓄內斂些。

「讓三妹妹見笑了。」孫若齊抹了一把臉上的雨水，也顧不得滿身髒污濕濡，託蕭晗照顧著孫若泠姊妹，這才叫了車夫與小廝一道幫著搬動馬車。他本也是翩翩公子，平日哪裡做得這些粗活，蕭晗忙給蘭衣使了個眼色，她便飛快地叫了幾個蕭家的護院來，不一會兒便將孫家的馬車給重新搬正了。

「快些上車換身衣服，不然會著涼的。」蕭晗囑咐了孫若泠姊妹幾句，又看著她們上了馬車，這才欲往自己的馬車而去。

孫若齊仍舊佇立在雨中，有些失魂落魄的樣子，茫然的目光看向遠處，彷彿沒有了焦距。蕭晗接過枕月遞來的油傘走了過去。

「三哥快上車換身衣服吧。」蕭晗知道孫家的人眼下都不好受，可有再大的苦難都得撐著，誰叫他們是一家人呢？眼下若是誰倒下了，也不過是讓那些想要他們不好過的人看笑話罷了。

孫若齊僵硬地轉過頭來，又看向蕭晗濕透了的裙襬，心下生出些許憐惜與愧疚。「讓妹妹看笑話了，我也沒想到自己竟然這般沒用。」他自嘲一笑。

「不過是意外罷了，怨不得誰。」蕭晗的話語很輕，但一字一字卻蹦進了孫若齊的耳朵裡。

意外？是指翻了馬車，還是指孫家的事情？

孫若齊搖了搖頭，唯有苦笑。

「三哥，可聽我一句勸？」蕭晗認真地看向孫若齊，額頭的劉海滴下點點水珠，襯得她一雙眼睛更加明亮。「你已經考中了舉人，那就是才華，那就是本事，如今孫家遭逢劫難，兩位孫大人又不在京中，你雖不是長孫卻也要扛起家族的重擔，倒下了沒什麼可怕，重要的是將來還能站起來！」

見孫若齊抬起一雙茫然未明的雙眼，不由又道：「我相信三哥就是孫家的未來，所以你更要振作起來，大家都需要你！」

「我是孫家的未來？」孫若齊艱澀地吐出這幾個字眼，可為什麼連他自己都有些不確定。

「當然是。」蕭晗笑著將手中的油傘遞了過去。「快些進馬車吧！我也要去換身衣裳了。」她轉身小跑幾步上了自己的馬車。

好在孫若齊來時也是坐馬車，剛剛不過與孫若泠姊妹商量事情才擠到了一輛馬車上，眼下衣裳盡濕，雖是兄妹也男女有別，便各上各的馬車方便換衣。

「三妹妹……」孫若齊上車前，轉頭癡癡地望著蕭晗在雨中的背影，原本還有些茫然迷濛的眼神漸漸變得清明而堅定了起來，袖中的拳頭緩緩收緊。

進京之後蕭晗便與孫若齊兄妹分道而行，回府後蕭晗收拾打理了一番，又抹乾了頭髮，換了身乾淨的衣裙，這才往蕭老太太的敬明堂而去。

時辰已近黃昏，天色微暗，蕭老太太屋裡已經坐了好些人，除了蕭志傑、蕭志謙兄弟倆外，徐氏與劉氏也在其中。驟然見蕭晗歸來，蕭老太太還有些詫異，直將她招到眼前問話。「怎麼好好的就回來了，不是還在莊上玩嗎？」又向她身後看去。「只有妳一個不成？妳大嫂還有晴姐兒她們呢？」

蕭晗向在座之人一一行禮後，這才回了蕭老太太的話。「孫女是一人回來的，大嫂與大姊她們還在莊上陪著客人。」又走到老太太身邊耳語道：「也是孫三公子來莊上接人我才知道孫家出了大事，祖母已經知曉了嗎？」

「這事早傳遍了，妳大伯和妳爹他們正在商量。」蕭老太太說完便拉了蕭晗落坐，直接對蕭志傑道：「晗姐兒就是聽說了孫家的事情才急急趕回來的，便由著她在這兒聽聽。」

蕭志傑點了點頭，道：「原本等孫家兩位老爺其中一個調回京城後，孫老大人便準備致仕歸田，可如今卻被人參了一本，偏偏還氣得犯了病，不管這件事之後會有什麼發展，看孫老大人的身子，這官職只怕是做不下去了。」

「既然孫家眼瞧著就要不行了，那咱們家就更不能與他們結親家。」劉氏當先便提出了異議。若是蕭家受牽連，她也得不到好，指不定還要影響蕭昐與雲陽伯府的親事，她是一萬個不同意。「好在與孫家還未過定，這親事不作數的。」劉氏眨了眨眼，一雙晶亮的眸子期盼地看向蕭老太太。

蕭晗眸中神色一黯，手中的帕子緩緩攥緊了。

「怎麼能不作數呢？老太太與孫老夫人都口頭說定了，再說這一而再、再而三，咱們家的誠信又算什麼？」徐氏先瞧了蕭晗一眼，這小姑娘一聽劉氏說親事不作數，驚得臉色都變了，怪可憐的，她心中斟酌了一二，才說出這番話來。

「大嫂說的對。」蕭志謙點了點頭，又看向蕭老太太道：「從前晗姐兒的事情已經是咱們對不住他們家，原本以為時哥兒娶了孫家的姑娘，這關係便能緩和過來，若是咱們家又反悔，孫家人指不定在背後戳咱們的脊梁骨呢！」

蕭晗激動地看向蕭志謙，沒想到關鍵時刻他這個做父親的，還能說句公道話。

蕭老太太默了默，蕭晗的反應她自然看在眼裡，可她不能只考慮到這些，她要顧的是整個家族的命運。

「老大，你怎麼說？」蕭老太太轉向了蕭志傑。這個兒子做事最是沈穩可靠，能夠縱觀大局，也能夠衡量左右，是蕭家的主心骨，他的意見多半不會錯。

蕭志傑抿了抿唇，目光往在座各人的臉上一一掃過，這才沈吟道：「孫家兩位老爺如今在外為官，依我看沒有了孫老大人，恐怕今後想要調回京城也難。」一頓又道：「不過孫家下面還有個孫若齊，雖然如今只是舉人，可來年春闈再試，也不是沒有可能中進士的，只不過，依孫若齊自己想要在朝中站穩腳跟，沒有個十幾、二十年都不能成氣候。」

蕭晗咬了咬唇，眸色微沈。

蕭志傑這麼一說，相當於沒有說，聽著是不偏不倚的客觀分析，可他老謀深算，想來是不同意與孫家結親的。不缺孫若齊這個未來的助力不說，眼下也沒必要將麻煩攬在身上。

「大伯……」蕭晗忍不住開口道：「孫家會如何，還是個未知數，而且我哥哥娶的又是孫家小姐，姑娘家的又不是男兒身，並不牽連在政事之中，想來也是無所謂的；再則我哥哥的前程又不期望借助孫家，這樣一來，這門親事便沒有放棄的必要。」

蕭志傑看了蕭晗一眼，唇角緩緩升起一抹笑來，伸手捋了捋長鬚。「晗姐兒說的也對，不若咱們暫時保持觀望的態度。」

蕭老太太有些迷糊了，既然這事影響不大，他們家要娶的又只是孫若泠而已，是不是還能像從前一樣與孫家經常往來？

「妳們女眷之間該怎麼走動，還是怎麼走動，我們就暫且不與孫家聯繫，等這陣子風頭過去再為時哥兒與孫家四小姐訂親，也不算背棄了孫家。」蕭志傑話音一落，蕭晗暗暗鬆了口氣。

一旁的劉氏卻是不滿了。「大伯這樣說，我聽著可沒對，雖然看似沒幫什麼忙，但私下裡不還是將咱們給攬了進去，真的不會受牽連？」

蕭志傑掃了劉氏一眼，並沒有將她的話放在心上，只是淡淡地說道：「官場是怎麼回事我比妳們婦道人家更清楚，誰沒被人彈劾過？想做老好人的不是默默無聞，便是早就退出官場，能在官場沈浮的都有一把刷子。」說罷輕輕撣了撣袖袍站了起來，唇角一翹似笑非笑。

「再說破船還有三千釘呢！」

又對蕭老太太拱手告辭。「兒子還有事情要忙，就先不陪老太太了。」

他再對蕭志謙使了個眼色，兩人一同退了出去。

瞧著蕭志傑兄弟離去的背影，蕭晗長長地舒了口氣，這門親事好歹是保住了。

劉氏攥緊了手帕，一張臉氣得通紅，蕭志傑這話她是聽明白了，分明是笑話她沒見識呢！

徐氏笑著拿帕子掩了唇角，眼角斜斜地掃過劉氏。「還是咱們老爺有見地，不像有的人那麼短視，連人情道義都不顧了。」

「大嫂也別在這裡說風涼話，將來如何還不知道呢！只希望孫家這爛攤子不要禍害到蕭家才好。」劉氏說完這話，起身向蕭老太太告辭。

徐氏對著蕭晗一笑。「晗姐兒也放寬心，既然妳大伯都說了無礙，想來時哥兒與孫四小姐的親事也不會有差錯的，早一天、晚一天都能定下。」

「還要多謝大伯娘替我哥哥說話。」蕭晗起身朝徐氏行禮。

徐氏只是擺了擺手，笑道：「時哥兒也是我的姪子，從小看著長大的好孩子，雖然沒有親娘疼著，可還有我這個大伯娘看顧不是？妳這樣說便見外了。」又起身對蕭老太太道：「時辰不早，媳婦先去廚房看看今日的晚膳備好了沒有。」

「去吧！」蕭老太太對著徐氏點了點頭。「今兒個晗姐兒就在我屋裡用膳，她那邊就不另外派人送去了。」

徐氏笑著應了，等她離開後蕭老太太才又重新拉了蕭晗坐下，拍著她的手道：「我知道妳著急時哥兒的事這才急急地回了京，既然妳大伯都這樣說了，我也沒有反對的道理。到底我與孫老夫人是那麼多年的交情，要是遇到事情就躲一邊，豈不寒了人心？」

「祖母最念舊，孫女是知道的。」蕭晗平靜地點了點頭。其實她知道蕭老太太的想法，為了蕭家，老太太不得不做出取捨，因此方才並沒有幫她說話。

「妳明白就好。」蕭老太太這才滿意地點了點頭。祖孫倆默默地用了晚膳後，蕭晗這才告辭回了辰光小築，而蕭時早在屋裡等著她。

「哥哥你總算回來了。」蕭晗面上一喜，趕忙迎了過去。

蕭時的臉色陰暗，只抬頭瞧了她一眼，便沈聲道：「我先去孫家走了一趟，孫老大人瞧著有些不好。」

「這事我知道。」蕭晗點了點頭，又道：「明日老太太還要帶上咱們往孫家走一趟，你還去嗎？」

「去。」蕭時點了點頭，話語有些澀意。「我瞧見若泠了，她的眼睛都哭腫了，我看著難受！」他右手一握拳，打在左手掌心上，充滿了懊惱和無力。「如今孫家這般，我竟然什麼忙都幫不上！」

「這事咱們不清楚原委，不可貿然插手。」蕭晗看蕭時這模樣，心中也不好受，只能勸他道：「這事大伯也說了，不會與孫家劃清界線的，你與若泠的親事還是作數。」

「真的？」蕭時驚喜地抬眼，這是他今日聽過最令人歡喜的一句話了。

「當然是真的。」蕭晗趕忙點頭。「咱們家與孫家本就是世交，等孫家這事過去，就將親事定下，到時候你親自去與爹說，他會答應的。」

「好，這幾日我也請了假，孫家出事，我就算待在營裡也靜不下心來。」蕭時站了起來。「眼下天色也晚了，妳早些歇息，明日去了孫家再說。」

「哥哥用過晚膳了嗎？」蕭晗送蕭時出門時，隨口一問。

蕭時聽了這話便回道：「孫家留了飯的，只是大家都沒什麼胃口，用得都少。」又見蕭晗還要再說什麼，忙揮手止住。「妳也別讓人給我忙活了，我什麼也吃不下，明日再說。」

「那好吧！哥哥也早些歇息，不要多想，一切總會過去的。」蕭晗無奈地看著蕭時遠去後，這才懷著心事轉身回房。

枕月在蕭晗身後為她卸了釵環，打散了髮髻，一邊勸道：「小姐也別憂思過重，橫豎二少爺這親事也還能成，等孫家這事情過去，一切都好了。」

「雖然話是這樣說，可我還是擔心。」

蕭晗嘆了一聲。時日未定便有許多變數，雖然她初衷不改，但也拗不過世情變化，她倒真希望像蕭志傑所說的，孫老大人破船還有三千釘，能夠力挽狂瀾，不求如初，只要保住孫家的根基，也不愁沒有再起之日。

「明日去孫家瞧瞧再說，指不定不像咱們想的這般糟。」枕月扶著蕭晗入了淨房梳洗，又換了身乾淨的中衣，才侍候著她上床躺下。

蕭晗睡不著，拉了枕月坐在床邊與她聊天。「咱們從莊上離開的時候，我好像看到了李家的馬車，想來李思琪也在咱們之後離開了。」

枕月癟癟嘴。「她那樣的人早走了早好，省得莊上的僕婦、丫鬟們還要戰戰兢兢地侍候著呢！」

「也不知道李家得知孫家的事後，又是個什麼說法。」蕭晗搖頭一嘆，想到孫若齊，到底是覺得有些惋惜，若是李家仗義，指不定便能扶持著孫家走過，若是不然，恐怕明日有得鬧了。

第二日蕭晗隨著蕭老太太與徐氏到了孫家後，果然便見到了李夫人，她只匆匆與徐氏說了兩句，便拉了孫二夫人到一旁說話。

「時哥兒呢？」蕭老太太左右看了一眼沒見到蕭時，便問蕭晗。「原本是不想讓他來的，可這孩子倔的，我又不忍心見他這般難過。」說罷無奈地嘆了一聲。

「哥哥一來便被人帶著往孫老大人屋裡去了，有三公子陪著應是無礙。」蕭晗扶著蕭老太太到一旁落坐，目光卻不由轉向了李夫人與孫二夫人那處，兩人原本還在小聲說著話，可孫二夫人不知道為什麼紅了臉，一下子便甩開了李夫人的手，轉身就要走。

「您留步！」李夫人也羞得滿臉通紅，卻還是攥緊了孫二夫人不放手，兩人的爭執聲漸大，便聽李夫人道：「我也沒辦法，二夫人您得體諒，兒女都是債，她鬧著不嫁我也被她煩得頭痛，您就體諒一下吧！」

孫二夫人臉色發青，氣得唇角都在顫抖。「當初這門親事是妳們巴巴地找上了咱們家，如今親也定了、禮也過了，妳如今告訴我要退親，不就是看著咱們家眼下倒楣了，便要撇清關係？」

「二夫人您誤會了，絕對沒有這個意思。」李夫人趕忙解釋道。「主要是我家那個丫頭死活不答應，我這不也是為了她，才捨了老臉走這一遭，若不是念著咱們兩家有交情，我大可託一位相熟的夫人來幫忙辦這事，可如今我自己來了，也是誠意不是？」

李夫人為難極了，可李思琪昨日一回來在她耳邊唸唸不休，還說什麼孫若齊喜歡的人是蕭晗，她才不要嫁進孫家，她丟不起那個人。昨兒個家裡便被李思琪鬧得烏煙瘴氣的，自己也是拗不過才走了這一趟，不然誰願意來這兒丟人現眼的，特別是還碰到了蕭家的人，她也覺得臉上臊得慌。

李夫人的目光不由朝不遠處的蕭家人掃去，想著李思琪說過的話，目光不禁在蕭晗身上稍作停留。當初她就覺得這姑娘長得太好，雖然與長寧侯府定了親事，卻還能把孫若齊的魂都給勾走了，也幸好他們家定下的是長房的蕭晴，不然得惹出多少禍事。

不過這話李夫人可不敢對外亂講，蕭府是她的親家，長寧侯府她更是得罪不起，如今也只能捨了孫家。

「這叫有誠意？」孫二夫人冷笑一聲。「妳這是上門來打我的臉！我瞧妳今兒個將聘禮都給抬了回來，回頭我也將你們家的東西給送回去，這親事就此作罷，妳不稀罕我兒子，我兒子還不想娶妳家那個庶女呢！」她話中譏諷的意味不言而喻。

「二夫人怎麼能這般說話，好歹思琪也是養在我跟前的，別開口閉口的庶女！」李夫人變了臉色。李思琪在李家一直是被嬌寵的小姐，雖然不是她親生的，卻也養了那麼多年，貓狗都有感情了更何況是人。

「不得了，妳快上去勸勸，別傷了和氣！」蕭老太太忙指了徐氏上前勸架，又感嘆地直搖頭。「幸好咱們家沒這樣做，老臉可都給丟沒了。」

蕭晗抿緊了唇，扶著蕭老太太便往另一邊的花廳而去。「旁邊清靜，祖母在那裡歇歇，免得被她們擾得頭疼！」

其實孫若齊與李思琪這門親事散了也好，李思琪可以另攀高枝，孫若齊也就此解脫，想來今後另娶也能比李思琪更好。

「怪不得我今兒個一起床，這眼皮子就老跳，真是家門不幸啊！」孫老夫人扶著丫鬟的手踏進了花廳，一路上感嘆連連，她是聽清了正廳裡在吵些什麼，不想進去摻和，這才拐到了旁邊的花廳裡。

蕭晗見孫老夫人進來，趕忙扶著蕭老太太站了起來，在老太太身後向孫老夫人行了禮。

孫老夫人笑著對蕭晗點頭。「好孩子，妳竟也陪著妳祖母來了，真好！」

蕭晗再見到孫老夫人只覺得她比從前憔悴了不少，原本飽滿的面頰也微微有些凹陷，面色青黃，嗓音微啞。

孫老夫人走到蕭老太太跟前，扶住了她的胳膊，哽咽道：「有勞老姊姊特意走這一遭。」

「應該的。」蕭老太太拍了拍孫老夫人的手，與她相攜著坐下，這才道：「才多久沒瞧見妳，這人都瘦了一圈，妳家老太爺可還好？」

「人是醒過來了，可支支吾吾地說不出一句完整的話來，我瞧著就難受。」孫老夫人說著就拿了帕子抹淚。「我家老太爺一輩子辛勞，老了卻還落了個這樣的名聲，這輩子真是白活了！」

「冤屈總會過去的，只要人沒事就好。」蕭老太太並不想與孫老夫人多糾結在政事上，說到底她也幫不上什麼忙，更不能拉了蕭志傑兄弟倆下水，便轉移了話題道：「時哥兒已經過去瞧了吧？那咱們也去看看！」說罷便站起了身來。

「我帶老姊姊過去。」孫老夫人與蕭老太太互相攙扶著往前而去，蕭晗稍微落後幾步跟著。

第五十六章　探病

屋外站了一排的丫鬟、僕婦，見到蕭晗一行人前來，趕忙屈身行禮。

聽到聲音孫若齊也迎了出來，瞧見蕭晗，他目光微亮，先上前先向蕭老太太行了禮，再攙著孫老夫人往裡去。「蕭時還在屋裡，我讓妹妹們先回去了。」

孫老夫人點了點頭，礙著蕭老太太祖孫在跟前，她沒有多說什麼，只是拍了拍孫若齊的手一臉的惋惜。她多好的孫兒啊！可惜在親事上卻那麼不順，先有與蕭家的相看，卻被長寧侯府捷足先登，如今好不容易定了親事，又被李家給退了，真是造孽啊！

孫老夫人想著就一陣難過，眼淚忍不住掉了下來，孫若齊以為她是為了孫老大人傷心，忙勸道：「祖母不要憂思過甚，大夫看過也說祖父好了許多，不日便能起身呢！您千萬要保重自己！」

「好孩子，我就是替你委屈……」孫老夫人哽咽難言，抹開了孫若齊的手，背過身去，不願意讓他看到自己難過的模樣。

蕭老太太嘆了一聲，對著孫若齊道：「你祖母是心裡難過，你讓她自己靜一靜就好，別管她了。」又細細問起孫老大人的情形，聽了後默默地點頭。

屋裡飄著一股濃重的藥味，蕭晗鼻頭微癢，有些不適，蕭時見狀走了過來，將她拉到一邊，低聲道：「瞧一眼便離開吧，這不是妳該來的地方！」

「不是說老太爺已經醒了嗎？」蕭晗瞧了一眼床榻，除了侍候在旁的丫鬟之外，便是兩個強壯的婆子立在一旁，孫老大人閉目躺在床上，似乎是睡著了。

「醒是醒了，可也沒見著有多精神，剛才吃了藥便睡了。」蕭時剛說完，正巧蕭老太太招了他說話，他便先過去了。孫若齊乘機退到了蕭晗身旁，他沒想到今日還能見著她，孫家如今是這樣的境況，還能來探望的那也是真交情了。

「三哥，你可知道李夫人今兒個也來了？」蕭晗對著孫若齊微微頷首，心下不禁有些同情，李家退親的事情他遲早會知道，不知到時是怎樣的反應。

「知道。」孫若齊怔了怔，隨即緩緩點頭，唇角勾起一抹嘲諷的笑。「我不只知道她來了，還知道李家的人將聘禮也給抬回來了。」又望著蕭晗略顯驚訝的面容，不甚在意地說道：「我知道她是來退親的，不過正合我意。」

蕭晗詫異地看向孫若齊，想不到他居然如此淡定，想了想，她緩緩問道：「二夫人與李夫人眼下還在前廳鬧騰著呢！你要不要去看看？」

「不去了，這事我娘會辦妥當的。」孫若齊搖了搖頭，眉目微凝，看著蕭晗似乎想要說些什麼卻又作罷，只是點頭道：「妳去看看若泠吧！先前妳哥哥在這兒作陪，他們兩人也沒說什麼話，其實她心裡對親事也沒底，擔心得很。」

「端看我哥哥對她的情意，她便沒什麼好怕的，昨兒個休假都先往孫家來的，我是晚些時候才見了他一面，今兒個一早他又來了，二十四孝女婿都沒他那麼勤快。」蕭晗說到這裡有些想發笑，但到底顧忌著場合還是忍住了，又對孫若齊輕輕點頭道：「那我去瞧瞧她，也順道開解她一番。」

「有勞妹妹了。」等蕭晗向蕭老太太說明後，孫若齊才命府中的丫鬟為她引路，將她帶到了孫若泠的住處，也不知道孫若泠昨兒個是不是一宿沒睡，除了眼睛紅腫之外，眼下還有一圈青烏，看著人很是消瘦。

「才不過一夜，妳就把自己折騰成這副模樣了，我哥瞧著得多心疼啊？」蕭晗拉了孫若泠落坐，又為她揉了揉眼圈下的青烏，搖頭道：「老太爺不是好些了嗎？妳也放寬心，這事總會過去的。」又勸了孫若泠幾句。

孫若泠吸了吸鼻子，可憐兮兮地看向蕭晗。「我知道這次的事挺大的，伯父和我爹爹也不在家裡，就三哥支撐著門戶，他心裡既苦也累，可惜我卻幫不上半點忙。」說著又拿了帕子抹淚。「昨兒個時哥哥就奔咱們家來，今兒一早我又瞧見他了，雖然心中歡喜，可更多的卻是難受……」

「難受什麼啊？我哥這般為妳，妳還不樂意？」蕭晗費解地看向孫若泠。這姑娘平日性子大大咧咧的，怎麼如今這般感性，一哭起來就沒完了。

孫若泠說起了李夫人的事。「我知道李夫人今兒個是來為李思琪退親的，我三哥好可憐！」她哭得接不上氣，許是想到了自己的親事，橫豎親事也沒定，若是蕭家說不要她了，她該怎麼辦？

「李思琪那樣的人，我覺得退親了反倒對妳三哥好！」這話蕭晗早便想說了，只是那時已經聽到了兩家人訂親的消息，她不好說出心裡的看法，眼下卻是毫無顧忌。

「話雖是這樣說，可怎麼知道他心裡不難過呢？這可是打臉的事啊！」孫若泠抽泣了幾聲又看向蕭晗，有些遲疑道：「那妳家呢？對我和時哥哥的事情有沒有個說法？」

「沒有啊！」蕭晗有心逗逗孫若泠，瞧著她急了，這才道：「瞧我哥哥對妳那分真心，又怎麼會變？等著這次的事情過去了，你們便將親事定下吧！兩家人也放心。」

「妳太壞了！」孫若泠一時之間又哭又笑，小粉拳捶在蕭晗肩頭，只是這個時候也不適合打鬧玩笑，略打了幾下便收手，又聽蕭晗道：「朝廷的事情咱們也不懂，橫豎老太爺如今都這樣了，就算要清查也該等著他身子好些再說。這段日子你們先放寬心，我瞅著能不能幫忙打聽些消息，讓你們也能提前有個對策。」

「還是妳最好。」孫若泠摟著蕭晗，心中一陣安慰，又說起孫若齊。「別瞧我三哥如今這般，那也是強打著精神，若是連他都撐不住了，咱們府裡一門的婦孺只怕早就慌了神。」

「妳三哥也不容易。」蕭晗點了點頭。她自然知道孫若齊如今的處境，要撐起一個家可不是簡單的事情；從前有孫老大人在上頭給頂著，可如今撐天的柱子倒了，下面的人便慌了神，能有個主事的站出來這才能夠穩定人心。

兩人又聊了一會兒，孫若泠的情緒恢復了過來，連氣色看著也好了不少，便與蕭晗一道往前廳而去。

這時蕭老太太與蕭時已被孫若齊帶往前廳坐定，李夫人不在了，孫二夫人卻還是氣鼓鼓地坐在椅子上，孫大夫人在一旁小聲勸慰著，見到蕭晗與孫若泠攜手而來，對著她們輕輕點了點頭。

孫若泠與蕭時對視了一眼，眸中自有難言的溫情，可瞧著孫二夫人那番模樣，她也只能先過去安慰幾句。

「祖母！」蕭晗站到了蕭老太太身邊去，又聽她與徐氏說了幾句話，也是問先前李夫人的事情，便聽徐氏小聲道：「剛才吵得可厲害，差點就動手了，不過還是被勸開了，孫二夫人氣得也不輕。」

徐氏也有些為難，李夫人即將是她的親家，可孫家這邊的面子也不能不顧，她夾在中間真是左右為難。

「親事確實是退了？」蕭老太太眉心微微皺起。

徐氏拿帕子掩了唇，悄聲說道：「退了，不然李夫人還賴在這兒不走呢！」

蕭老太太「嗯」了一聲，不再多說。蕭家眾人又陪坐了一會兒，見時候不早了，將帶來的補品與藥材留下便起身告辭。這次的到訪也是給孫家表明了態度，他們家並沒有要躲開，若是能幫一定幫，若是幫不上也別怪他們就是。

對於蕭家這分心意孫家自然是很感激的，孫老夫人帶著孫若齊親自送了人出門，看著蕭家的馬車緩緩離去，孫老夫人拍了拍孫若齊的肩輕嘆一聲，這才一言不發地往回而去。

兩日後，蕭晴一行人終於從大興田莊返京，只有上官氏獨留在那裡。徐氏得知後不由皺了眉，這個媳婦雖然不在身邊幾年，可歷來是個聽話的，如今這樣不聲不響地待在大興的莊上像個什麼樣？她想要派人去接，還是蕭老太太勸住了她。

「由著她吧！這孩子怕是心裡還在怪咱們呢。」蕭老太太老神在在地坐在羅漢床上，不停地撥動著手中的念珠。

「怪咱們也沒用，誰叫她生不出孩子呢！」徐氏心裡對上官氏生出了幾分不滿。

「這誰也不想的。」蕭老太太嘆了一聲，抬眼看向徐氏。「前些日子聽說妳請了女大夫為她診治，不是在吃著溫補的藥？」

「藥是在吃著，可這有沒有效也要等昕哥兒回府後才知道。這次柔兒跟著昕哥兒出京，我是明著同我那兒媳婦說了，若是柔兒有孕就直接生下來，若是個男孩她想要接到身邊，我也同意，好歹算是她養大的。」

蕭老太太點了點頭。「也行，就怕柔兒心裡會不舒服。」雖是這樣說著，可她臉上表情淡淡，顯然並沒有當一回事。

徐氏緩緩一笑。「老太太別擔心，柔兒會答應的。」徐柔能夠進蕭家的門已是大幸，她娘和弟弟還要依靠著徐家呢！

「妳辦事我總是放心的。」蕭老太太唇角一收，對徐氏笑著點了點頭。

這廂蕭晴回府後，見過了蕭老太太與徐氏，立刻便往蕭晗那處去了。

「姊姊也不好好歇息，怎的一回府就往我這兒來了？」蕭晗笑著迎了蕭晴進屋，又讓枕月備下了瓜果點心。

「我這不是聽說李家退親了，才急急來找妳求證，可是真的？」蕭晴面色凝重地看向蕭晗。孫家出了事本就讓人糟心，如今李家卻還要火上澆油，連她都覺得不齒。

「是退親了，不過對孫三公子來說也是好事。」蕭晗笑著為蕭晴斟了茶水，輕輕將茶盞推到了她跟前。

蕭晴怔了怔，旋即反應過來。「我明白妳的意思，不過遇到這檔子事到底讓人心生不快。李思琪也不怕這門親事退了，再難找到合意的，真以為她是金枝玉葉呢？」

「別人的事情咱們少管。」蕭晗淡淡一笑。「橫豎大姊嫁過去後，她也在李家待不長了，到時候嫁到外地去，妳也清靜不是？」

蕭晴唇角一翹，似笑非笑。「我就盼著她嫁得遠遠的。」姊妹倆又互相說了這兩日各自身邊發生的事情，眼見著天色也不早了，蕭晗便送了蕭晴出門，又叮囑她好生歇息，這才回屋準備明兒個要去長寧侯府的東西。

長寧侯夫人蔣氏是個極好相處的人，人溫柔又親切，第二日見了蕭晗後便將她拉著一同坐下，殷勤地問長問短，又說起葉衡來。「這孩子也是不省心的，傷才剛好又要出京辦差，還不知道哪一日回家，妳得空了可要經常來陪我坐坐。」

「只要夫人不嫌我麻煩，我便常來串門子！」蕭晗笑著回應。

兩人說了一會兒話，便聽蔣氏問起孫家的事。「我也是聽蓁姐兒說的，孫家出了事，妳才趕回了京，眼下可好些了？」

「孫老大人畢竟年紀不輕了，眼下還躺在床上說不了話，全家上下都憂心著。」蕭晗說到這裡便轉頭看向蔣氏，猶豫了一下才道：「也不瞞夫人，今兒個我來府裡除了看望您以外，也是想請您幫個忙。」

「是為了孫家的事？」蔣氏笑著看向蕭晗。「妳也別急，能來找我說明咱們不見外，朝堂中的事情我向來不插手，但請人打探消息卻不是什麼難事。」微微一頓後按了按蕭晗的手。「若是能幫忙的我便盡力去幫，就算保不住官職，也保住人，可好？」

蕭晗聽了大喜，只要蔣氏願意出手，那麼孫家能夠保全的機會便更大了些，孫若泠與蕭時的親事也更有希望。其實來長寧侯府之前，她心裡還很是忐忑，又不好意思提出這個要求，可最後想到了蕭時，她還是說出了口，沒想到蔣氏竟然這般善解人意，她不由激動得眸中都泛起了淚光，趕忙站起身向蔣氏行禮。「夫人待我以誠，熹微真是無以為報！」

「傻孩子！」蔣氏拉了蕭晗起身。「妳最好的報答就是嫁給我兒子，將來再生下幾個孫兒、孫女讓我當當祖母，我也就知足了。」

「夫人笑話我！」蕭晗紅著臉撇過了頭去，蔣氏便沒再打趣她。

兩人正聊著，羅氏便帶著葉蓁來了。自從與蕭晗切磋了廚藝之後，羅氏便很喜歡這個漂亮的小姑娘，只恨自己的聰明才幹葉蓁沒有學到分毫，反倒是與蕭晗投緣得緊。

「妳來得正好，廚房裡備了鱸魚，回頭我清蒸給妳們吃。」羅氏笑著指派蕭晗。「還有上次妳做的麻辣烏魚片味道挺好，廚房裡應該還有烏魚，妳也一併做了給咱們解解饞。」

「嬸娘開口，我怎敢不從？」蕭晗笑著站了起來。

葉蓁上前拉了她的手，笑道：「別人來做客都是清閒的命，也就妳忙個不停。」又轉回頭嗔了一眼羅氏。「娘，您也太不見外了，當心大伯娘和您搶人！」

「大嫂才不會呢！如今府裡多一個人疼晗姐兒，她是巴不得。」羅氏笑著上前挽了蔣氏的手。「橫豎眼下時辰還早，大嫂且陪我先走走，讓她們姐兒倆好生說說話。」又對蕭晗輕輕頷首，這才與蔣氏先行走了出去。

「妳總算是來了，那一日不聲不響就走了，害我擔心了好久。」葉蓁挽了蕭晗踏出門檻，往另一個方向走去。「聽說李家向孫家退了親，這動作可真快！」話語裡難掩嘲諷之意，不過這樣的作派倒是符合李思琪的性子，也在她意料之中。

「退了就退了吧！我瞧著眼下這親事也不是最緊要的，只要孫老大人好過來了，便什麼都好了。」蕭晗不想多談這件事，問起忠義侯閔家的二公子閔譽。「對了，妳可打聽清楚閔家二公子當值的時辰了？到時候我們在路上等著，總能瞧上一面。」

「打聽清楚了。」葉蓁撇過頭去，臉色微微有些泛紅。「昨日回府就問到了，妳今兒個正好來了，要不下午陪我去看看？」又將閔謦回府要經過哪些地方，細細說給蕭晗聽。

蕭晗想了想才道：「要不我們上飛雪樓找個臨窗的位置，又不易被他瞧見！」

飛雪樓是莫家的產業，她在那裡行事也方便，上次莫錦堂來給她慶生時，還提議將飛雪樓的營利給她一半，只是她沒有要罷了。

「行，那就照妳說的辦。」葉蓁笑著點了頭，眸中不禁升起一抹期待來。

羅氏在用過午膳後，拿起帕子拭了拭眼角，一臉滿足的笑意。「還是晗姐兒做的魚片夠味，辣得我眼淚都流下來了，可越辣越不想停口，特別是裡面放的青花椒可香了！」

「雖然瞧著眼饞，我可不敢多吃，上次吃完我嘴角裡就長燎泡了，可疼死我了。」蔣氏平日裡吃的還是清淡居多，只是眼下跟著羅氏一道吃著蕭晗做的川菜，口味逐漸地在轉變。

「下次我少放些辣子。」蕭晗笑著吐了吐舌，又誇起羅氏的蒸魚。「這一道蒸魚肉質細嫩，豉料入味，吃起來鮮美無比！」

「既然喜歡吃，往後我再給妳弄！」羅氏被誇得飄飄然，不由笑意滿滿。

葉蓁乘機插進話來。「娘，晚些時候我要與晗姐兒出趟門，上次在珍寶齋打的首飾總覺得有些不對，我想讓他們改改！」說罷又看向蕭晗。「晗姐兒陪我一道去。」

羅氏倒沒覺得葉蓁的話哪裡不對，只隨意地說道：「要改吩咐丫鬟拿去就是，還用得著妳親自出門不成？」

蕭晗笑著抿茶不說話，一旁的葉蓁耐心地繼續道：「我要改的地方跟丫鬟說不清楚，到時候我直接跟師傅說，免得他們傳來傳去傳岔了，又做不好！」

「行，妳們要去就去吧！」羅氏這才笑著點了頭，又囑咐葉蓁。「兩個女孩出門，多帶幾個護衛跟著。」

「謝謝娘！」葉蓁忙笑著點頭，又對蕭晗使了個眼色，蕭晗笑了笑，又見蔣氏對她道：「回頭有了消息我再讓人給妳傳信過去。」這話自然只有她們兩人知道意思。

蕭晗忙起身道謝。「有勞夫人了。」

「咱們倆就別再說客氣話了，今後都是一家人。」蔣氏笑著拉了蕭晗起身，又對她叮囑了幾句，這才放她與葉蓁一道玩去。

飛雪樓臨窗的雅間裡，鏤空的窗櫺半開，葉蓁倚在窗邊，頗有些無聊地看著窗外絡繹不絕的人流。

「蓁姊姊，妳到底認不認識閔公子啊？別待會兒人一出現，走過去了妳都沒瞧見！」蕭晗瞧了葉蓁一眼，又自顧自地吃起眼前的脆炸小魚條，這可是她親自下廚弄的，好在酒樓裡調味齊全，且火爐更旺，好似比在家中廚房炸出來的更鬆脆一些。

「再吃都長成小豬了，妳還不歇歇！」葉蓁轉向蕭晗，無奈地搖了搖頭，又道：「我瞧過他的畫像，只是沒見過真人罷了，應該不會錯過。」說罷又將目光移向了窗外。

「那就好。」蕭晗拿起絹帕抹了抹嘴角，這才放下了筷子，起身往窗邊走去，與葉蓁一道往樓下看。街上人潮洶湧，與她們兩人的悠閒自在相比，又是另一番忙碌熱鬧的景象。

「我很少在大白天進酒樓，娘也不會讓我這般，也就與妳在一起自在許多。」葉蓁輕輕靠在窗旁，目光在樓下巡了一圈，又看向蕭晗道：「妳瞧瞧這些人，忙忙碌碌的挺有意思，為了生計奔波勞碌，可咱們卻是無事可做。」

蕭晗笑著搖了搖頭。「妳瞧著他們忙碌覺得有意思，焉知道他們不會羨慕妳的清閒富貴？那樣的日子妳過不來的。再說咱們也不是無事可做，能學的多了去，將來妳嫁人後管家理事，當好丈夫的賢內助，再養育子女，這可也不是容易的事情。」

經歷過前世的種種，她是再不想過那樣四處奔波的日子。當十指不沾陽春水的大小姐為了生計奔波勞累，熬得雙手起了厚繭、多了裂口，朝不保夕，四處求生，還會覺得這樣的日子有意思嗎？葉蓁只是沒有真實地去體會過罷了。

「妳倒像是有許多感慨似的。」葉蓁看了蕭晗一眼，又伸手碰了碰她的胳膊。「我也是說著玩的，真要像他們一般，只怕我是什麼都不會做。」

「妳明白就好。」蕭晗牽唇一笑，目光又投向了窗外。

突然，街道上有一輛馬車不知何故飛奔了起來，人群中頓時響起一片喧鬧與驚恐。

「呀，那輛馬車失控了！」葉蓁也瞧見了，不由驚得捂住了唇。

蕭晗定眼一看，車夫已經控制不住馬匹，拉著韁繩東倒西歪，眼看著就要被甩下車去，情況很是緊急。道路上人流不少，此刻卻被馬車驚得四處躲閃，沿街的貨攤被掀翻，各種零碎的物件散落了一地，可也沒有人敢去拾撿，都急急地往街道兩旁避去，更有躲不及的愣在了路上，看著馬車漸漸逼近，嚇得腿都軟了。

就在這千鈞一髮之際，有一身穿灰藍衣袍的男子從天而降，落在了馬背上。他雙手用力地一扯韁繩，那匹馬頓時一聲嘶鳴，兩隻前腿在空中踢踏了一陣，終是無力地落在了地上。馬車停了下來，離馬車五步之遙的一位老翁此刻才回過神來，連連向救命恩人道謝。

「那人倒是孔武有力，若不是他拉住了馬匹，指不定那位老翁就要被馬蹄踏過了。」蕭晗鬆了口氣，轉頭看向葉蓁，卻見她眸中迸出一絲驚喜，顯然沒聽清她的話，一雙美目只顧盯著樓下不遠處那穿著灰藍衣袍的男子，蕭晗的目光也跟著轉了過去。

四周的百姓都紛紛向他道謝，男子似有些不習慣，對四周拱了拱手，這才將袍角從腰間撩了下來，又拍拍手往回走去。

蕭晗這時才看清男子的面貌，他有一張方正的國字臉，濃眉大眼，一雙虎目炯炯有神，昂首闊步地走在人群中央。雖說樣貌不算出眾，可一身正氣凜然，又加之剛才的出手相助，倒是讓人有些敬佩。

第五十七章 出閣

蕭晗拉了拉葉蓁的衣袖，打趣道：「看呆了不成？快回神！」

葉蓁瞧了蕭晗一眼，頓時紅了臉，又見那男子正往飛雪樓這邊走來，趕忙收回了目光。

「怎麼著，他就是閔譽？」蕭晗逮著葉蓁問道，眼下可不是讓她害羞的時候。

「就是他。」葉蓁輕輕點了點頭，眸中漾出點點喜悅，她沒想到會在這樣的情形下瞧見閔譽。

「我瞧著不錯。」蕭晗推了葉蓁一把，笑道：「人長得也端正，還是難得的熱心腸。」又問起兩人的婚期來。

「定在十月的，也沒幾個月了。」葉蓁害羞起來，偏偏蕭晗又揪著她逗樂，雅間裡即刻傳出一陣歡聲笑語。

正經過飛雪樓樓下的閔譽腳步微頓，不由抬起了頭來，只見半掩的窗櫺旁飄過一截粉藍色的衣角，接著一張淡笑的臉龐探了出來，兩人一個樓下、一個樓上，頓時眼神交會在一處。

這下子，葉蓁是真的僵住了。

回程的馬車上，蕭晗還忍不住打趣葉蓁。「這下好了，不只是偷偷瞧了一眼，連他也看見妳了，這就是緣分。」

「妳還說，我都羞得沒臉了。」葉蓁捣著臉不去看蕭晗，紅暈卻一直蔓延到了耳根後。

「他都瞧妳瞧得出神了，我看定是很中意妳的。」蕭晗覺得心情舒暢，難得見證了一對有情人的初次見面，雖然是以這樣奇特的方式，但也不失為一個好的開始。

葉蓁撇過了頭去，滿臉的羞怯。「他又不知道我是誰。」

「以後會知道的。」蕭晗給了葉蓁一個意味深長的笑容。若閔譽真動了心思，四處打聽消息，在最後得知這個初見一面的姑娘就是他的未婚妻葉蓁時，心裡還不知道是怎麼樣的驚喜呢！

過了幾日，長寧侯府便傳了消息過來，讓蕭晗去一趟長寧侯府。

蔣氏見她來了，依然是笑容親切。「原本是想讓人直接傳消息給妳的，想了想還是親自告訴妳的好。」

「夫人。」蕭晗激動而緊張地看向蔣氏，自然希望從她口中說出的是好消息。

「先坐下再說。」蔣氏拉著蕭晗坐下，立即便有丫鬟倒了茶水。「宮裡新進的毛尖，我嚐著還不錯，妳試試。」說罷端起白瓷茶盞，輕輕抿了一口。

蕭晗原本很是著急，可聽蔣氏這樣一說，又不好表現得太過急迫而失了分寸，便深吸了一口氣穩住情緒，靜靜地品了一口茶。茶香繚繞，那股清香似乎從舌尖一直蔓延到了喉嚨深處，蕭晗不由輕笑著點頭。「宮裡的東西果然是好，怕也只有皇后娘娘那裡才有這等好茶了。」

「就是前幾日我進宮在她那裡討的，妳喝著也覺得好？」蔣氏笑得彎了眼。「回頭我讓人給妳包一些帶回去喝。」

「那我就先謝謝夫人了。」蕭晗也不客氣，笑著應了下來。與蔣氏接觸了幾次，她漸漸瞭解對方的脾性，知道蔣氏不喜歡她見外，便也不再矯情。

「這樣最好，都是一家人，我給妳的妳拿著就是，又不是什麼金貴東西。」蔣氏笑了笑，這才說起了孫老大人的事情。「那一日皇后娘娘答應了我要打聽這事，今兒個我接到消息說已辦妥了，便急急地讓人給妳傳了話。」

蕭晗聽了直點頭，又壓住了心中的緊張，開口問道：「夫人，那孫家眼下如何了？」

「孫老大人這病聽說是中風，就算治好了也是半身不遂，這官他是沒法再做下去了。」蔣氏說到這裡，感嘆地搖了搖頭。「皇上念在他年紀老邁，又想著他從前也是勞苦功高，便前事不計，允他致仕歸田。」

「皇上這麼說，就是不計較孫老大人的錯處了？」蕭晗驚喜地眨了眨眼，似是有些不相信自己聽到的話。

「是，不計較、不追究。」蔣氏笑著點頭。「瞧瞧把妳樂得！不過孫老大人退下朝廷，孫家可就沒有主心骨了，那兩位孫大人又不在京裡，只怕孫家這幾年要走得艱難些了。」

「艱難不怕，只要人沒事就好。」蕭晗激動地連連點頭，只要孫家沒有惹禍上身，蕭時與孫若泠的親事便還能成，想到這裡蕭晗不由鬆了口氣，又向蔣氏道謝。「多的話我就不說了，今後一定好好孝順夫人！」

「這話我愛聽，我還等著妳早日改口喚我一聲娘呢！」蔣氏的喜悅是由心而發，她就喜歡蕭晗這樣的性子，心地善良不說，對自己在乎的親人更是竭盡所能地相幫。

「等這件事徹底解決了，還是依著咱們從前說好的，妳哥哥這個媒人我當定了。」蔣氏笑著拍了拍蕭晗的手。

蕭晗有些不好意思，卻還是點頭應道：「我哥哥知道了一定很開心，回頭讓他來給您磕頭。」

「別，事情辦成了再說！」蔣氏連連擺手，眸中的笑意卻是怎麼也掩不住。「妳哥哥與衡兒是師兄弟，你們兄妹倆如今又沒有了娘，我可是將你們當作我的兒女一般疼愛。到時候妳嫁進了咱們家，妳哥哥也娶了媳婦，想來妳娘在泉下也能安心了。」

「夫人說的是。」蕭晗微微紅了眼圈，蔣氏見狀忙又拉開了話題，還帶著蕭晗去看她的花房，一個下午的時間，她便陪著蔣氏在侯府裡消磨。

三月初蕭晴出嫁，可趕在這之前的二月底卻是枕月要嫁人了，她與周益的新房早便佈置了出來，蕭晗也去看過一次，屋裡的家具都是黃楊木打造，耐看又結實，窗上、牆上都貼了喜字，廊下也掛起了好幾個紅燈籠，整個院子妝點得喜氣洋洋。

出嫁的前一夜，枕月是待在蕭家的，明兒個一早她要從這裡出嫁，周益的轎子會在側門上等著，雖然不是走正門，但這對身為下人的他們來說，已是極大的榮耀。

第二日一早，辰光小築便熱鬧了起來，枕月也早從蕭晗的屋裡溜了出來，此刻已經安安靜靜地坐在鏡前等著喜婆給她梳妝打扮，春瑩和蘭衣自然幫著招呼府裡前來道賀的姊妹們，眾人圍坐在一起說說笑笑。

蕭晗聽了梳雲的回稟，也忍不住點頭一笑，又叫她拿出擱在櫃子裡第三格黑色描金花的匣子，裡面可是她給枕月的添妝，一套蓮花式樣的赤金頭面。

梳雲一瞧便忍不住直了眼。「這樣的頭面沒有一斤都得有八兩呢，小姐，這太貴重了！」她知道枕月與周益的那棟宅子都是蕭晗出銀子買的，若再收了這樣的大禮，他們一家人怎麼安心？

「這個是我給枕月的嫁妝，妳著急什麼？」蕭晗笑著嗔了梳雲一眼，又將手中的匣子遞了出去。「妳送到枕月屋裡去吧，也給她在姊妹跟前長長臉！」

「是。」梳雲對著蕭晗行了一禮。「奴婢代嫂子謝過小姐。」

梳雲接過匣子的一雙手直打顫，他們這樣的人哪裡能戴得起這樣貴重的頭面呢？只怕真叫枕月收下，回頭也得成了他們家壓箱底的寶貝。

等那套蓮花赤金頭面被送到枕月屋裡時，一屋子的丫鬟都瞪紅了眼，直誇枕月好福氣，她們從來就沒遇到過這般大方的主子，甚至連嫁的夫君也選得那麼好，真正是羨煞旁人。

枕月接過匣子，也是激動得兩眼泛紅，只覺得鼻頭酸酸的，忍不住想要落下淚來。

「新娘子快別哭，哭了就不吉利了！」喜婆手快，趕忙拿帕子沾了沾枕月的眼角，她這才止住了淚意，又將匣子捧在手裡，就是不想放開，這金子的貴重倒是其次，關鍵是蕭晗對她的這分心，她這輩子都報答不了。

「小姐對嫂子真好。」梳雲附在枕月耳邊說了一番好話。「恭喜嫂子，等小姐這邊的事情妥當後，我便回家喝喜酒去。」見枕月笑著點了點頭，她這才退了出去。

枕月的婚禮，蕭晗到底沒有親去，也不是不想，只是怕她去了大家會不自在，卻不妨礙她在心中想像著婚禮的熱鬧場景。

這一世，她希望枕月能夠得到幸福！

眼瞅著二月還未過完，竟發生了一件震動京城的大事。

定國公過世，原本應該襲了爵位的世子卻不知道怎麼給摔殘了，庶出的老五鄧世君從國公爺的一眾子嗣中脫穎而出，後又得老國公夫人力保，坐上了定國公的位置。

襲爵之事峰迴路轉，讓人驚詫，這早在蕭晗的意料之中，只是比她前世所知道的提前了幾年，這其中定有著不為人知的內幕，不過她也沒心情去瞭解。

徐氏隨了蕭老太太去定國公府悼念，回府後便一直搖頭感嘆。「國公爺倒是可惜了，那樣一個老好人，竟然走得這般突然。」

蕭老太太亦是眉頭緊鎖。「老國公夫人也是糊塗了，竟然扶了一個庶子上位，家裡全亂了，只怕國公府的路走不長了。」

誰說不是呢？蕭晗在心裡默了默，前世在定國公去世後許久，才爆出了鄧世君上位的醜聞，國公府從此沒落，只如今又不知道要拖到幾時。

三月初八，蕭晴出嫁。

這對於一個女子來說應該是最值得期待的日子，但蕭晗從蕭晴的臉上卻沒看出多少喜悅，反倒是緊張占了大半，還有對未來生活的種種擔憂。

喜娘早早地就為蕭晴妝扮好，眾姊妹也來添妝道賀，趁著還有一會兒工夫，蕭晴便將蕭晗拉到一旁說話。

「原本以為今日我什麼都不會怕的，可臨到這一刻了，我才真的捨不得。」蕭晴說著眼淚便要掉下來，她忙仰頭逼了回去，只是眼眶卻紅紅的。

「姊姊快別這樣，是女子都要走這一遭的，大家都為妳高興呢！」蕭晗握緊了蕭晴的手，心中也很是不捨。

「我知道，我娘高興，爹爹也開心，還有祖母他們……」蕭晴說著便吸了吸鼻子。「我原本以為自己會很堅強，卻發現不是這樣的，想著我要和一群完全不熟悉的人生活在一起，便讓人有些畏懼……他們不會像娘家人這樣包容我，或許還會挑剔我的種種不是，我想著就有些後悔，當初真不該答應嫁過去！」

蕭晗自然知道她說的都是玩笑話，事到如今怎麼可能不嫁，便勸著蕭晴。「大姊只是出閣前有些情緒，這很正常，妳只要想著三日之後便能回門，到時候有什麼好的、不好的都能說給我聽。李家人雖多，可咱們蕭家人也不少，他們別想欺負了妳！」她大有為蕭晴撐腰的意思。

「也就妳這個未來的世子夫人有那麼大的口氣了，我等著妳為我撐腰！」蕭晗一番話倒是讓蕭晴的情緒好了不少，又藉機打趣她。「等妳成親那一日，我可要回家好好待幾日！」

「我還早呢，先把妳嫁出去再說！」蕭晗笑著吐了吐舌，又惹來蕭晴的一陣追打，姊妹倆笑作一團。這時徐氏剛好推門進來，見了這情景不禁一笑。「妳們姊妹倆出嫁後，感情也該這般好，今後相互扶持，這道路才能走得更遠。」

「大伯娘說的是。」蕭晗收了笑意，忙著向徐氏行禮。

蕭晴也站起身，只是目光在轉向徐氏時一下子便軟了下來，幾步撲進她的懷裡撒嬌道：「娘，女兒捨不得離開！」

「傻丫頭，就算嫁人了，妳還是我的女兒，得空了就回娘家走走，娘也會抽空去看妳的。」徐氏感慨地撫著蕭晴的肩膀，眼眶也微微有些泛紅。這是她用盡心力養大的長女，傾注了許多心血，為蕭晴找了李家，也是因為她與李夫人素來交好，想著女兒嫁過去不會怎麼受委屈，她可是用心良苦。

「嗯，三日後回門，娘就讓我在家裡多住幾天吧！」蕭晴眼下就開始與徐氏討價還價。

徐氏無奈地嗔她一眼。「到時候看大姑爺怎麼說，若是他說不好，我肯定不能留妳！」

「那就這麼說定了。」蕭晴自顧自地決定了下來，瞇著眼笑得甜甜的。

「大姊羞不羞，要嫁人了還賴著母親呢！」蕭雨對著蕭晴做了個鬼臉，見她要打來，趕忙躲在了蕭晗身後。「三姊救我！」

「死丫頭敢教訓我了，別以為我出嫁了就收拾不了妳，回頭讓三妹好好管教妳！」蕭晴輕哼一聲，看著兩個妹妹就在眼前，腦中一時思緒紛亂，想著過往的種種，又對蕭雨招了招手。「四妹，來！」

「快去吧，大姊不會拿妳怎麼樣的！」蕭晗笑著將蕭雨推了出去。

蕭雨也是假裝躲閃，此刻已大大方方地站到蕭晴跟前，仰頭看她。「大姊今日真美！」

「還不錯吧！」蕭晴抿著唇笑，又在原地轉了一圈，大紅色的喜袍搖曳墜地，袍身上繡著的花紋在光線折射下熠熠生輝，看起來尤其漂亮。

「是不錯，今日最美的就是妳了，還有誰敢與妳爭鋒？」蕭晗在一旁打趣著蕭晴，順道挽了蕭雨的手。「咱們出去瞧瞧熱鬧，大姊要在這裡坐等一陣子呢！」

「我跟著三姊。」蕭雨乖巧地點頭，與蕭晗倚近了些，蕭晴出嫁以後，能夠照顧她的怕就只有蕭晗了，至於蕭昐她是不敢指望的。

「小沒良心！」蕭晴笑著斥了蕭雨一句，看著她們遠去的背影，漸漸濕了眼眶。

「今兒個是好日子，可不許妳掉淚。」徐氏原本站在一旁看著她們姊妹開玩笑，此刻才走近，牽著蕭晴坐下，又與她細細說了新婚之夜要注意些什麼，弄得蕭晴滿臉通紅，只摀著一張臉轉過頭道：「到時候就知曉了，娘快別說了！」

徐氏笑道：「我這不也怕妳不懂嗎？大姑娘都要經歷這一遭的。」

蕭晴癟癟嘴，似是想到了什麼，轉頭對徐氏認真道：「娘，等著我出嫁了您便沒那麼忙了，到時候安心給四妹尋一門好親事。」

徐氏怔了怔，笑容漸漸淡了下來，抿唇道：「她的親事我自有打算，妳不用操心。」

「總之您放在心上就是，四妹從小就沒有了親娘，又是與我一同長大的，我疼她與自己的親妹妹沒兩樣。」蕭晴說到這裡，又看了徐氏一眼，雖然在外人面前徐氏對蕭雨是不差的，但總歸不是自己的女兒，這點蕭晴還是明白的。

「行了，我知道了。」徐氏無奈地點了點頭，蕭晴這才開懷笑了起來，母女倆又在房裡說了一會兒話，便安心等著迎親的人來。

蕭晗原本是要去蕭老太太那裡看看的，可走到半路又聽見外院傳來震天響聲，鑼鼓聲、鞭炮聲的好不熱鬧，蕭雨便拉著她去看，哪裡知道還未到二門，便遇到了來迎親的一群人。

打頭陣的自然是蕭時與蕭昀兄弟倆，後院都是女眷，其他沒有親戚關係的男子也不好隨意入內。跟著往裡走的是李沁與他的兩個弟弟，簇擁在一旁的還有李家親朋好友中年紀大些的婦人，另有一眾丫鬟、婆子們跟著。

蕭晗也沒想到竟然會碰到來迎親的李沁等人，忙拉著蕭雨避在了一旁。

李沁卻是眼睛一亮，腳步慢了下來，穩住那蕩漾的心緒，向蕭晗姊妹施了一禮。「沒想到會在這裡遇到三妹妹與四妹妹！」

「大姊夫有禮。」蕭晗原本是不想與李沁他們打招呼的，可李沁都主動與她們見禮，自然不好當作什麼也沒看見。

蕭雨也跟在蕭晗身後向李沁行了禮，蕭晗再抬眼時，卻見李沁直瞧著她，有些神思不屬，不由眉頭微皺，撇過了頭去。

「三妹、四妹，妳們快些進去吧，我帶著妹夫去迎親就是！」蕭時倒沒留意到李沁的異樣，大馬金刀地走過來扶了他的肩就往裡走，暗自給蕭晗使了個眼色，讓她們先回去。

「我們這就回去。」蕭晗對蕭時點點頭，不再說什麼，拉起蕭雨便往另一邊而去。

李沁伸長了脖子往蕭晗那方瞧去，卻只能見著伊人遠去的背影，心中不禁一陣遺憾。

等蕭晴三日後回門那天，姊妹們才又聚在了一處，看得出來蕭晴面色很好，並不像是強顏歡笑的模樣，蕭晗微微放了心，又問起她婚後與李家人相處得怎麼樣。

蕭晴笑道：「都還好，原本就認識我婆婆，她也一直待我和和氣氣的。」

「那小姑子呢？有沒有使壞？」蕭雨笑著插進話來。

蕭晴不由拍了拍她的腦袋。「我如今是她嫂子了，管束她是應該，她還敢衝撞我不成？」

「大姊威武！」蕭雨銜著蕭晴豎起了大拇指來，那誇張的表情倒是惹得大家好一陣笑。

蕭盼也在一旁聽著，不由有些好奇地問蕭晴。「我瞧大姊夫今日一進蕭家就笑得合不攏嘴呢！聽我娘說，大姊要與大姊夫在家裡住幾天再走？」

「是有這個事。」蕭晴笑意微斂。「我婆婆也是答應了的，妳姐夫他體恤我，便想著陪我多住幾天，橫豎他書院最近也清閒，沒什麼課業，閒暇時還能與三哥切磋制藝。」

「還是大姊想得周到。」蕭盼閒閒地應了一句，再沒多說什麼。

「大姊要在家裡留宿幾日？」蕭晗聽了這話卻是微微皺眉，不僅蕭晴要留下，連李沁都不走，內院也就那麼大，若是他們夫妻留在這裡，難免會遇到，真是有些麻煩啊！

「怎麼了？」蕭晴聽出了蕭晗話裡的異樣，不由抬眼向她望去。

蕭晗怔了怔，旋即搖頭笑道：「沒什麼，就想著大姊的婆婆還是通情達理的。」

「我婆婆的確還不錯，也聽得進我的話，我在府裡時連思琪都規矩了不少呢！」蕭晴說著在李家的趣事，姊妹幾個卻都有些心不在焉，末了她也乏了，便與她們告辭，先回屋去。

第五十八章　無禮

為了避著李沁，蕭晗這兩日都窩在屋裡不出門，卻不想蕭晴與蕭雨一道尋了過來，又邀她到屋外走走。蕭晗無奈只得應了下來，吩咐著春瑩準備些東西跟上蕭晴她們，再想了想，自己又帶了蘭衣往廚房裡走一趟，想要親手做幾樣點心。

蕭晗回頭在廚房裡發了麵，又讓人拿了些香蕉來，做了香蕉薄餅與桃酥，剛出爐時那香味便四散開來，讓廚房裡的眾人都饞死了。

「有些做壞了的你們分了吃吧！橫豎也只是賣相不好，味道都是一樣的。」蕭晗倒是大方，廚房裡的謝娘子帶著大家又是好一陣謝，這才將點心給分食了。

蘭衣在一旁裝盤，又依著蕭晗的吩咐，讓小丫鬟往蕭老太太與徐氏、劉氏那裡都送了一些，還有陳姨娘與梅姨娘也沒有落下。

蕭晗帶著蘭衣走在青石板道上，春日裡風光正好，滿園子的翠綠，還有新發的嫩芽從枝頭探了出來，點綴著紅紅黃黃的小花，煞是好看。

蕭晗摘了一朵枝頭的月季，轉身便插在了蘭衣的髮鬢上，冷不防地將蘭衣嚇了一跳。

「小姐，您這是……」

「瞧瞧多好看啊！妳平日裡就是太素淨了，把人都襯得老了！」蕭晗退後幾步，好好地端詳了蘭衣一陣子，這才滿意地點了點頭。「妳年紀本就不大，卻總喜歡穿些灰藍色的裙子，虧得妳娘還是在針線房裡當差的，妳也不打扮打扮自己。」

「奴婢這樣子習慣了。」蘭衣低頭看了看今日的穿著，確實是灰藍色的衣裙，雖然舊了點，但耐穿，她覺得挺好。

「妳才多大，比我還小一歲呢！正是該鮮豔的年紀。」蕭晗認真地想了想，才道：「回頭讓枕月開了庫房，我記得庫裡頭還有好幾疋鮮亮的布料，回頭妳們就把它分了吧！」說罷笑著轉身往前走去，卻不想眼前猛地竄出一個人影來，她來不及止住去勢，向前一個踉蹌，那人不但沒有退避，竟然也就順著伸手扶住了她。

她的耳邊響起一個男人驚喜的聲音。「三妹妹，真是巧啊！」

蕭晗被這聲音驚得渾身一僵，趕忙伸手抵住了與那人的靠近，又退開幾步，咬了咬唇道：「大姊夫，你怎麼在這兒？」

「我這不是在園子裡閒逛嗎？不知道怎麼就迷失了方向，可巧碰到三妹妹了。」李沁一臉笑意地看向蕭晗，一雙眼睛在她身上轉來轉去，這兩天都沒瞧見蕭晗，他心裡可癢了，想著這小妮子是不是在躲著他？

「大姊夫是要回屋吧？我讓蘭衣帶你回去！」蕭晗不欲與李沁多費唇舌，一把接過了蘭衣手中的食盒。「妳送大姑爺回屋，免得他在這裡迷路了。」說罷暗暗給蘭衣使了個眼色。

蘭衣點了點頭，一個箭步擋在了蕭晗前面，朝李沁比了個「請」的手勢。「大姑爺請隨奴婢往這邊走。」

李沁猶豫了一陣，又看了看蕭晗，蕭晗卻全然未見的模樣，只提著食盒側過身去。

「咦，我正巧有些餓了，三妹妹食盒裡是何物啊？」李沁半晌才走了一步，突然靈機一動拿蕭晗手中的食盒說事，又一臉嚮往的模樣，等著蕭晗解釋。

蕭晗不好當作沒聽見，便板著臉道：「是給大姊和四妹做的點心，正要送去。」

「原來妳知道妳大姊在哪裡啊？我可找了她半天了！」李沁一臉大幸。「三妹妹快帶我去吧！」

蕭晗抿了抿唇，站著沒動。

「小姐。」蘭衣退後一步看向蕭晗，她也看出這個大姑爺有些不懷好意，不由心生排斥。

「既然大姊夫要去，那就走吧！」蕭晗深吸了一口氣，又將食盒交給了蘭衣提著，理了理衣裙走在前頭。

李沁大喜，趕忙跟上，一邊慶幸著自己的機智，一邊也為蕭晗這次沒有理由躲他和趕他而開心起來，連步伐都變得輕快許多。

「三妹妹別走那麼快！」

「三妹妹，妳可知道我在書院讀書有多苦悶，這次在蕭家住上幾天，正好解解悶。」

「好在今年秋天便要下場考試了，可讓我盼到了，妹妹等著我考上舉子吧！」

「三妹妹平日裡有什麼愛好？可喜歡踏青遊湖？還是多愛在家裡做女紅、看書？」

李沁一邊走一邊與蕭晗閒話，蕭晗懶得搭理他，可這人精神可嘉，一個人自言自語也說得來勁，眼見著轉過一道月洞門就能瞧見涼亭了，蕭晗不由頓住了步伐，轉頭看向李沁。

「大姊夫要應試是好事，我就在這兒祝大姊夫高中！你若是高中了，最高興的該是我大姊。還有，我喜歡什麼不勞大姊夫操心。」又喚了蘭衣過來，吩咐道：「妳領著大姊夫過去吧！我覺得有點不舒服，先回去歇息。」

「奴婢明白！」蘭衣點了點頭，握緊了手中的食盒就要上前。

「三妹妹別走！」眼見蕭晗轉身就走，李沁心中一急，趕忙快步追了上去。

「三妹妹是哪裡不舒服，我幫妳看看可好？」李沁說著就要去拉蕭晗的手。

蕭晗一驚趕忙避過，卻不想衣袖還是被他給攥在了手中，不由氣得滿臉通紅，怒斥道：「還不放手?!」說罷便用力地掙了掙。

李沁只聞到一股香風撲鼻，那心心念念的容顏就在眼前，哪裡還顧得上什麼，不僅攥住蕭晗衣袖的手沒有鬆開，竟然又伸出另一隻手向她摟了過去。

蕭晗面色一變，奮力地抽出手來，一巴掌便拍在了李沁的臉上。

「啪」的一聲清響，李沁被蕭晗打得一懵，原本陶醉的神情霎時便僵在了臉上，有些不可置信地看向蕭晗。

蘭衣驚呼一聲，也跟著上前一把推開了李沁，手中的食盒應聲落地，滾落了一地的點心。

「三妹妹，妳打我？」李沁怔怔地撫著臉，將目光慢慢地對上了蕭晗的眼睛，眸中含著質問以及一抹慢慢升起的怒火。

「我打的就是你！」蕭晗心中的怒火也被激了起來，指著李沁罵道：「你也知道喚我三妹妹，那你可知道我是你妻子的妹妹?!你眼下站在蕭家的地方，你做的又是些什麼事?!」

「我……我……」李沁被蕭晗逼問得啞口無言，臉色一時之間憋得脹紅，想要反駁兩句，可想起自己剛才的行徑，又有些心虛。

「大姊夫還是早日帶著大姊回家的好，這裡不是你們的久留之地！」蕭晗忍住怒氣看向李沁，眸中的光芒如寒冰般徹骨，李沁在這樣的目光注視下不由有些膽怯。

眼下李沁已經回神了，也陡然記起了蕭晗的另外一個身分，那可是長寧侯世子葉衡的未婚妻啊！那個霸王若是知道他今日的所作所為，指不定要扒下他一層皮。

「蘭衣，咱們走！」眼見著這點心是送不成了，蕭晗也沒有心情再去涼亭，帶著蘭衣轉身離去，她怕再留在這裡，便會忍不住將李沁罵得狗血淋頭。

佳人遠去，自己又被抽了個大巴掌，李沁失魂落魄地看著滿地的點心，有些頹敗地搖了搖頭，也沒往涼亭而去，轉身拐進了另一旁的小徑。

等兩人都離去後，月洞門後才緩緩走出兩道身影。當先的自然是蕭晴，她木著一張臉掃過眼前狼藉的地面，唇角抿得緊緊的。

「大姊，這不關三妹的事。」蕭雨在一旁看得真切，此刻有些為蕭晗抱不平了，這幾日連她都看得出來蕭晗是故意躲在屋裡的，卻沒想到這不要臉的人還要自己闖過來。

「我知道，我早就知道的……」蕭晴自嘲一笑，袖中的手緩緩攥緊了。「三妹勸過我的，讓我別嫁給他，可我當時不聽。」蕭晴緊抿著唇，腳步緩緩向前，將青石板道上還來不及清理的點心踩成了粉末。「我以為自己可以不在乎的，我以為只要我在李家站穩了腳跟便能好好地活下去，其實不是這樣的……」

蕭晴站在那裡，回過頭的眼神中是無法掩飾的失望，以及一抹對現實的疲憊。

蕭雨看得有些心疼，忙快步上前握住了蕭晴的手，心疼道：「大姊快別這樣說，都不像妳了，我聽著害怕！」

「還是三妹聰明，要嫁也要嫁自己喜歡的人，門第、家世、人品都是無可挑剔的，我真羨慕她啊！」蕭晴輕輕扯了扯唇角，最終只餘長長一嘆。

這條路是她選擇去走的，蕭晗曾經告誡過她，也苦口婆心地勸過她，說李沁這樣的人不值得託付終生，她當時是怎麼回的呢？

為什麼她已經記不清了……

「三妹一直清楚自己要的是什麼，咱們都羨慕她。」蕭雨點了點頭，握住蕭晴的手卻更緊了一分。「大姊，妳的手有些冷，定是在外面吹風吹久了，咱們快些回屋吧！」

「回哪裡？」蕭晴搖了搖頭，旋即深吸了一口氣，忍住眸中的淚意。為了這個男人哭不值得！不值得！

「要不……就先回我屋裡坐坐？」蕭雨試探著說道。蕭晴眼下的狀態還是不要見到李沁來得好，蕭晗那裡也去不得，指不定三姊也是滿心的惱怒呢！

「就去妳那兒吧，明日我就回李家去。」蕭晴點了點頭，又轉向蕭雨，輕輕撫了撫她嬌嫩的臉龐，輕笑著說道：「我與娘說過，讓她為妳尋一門好親事，可一定要是妳喜歡的才嫁，若是不喜歡的不要逼迫自己，知道嗎？」

蕭雨似懂非懂地點了點頭，實在不明白蕭晴眼下為什麼要提起這件事？她知道她的親事握在徐氏手上，徐氏對她是好是壞她都認命，誰叫她生下來就是庶女呢！

「回去吧，我有些乏了。」蕭晴倚在蕭雨身上，蕭雨也趁勢扶住了她，便聽蕭晴的聲音幽幽傳來。「今日的事情不要對任何人提起，我不想多生事端。」

「我不會對別人說的。」蕭雨重重地點了點頭。畢竟這事不光彩，不管是對蕭晗還是蕭晴來說。

「以後，我不會輕易回來了。」蕭晴牽了牽唇角，眸中全無笑意。蕭家的女人都是有尊嚴的，不管是蕭晗，還是她。

蕭晗回到屋裡後仍是坐立難安，想了想還是派蘭衣回去瞧瞧蕭晴她們還在不在，也找了個藉口讓她們別再等著她，順道將地上散落的點心給收拾了，不然別人瞧見了，還以為發生了什麼事情呢！

哪裡知道蘭衣去而復返，回來時卻說沒有瞧見蕭晴與蕭雨，像是早走了。

「早走了？」蕭晗怔了怔，若是蕭晴她們離開了涼亭，怎麼沒有人往她這裡知會一聲？難不成……蕭晗不禁面色一變，而後又緩緩平靜了下來，便聽得蘭衣稟報道：「奴婢瞧見青石板道上的點心，被人給踩碎了幾塊，應該是有人從那裡走過去了。」

「我知道了。」蕭晗背過身去，面色漸漸沈了下去。

涼亭位置那麼偏僻，平日也不會有人去的，若不是她們姊妹幾個約在那裡，怎麼會有人打那裡經過，看來的確是蕭晴她們。就算是再好的姊妹發生了這樣的事情，也不可能毫無芥蒂了。蕭晗知道，或許她與蕭晴的關係再也回不到從前，這不是她所願，卻也無法阻止這樣的事情發生。

有些人，總會漸行漸遠，漸成陌路。

蘭衣沈默了一會兒，突然道：「小姐不去向大小姐解釋？」

「不用解釋了，這種事情解釋不清楚的。」蕭晗苦笑著搖了搖頭。「清者自清，她若是信我，不用說什麼也信的，若是不信，我多說無益。」再則，有些解釋在別人眼中，會不會就成了掩飾呢？蕭晗輕嘆一聲。

果然第二日一早，蕭晴便與李沁匆匆離開了蕭家，甚至沒來得及與蕭晗辭行。

四月初上官氏終於回府了，氣色瞧著可比當初回京那時好了不少，連面色也紅潤了起來，穿著一身杏黃色的長裙，整個人往那裡一站便顯出幾分素雅的溫婉。

徐氏倒也沒計較上官氏在大興待了那麼久，只攜了她的手道：「瞧著妳氣色好了，我也就放心了。」

「也多虧了太太請的大夫開的方子，食補、藥補地吃著，我覺著自己都長胖了不少呢！」上官氏說著又有些歉意地看向徐氏。「大姑奶奶出閣時我也就回來了一天，又趕著回去了，連著她與大姑爺回門都沒在，還請恕罪！」說著便要跪在地上。

徐氏趕忙拉了上官氏起身。「我知道妳有心，不過還是妳的身體要緊，他們什麼時候也能見著的。」說是這樣說，她的表情到底是淡了幾分。

「您不怪罪就好，那我就先回屋整理整理，晚些時候再過來陪太太與老太太！」上官氏說完又向徐氏與蕭老太太行了一禮，這才腳步輕快地退了下去。

「這次住在大興她倒是變了許多。」蕭老太太瞅著上官氏離去的背影，這才轉向徐氏道：「她這一耽擱又是幾年，若是徐姨娘那邊有了消息就將人接回來養著，到時候再送她過去，只要再次過去能有孕，也算是全了她嫡妻的顏面。」

「媳婦明白的。」徐氏順著點了點頭，又見蕭晗與蕭雨在一旁有些不好意思，便笑道：「老太太瞧瞧這兩丫頭，都是要嫁人的大姑娘了，還害羞呢！」

「晗姐兒，帶著妳妹妹去玩一會兒，我與妳大伯娘有話說。」蕭老太太打發了她們姊妹出去，蕭晗倒是求之不得，又見老太太的目光在蕭雨身上打了幾個轉，心中想著她們要談的事，是不是與蕭雨有關？轉過屏風後她便拉著蕭雨鑽進了一旁的茶水間裡，又對著茶水間裡的蔡巧使了個眼色，這才湊過耳傾聽。

「三姊，這樣不妥當！」蕭雨起先還不願意在這裡偷聽，也是怕蕭老太太與徐氏知道後會怪罪，可又聽徐氏好似提到了她的名字，蕭雨便頓時安靜了下來。

「大伯娘說的是妳的親事。」蕭晗轉過頭來對著蕭雨擠了擠眼，又摀唇笑了笑，兩人這才一同湊近了細聽。一旁的蔡巧無奈，只得退後了一步守著簾幕那裡，不讓其他人發現，不然這可也算是她失職了。

屋裡的徐氏自然未察覺到茶水間裡有人偷聽，聽了蕭老太太的話，便笑著答道：「媳婦已經在為雨姐兒物色了，咱們家的女兒都是乖巧的，原本我也是想留她在身邊，嫁近一些也能相互照應著不是，可前兒個老爺卻與我提了一個人。」

「喔？老大提了誰？」蕭老太太一聽這人是蕭志傑提的，也來了興致，趕忙問了起來。

「是戶部貴州清吏司的主事，雖說是喪了偶的，可年紀也不大，膝下只有一個五歲的兒子，託了戶部的人為他尋一門好親事。老爺想著都是戶部同源，與這人也有些交情，便和我提了提。」徐氏自己對這門親事是很滿意的，蕭雨嫁得遠也有嫁得遠的好處。

茶水間裡蕭雨卻是聽得面色一變，有些緊張地扯住了蕭晗的衣袖，眸中瑩光閃動，竟是要哭了的樣子。

「妳怎麼了？」蕭晗微微一怔，也顧不得再聽徐氏與蕭老太太說了些什麼，趕忙拉了蕭雨出去。

前世裡她只知道蕭雨是遠嫁了的，是不是嫁到貴州她卻不記得了，不過蕭雨最後死在了異鄉，再也沒能回京，想想也是可憐得很。

「三姊，我聽說貴州那裡貧瘠得很，窮山惡水，人也特別彪悍，我、我……」蕭雨說著便咬住了唇，淚水跟著滑落，在她那張潔白的小臉上就像掛壁的露珠一般，惹人堪憐。

「妳不想嫁到那裡去？」蕭晗抿了抿唇，心底一聲輕嘆。

「我只是有些怕……」蕭雨搖了搖頭，淚水更是止也止不住。

蕭晗眼尖地瞧見兩個丫鬟從不遠處的廊道走了過來，趕忙帶著蕭雨跨進了小徑，往裡走去。

「這事不是還沒有定下嗎？妳先別擔心！」蕭晗輕輕拍了拍蕭雨的肩，又為她遞上了一方絹帕。「先擦擦眼淚。」心下則暗自思量了起來。

「這若是父親提的，那十有八九都要成的。」蕭雨抹了抹眼淚，握緊了蕭晗的手，哽咽道：「三姊又不是不知道，老太太最重視的便是我父親的前程，太太自然也是向著父親的。」

蕭晗倒不知道說什麼才好，自古婚姻便是父母之命，媒妁之言，她這個隔房的姪女倒真沒有立場去反對什麼。

「妳先別著急，咱們再想想辦法。」蕭晗眼下只能這樣安慰著蕭雨，她這才收了淚水，似是想到了什麼，一臉的淒然落寞。「聽說我娘親生下我便沒了，太太這才養大了我，我也知道娘親是個什麼身分，可我若要嫁必為正室，不做妾！」她吸了吸鼻子，唇角漸漸綻開一抹笑來。「我知道三姊有心幫我，但若真的要嫁，我也會勇敢一些的，好歹只是個繼室，又不是與人為妾。」

「妳能這樣自重自愛我心裡也歡喜，只是眼下這親事還沒個定數，且等等再說。」蕭晗又與蕭雨說了幾句，眼瞧著天色不早，便囑咐她早些回去歇息，自己則帶著蘭衣往回走著，這一路滿腹心事，走走停停，連眉頭都不覺皺在了一起，不由停在了廊下。

天空漸漸變得灰暗了下來，蕭晗伸手摘下一朵迎春花在鼻間輕嗅，神思卻已經飛出了老遠。這一世很多人的命運都因她而改變，難道她能眼見著年紀輕輕的蕭雨，就這樣香消玉殞、客死異鄉？

不，她不能！

蕭晗眸中的光芒緩緩沈澱，伸手扯下了手中的花瓣。這事情她不說一定要改變或是阻止，卻也要為蕭雨博個清楚明白的前程，而不是在那遙遠之地任她自生自滅、獨自凋零。

「走吧，咱們回去！」心中想明白了之後，蕭晗不再糾結。

第五十九章　扭轉

幾日後蕭晗到蕭老太太跟前請安時，已然見徐氏與蕭雨在座，陳氏陪站在一邊顯得有些拘謹。上官氏瞧見蕭晗到來，還對著她招了招手，倒是顯出了難得的熱情。「三妹妹快這裡坐。」

蕭晗有些納悶，給蕭老太太等人行了禮後，坐到了上官氏身邊，上官氏笑著對她道：「妹妹的莊子住著很是宜人，若是以後我再想過去借住，妹妹可不能嫌我煩啊！」

原來是這樣！蕭晗明白過來，便對上官氏笑著點頭。「只要大嫂的身體能好一些，什麼時候想過去住都行。」

「妹妹這句話我可是記著了，改日再與妳說。」上官氏笑著對蕭晗飛了一個眼神過去，眉眼間完全是一派喜色，倒是與蕭昕離開時的那副愁容大大地不同。

蕭晗在心裡納悶，難道在大興田莊，上官氏真有什麼奇遇不成？

蕭雨的眼神掃了過來，與蕭晗撞在了一處，只是淺淺一笑又移了開去，與那日一臉的擔憂已是大不相同，甚至還殷勤地為徐氏端茶倒水，忙前忙後的，蕭老太太看在眼裡不由笑了起來。「雨姐兒果真是長大了，乖巧得很，懂得侍奉妳母親了。」

蕭雨聞言轉身一笑，又對著蕭老太太福了福。「祖母這話沒說對，雨兒侍奉母親和祖母都是應該的，誰叫您們都是雨兒最親的人呢！」話一說完，便幾步上前倚在老太太跟前，給她捶起腿來。

「這一個、兩個的都孝順了起來，我可吃不消呢！」蕭老太太呵呵地笑著，又忙拉了蕭雨起來，反倒招了蕭晗到跟前說話。「快帶著妳妹妹到一旁玩去，我這把老骨頭可禁不起捶。」

蕭雨的反常蕭老太太看在眼裡，誰不是人精呢？從前都會怕著、避著她，如今卻巴巴地來獻殷勤，老太太與徐氏對視了一眼，心中都有些明白。

蕭雨臉色一變，心中暗道一聲糟糕，不由尷尬地咬了咬唇。她這是因為心中急切，做的事情難免有些激進，可蕭老太太並不吃她這一套，或許連徐氏也有所察覺。

別看她表面上沒事，其實心裡正在打著鼓，她知道自己的命運就握在蕭老太太與徐氏手中，面對她們時怎麼能不兢兢業業，想要將一切做到最好呢？

可顯而易見，蕭老太太並沒有領情。

蕭雨可憐兮兮地將目光轉向了蕭晗，蕭晗則拉了她的手安慰地拍了拍，又轉向蕭老太太道：「既然祖母嫌棄妹妹手重，那一會兒換了我來可好？我這輕重拿捏得適當，祖母定會喜歡的。」

蕭老太太挑了挑眉，又深深地看了蕭晗一眼，待瞧見她身後的蕭雨微微一顫時，眸中光芒漸深，只沈沈點頭。「行，一會兒我與妳大伯娘交代完事情，妳再過來就是。」

「那我們姊妹就先退下了。」蕭晗抿唇一笑，又大方地向蕭老太太與徐氏行禮，這才與蕭雨退了出來。

「三姊，我又做錯事了。」一出了蕭老太太屋裡，蕭雨便氣惱地扯著衣角，一臉的頹敗之色。「原本是想要好好表現的，也怪我人笨嘴拙，老太太與太太兩邊都討不著好。」

「我明白妳的心思，可這事急不得。」蕭晗按了按蕭雨的手，認真直視著她的眼睛。「四妹，妳相信我嗎？」

「我怎麼會不信三姊，如今妹妹一切都依仗妳呢！」蕭雨急急地握緊了蕭晗的手，眼神亦向她明確地表達著自己的信任與依賴。

「那好，等我問過了老太太再說，妳先別急。」蕭晗點了點頭，估計蕭老太太也發現了蕭雨的不同。女子本就可憐了，若是這親事還要任人支配，成為一個籌碼，那麼她們活著意義又是什麼？只是成為家族的一顆棋子嗎？

「老太太，這兩個丫頭有古怪啊！」徐氏揮手讓上官氏與陳氏退了下去，這才與蕭老太太說起話來。

「我也瞧出來了。」蕭老太太唇角一抿，卻是不以為意地撫了撫並不見綴褶的衣袖。「怕是四丫頭的婚事走漏了風聲，這丫頭聽了心裡著急，才與三丫頭合計了起來。」

徐氏輕哼一聲。「走漏了風聲也不怕，橫豎她的親事由我作主，我不信她敢不嫁！」

「我也問過老大，他說那人確實不錯，不過因為隔著遠了，那分助力也不是立即可見。」蕭老太太琢磨了一陣，說出了自己的看法。「反正眼下還不急，四丫頭明年才及笄呢！再挑挑也不是不可。」

徐氏想了想，忽地問道：「老太太可是在顧忌著晗姐兒？」

蕭晗歷來聰慧，若是蕭雨求到她跟前請她幫忙，也不是不可能，只是蕭晗也應該看看什麼忙該幫、什麼忙不該幫，手也不能伸得太長不是？

想到這裡，徐氏的心裡已經隱隱生出了幾分不快。

「倒不是顧忌晗姐兒，只是想為四丫頭挑個最好的，也是對老大最有益的。」蕭老太太聽出了徐氏話裡的意思，便不願與她在這件事上多作糾纏，轉而說起了蕭志傑要為她們婆媳請封誥命的事。「聽說老大要替我們請封誥命，這可是好事，我老婆子也不求什麼，這輩子有這個兒子光宗耀祖，也就值了！」

「瞧老太太說的，等著這誥命一下來，就得稱呼您老夫人了，免得與別家夫人來往時，老覺得矮她們一截似的。」徐氏笑得合不攏嘴。女人這一輩子不就圖個妻憑夫貴，如今蕭志傑能夠給她個誥命當當，她自然求之不得。

「我是老了，不圖這些個虛名，妳還年輕，今後在各家太太、夫人們跟前走動，也有臉面得多。」蕭老太太抬舉了徐氏幾句，她更是聽得心花怒放，又與老太太說了許多好話，心情顯然好極了。

「妳是個有後福的！」蕭老太太笑著讚了徐氏一聲，又說起劉氏來。「老二在翰林院也窩了那麼些年，我瞧著雖然沒有什麼進展，可為劉氏請封個誥命也不是難事，晗姐兒再過不久就要嫁進長寧侯府，這點臉面還是要掙的。」說罷認真思考起來，半晌才道：「回頭我便與老二說說這事。」

「老太太真是想得多，也為弟妹考慮得周到。」徐氏對這事就不大熱衷，表情淡了下來。她封誥命是好事，可劉氏也封的話，她怎麼覺得心裡那麼不是滋味呢？

不過蕭晗要嫁進長寧侯府，劉氏的地位確實也需要抬一抬，不然一說起二房嫡母是什麼品階身分，還不得看輕他們蕭家？

「對了，這陣子倒沒怎麼見過劉氏與盼姐兒？」蕭老太太雖免了劉氏的晨昏定省，可初一、十五她們母女還是會來她這裡請安，雖然不待見，但禮數上還是要做足的。

「怕是在忙著盼姐兒的親事，您也知道再過兩個來月，盼姐兒就要出閣了。」徐氏拿絹帕掩了掩唇角，心中不由一陣發笑。也是劉家當年被抄了家沒什麼家底，劉氏又是以那樣的身分進的門，哪能給蕭盼置辦什麼體面的嫁妝？這不臨到女兒要出嫁了，才挖空了心思地到處湊嫁妝，也是難為她了。

「是啊！這時日過得也快，想著今年咱們府裡才嫁出一個姑娘，另外兩個婚期也近了，這心裡就不是滋味。」蕭老太太面上一喜一愁。

徐氏瞧在眼裡不由笑道：「老太太怕是捨不得晗姐兒了，不過出嫁後她們也還是蕭家的女兒，得空老太太招了她們回府坐坐，誰還能不來？」

「嫁了人可就不一樣了，那是別家的媳婦，即使是從小養大的閨女，只怕心也是向著婆家了。」蕭老太太牽了牽唇角，心中不禁生出許多感慨。都是從姑娘家走到這一步的，誰不是這樣過來的呢？

徐氏又在蕭老太太屋裡坐了一會兒，這才告辭離去，老太太便讓蔡巧去找了蕭晗過來，琢磨著這丫頭有什麼話要對她說。

「得了，也別給我捏肩捶腿了，有什麼話就直說吧！」眼見蕭晗對她行禮後，便挽了袖子上前，蕭老太太趕忙阻止了她。

「瞧祖母說的，這坐了好一會兒了，您的肩聳著不疼啊？孫女先給您捏捏。」蕭晗笑了笑又逕自上前為蕭老太太捏起來，她是清楚老太太脾性的，只要順著毛捋，哄得她高興了，一切才好說。

蕭老太太無奈一笑，也只得由著蕭晗為她捏著肩膀，整個人緩緩放鬆下來，倒真是覺得身體鬆快了不少。

「方才瞧四丫頭那樣子，我就知道她心裡在想些什麼了，妳也知道了不成？」蕭老太太半眯著眼睛，拿起一旁小几上放著的念珠，有一下沒一下地撥弄了起來。

「倒是聽說了一些。」蕭晗手下動作一頓，旋即又如常地捏了起來。「四妹本就到了說親的年紀，大伯娘為她操辦也是應當。」

「妳知道就好。」蕭老太太點了點頭。「這本就是家中長輩操辦的事情，好壞自有咱們去衡量，難不成還能虧了自家姑娘？」

「自然是不會的。」蕭晗笑著搖頭，微微一想又道：「只是聽說這戶人家離得有些遠，若四妹真嫁到那麼遠的地方，今後咱們姊妹再見也不容易。」

「妳祖母我當初不也是從川蜀之地嫁過來的，正所謂嫁夫隨夫，等生下孩子，在婆家的地位也就穩妥了。」蕭老太太默了默，旋即拍了拍蕭晗的手，示意她坐下。

「祖母是有福之人，別人可比不得。」蕭晗笑著看向蕭老太太，順勢坐在了她身邊。「再說川蜀地靈人傑，我也嚮往得很。」

「妳倒是會說話。」蕭老太太笑道：「這親事還沒有說定，我也是想著貴州太遠，那裡可比川蜀更加貧瘠凶險，四丫頭若真嫁過去了，這一輩子怕是別想回來了。不過妳大伯說那人還不錯，家中也只有一個五歲的兒子。」

「那就是嫁過去當繼室？」蕭晗抿了抿唇，面上的笑容緩緩斂去。「祖母，繼母不好當啊！四妹妹又那麼小，去到那樣的地方沒個親人在身邊，她得多害怕？從小就是在京城裡嬌養長大的姑娘，孫女怕四妹受不住那苦！」她又仰頭看向蕭老太太。「孫女不知道這人對大伯的前程有何助益，但畢竟隔得遠呢！想來即使有益必也有限，何不就近尋一個助力，那樣四妹也在咱們眼皮子底下好照應不是？」

「就近尋一個？」蕭老太太怔了怔，她原本沒往這方面去想，可蕭晗這一說，她倒真有些意動。

「妳大伯本在戶部當差，我想他有這個想法，也是因那人託關係求到他跟前來，便起了這個心思，也是覺著以後在戶部大家互相照應著，至於眼下……」蕭老太太目光一轉，看向蕭晗。「該找個什麼樣的人，只怕妳大伯也沒有想法。」

「那簡單啊！」蕭晗聞言不由一笑，略微一想便斟酌道：「大伯娘之所以贊同這門親事，也是因為於大伯有益，咱們只要瞭解大伯目前最需要的助力是什麼，往那方面去尋不就好了。」

蕭老太太抿了抿唇角，心裡開始有些搖擺不定。

「況且將四妹嫁到那樣的荒涼之地，還是給人做續弦、當後娘，別人知道了又會怎麼說咱們蕭家？」蕭晗癟癟嘴，瞧著也是滿腹的委屈。「咱們姊妹三個要嫁的婆家都不差，輪到四妹便是這樣的光景，讓外面的人知道了，指不定會說蕭家怎麼苛刻庶女呢！」

蕭晗一半撒嬌、一半真切，這話語又說得軟糯，像小姑娘委屈至極的抱怨罷了，可聽在蕭老太太耳裡卻如驚雷，嚇得她整個人都怔住了。

她只在意蕭志傑的官途，卻忘記了蕭家姊妹的三個婆家會怎麼想、怎麼看。

一個是太常寺少卿家的公子，一個是雲陽伯家大公子且聽說即將封世子，一個是聲名顯赫的長寧侯世子，若是與那清吏司主事做了連襟，只怕表面上不說，心裡也會抱怨他們蕭家怎麼會瞧上那樣的一個人。

蕭老太太猛然驚醒過來，又看了蕭晗一眼，暗道這門親事恐怕真要從長計議。

「祖母會好好與妳大伯和大伯娘商議的。」蕭老太太對著蕭晗緩緩點了點頭，又道：「妳且先回去，讓我好好想想。」

「是，那孫女就不打擾祖母了。」蕭晗又看了蕭老太太一眼，見老太太眉頭忽皺忽鬆，想來是自己的話已經起了幾分作用，也不再多說，行禮後便退了下去。她才走出敬明堂，便瞧見了蕭雨在不遠處等著。

「三姊，如何了？」見到蕭晗，蕭雨立即快步迎了上去，一臉期待地看向她，畢竟事關自己的婚事，她沒辦法不上心。

「老太太有些動搖了，不過還要與大伯和大伯娘商量。」蕭晗笑著拍了拍蕭雨的肩，示意她不要太過擔憂。

「真的？」蕭雨驚喜地看向蕭晗，有些不敢相信，又急急追問著她是怎麼說動蕭老太太的。

「不告訴妳！」蕭晗狡黠地眨了眨眼，拉著蕭雨往前走。「等這事有了結果，再告訴妳也不遲。」

「好三姊，妳這不是讓我著急嗎？」蕭雨癟著嘴，一臉可憐兮兮地看向蕭晗，倒是將她給逗樂了。

蕭晗不由笑道：「怕是老太太想著咱們姊妹幾個都嫁得不差，若是薄待了妳，將來別人不知道會怎麼說蕭家的不是。人都是要面子的，特別是在老太太這個年紀，面子這個東西便更金貴了！」

見蕭雨一臉似懂非懂的模樣，蕭晗不由一指彈在她額頭。「回去等消息吧！應該不會讓妳失望的！」說罷便笑著走在了前頭。

蕭雨想了想，也漸漸會過意來，唇角不由微微上翹，瞧著不遠處那抹窈窕纖細的身影，心中一陣感激，眸中亦閃起一片晶瑩的亮光。

對於蕭晗今日所說的那些話，蕭老太太也想了許久，晚些時候便將蕭志傑與徐氏叫到屋裡來說話。

「我琢磨著晗姐兒說的也有道理，幾個姊妹都嫁得不差，到了雨姐兒也沒道理讓她嫁得那麼遠，還是做個續弦，若是讓別人知道了，指不定還要在背後說道呢！」蕭老太太說完這話便看向了蕭志傑，她自然以大兒子的意見為準，徐氏也只不過是附言罷了，作不得數。

「母親這一說倒是我考慮得不周到了。」蕭志傑任職戶部也沒幾個月，最近已經是忙暈了頭，提親的事情他也就是順口對徐氏提了提。眼下蕭老太太這樣一說，他才深想了幾分，果然是這個道理。

幾個蕭家姑娘要嫁的人家都不差，這也是蕭府身分地位抬高的走向，若真是將蕭雨嫁給了貴州的那個清吏司主事，豈不是硬生生地又把門檻給降低了，確實有些不妥。

「是兒子沒有想周全，這門親事確實不可行。」蕭志傑深思半晌，才做出了決斷。

一旁的徐氏聽著卻有些不樂意，對蕭晗也有幾分不滿。「原本都要說好了，怎的晗姐兒一到老太太跟前說了些話，這親事就談不成了？」

「妳自己好生想想，若是將雨姐兒嫁作了續弦，今後幾個姊妹嫁人後的身分地位都是水漲船高，只有雨姐兒一落千丈，別人知道了會不會說妳苛待庶女？」蕭志傑這話一落，徐氏立刻就叫起了屈。

「天地良心啊！我對雨姐兒難道還不夠好？雖說她不是我生的，可我待她與親生的又有何異？她從小就沒有了親娘，還不是我照看著長大的，就連養條貓狗十幾年也有感情，更何況是人？」徐氏委屈地紅了眼。「老爺您難道也不明白妾身的一片苦心？」

「我自然是明白的，可咱們家裡人知道，外人卻不明白，反將妳的心善說成了惡，連我都為妳不值呢！」蕭志傑安撫地拍了拍徐氏的手，又道：「所以這事就聽我的，我再好好琢磨琢磨，就算不給雨姐兒找個與她三位姊姊比肩的夫家，也一定差不到哪裡去。」

「我聽老爺的就是。」徐氏抽噎了一陣，又拿帕子沾了沾眼角，這才不情不願地點了頭。

蕭志傑對著蕭老太太眉頭一揚，老太太會心一笑，不動聲色地端起茶水來抿了一口。她就知道這個兒子是個有本事的，要讓徐氏答應哪用得著她出手，只要蕭志傑一哄一勸，就什麼都成了。

第六十章　道姑

五月初上官氏又想往大興田莊而去，聽她這樣一說，蕭晗也起了念頭，便稟了蕭老太太，又帶上蕭雨一同前去。

蕭老太太一面讓蕭晗多帶些隨行護衛，一面又叮囑她看好上官氏。「本來覺得妳大嫂她有了精神是好事，可如今瞧著那模樣卻有些過頭了，若是這其中有什麼蹊蹺，妳定要好生瞭解一番。」

「祖母放心就是，孫女一定將大嫂給看好。」蕭晗應了下來，她本就對上官氏的突然轉變好奇得緊，就算老太太不說，她也想打探個究竟。

一個人的轉變可不是平白無故的，若是好的事情她自然支持上官氏，也不用這般遮遮掩掩；但若是不好的事，她也能勸上官氏及時煞住腳，懸崖勒馬才是正理。

坐在前往大興田莊的馬車上，蕭雨還與蕭晗說笑。「這些日子母親讓我繡這、繡那的，得空了還要在她跟前學規矩，妳瞧瞧我這一雙手，好些看不見的針孔呢！」蕭雨委屈地伸出了自己的手，蕭晗定睛一看，指頭確實有些發紅。

蕭晗只能安慰道：「咱們攪黃了這樁親事，大伯娘嘴上不說，心裡卻在怪罪著我們呢！妳就稍微忍一忍，過段時日也就好了。」

「也只能這樣了。」蕭雨兩手一攤，嘆了口氣，片刻後卻又高興了起來，只拍著手道：「我受些苦倒不打緊，關鍵是不用遠嫁了。」她一臉笑意地轉向蕭晗。「真得好好謝謝三姊了。」

蕭晗笑道：「真要謝我，到了莊上多給我釀幾瓶果子蜜，我估計著這個時節好些水果都熟透了。」

蕭雨瞇著眼笑，眸中透出一抹狡黠。「行，三姊怎麼說我怎麼辦，咱們這次待久一些再回去，也好陪陪大嫂不是？」

「鬼靈精！」瞧著蕭雨這機靈可愛的模樣，蕭晗忍不住伸手捏住了她的小臉蛋。

等臨近莊子時，已是晌午時分，村中各家各戶都升起了炊煙，蕭雨很是感興趣，打起簾子張望著。突然「咦」了一聲，轉身拉著蕭晗到車窗邊來看，指了不遠處一棵老樹旁道：「三姊妳看，有道姑呢！」

蕭晗定眼一看，果真見到一個身形高䠷的道姑，她穿一身灰黑色的道袍，手拿拂塵，滿頭青絲都束起，藏在了頭頂的圓帽裡，五官白淨秀雅，倒是有些出塵之氣。

蕭晗有些奇怪，待瞧見前方的馬車停了下來，上官氏在丫鬟的攙扶下步下馬車，又笑著走近與那道姑交談起來，她便更覺得奇怪了。

「大嫂像是認識那道姑呢！」蕭雨有些不解，轉頭看向蕭晗。

「許是在莊上住的時候見過吧！」蕭晗放下了車簾，準備到莊上時向全莊頭打聽一番。

不過上官氏見了那道姑後顯得興致很高，還讓丫鬟來告訴蕭晗姊妹一聲，讓她們先到莊上，她一會兒再過去。

這下蕭晗更是納悶了，等馬車從上官氏與那道姑身旁經過時，她不由撩起簾子看了一眼，這道姑遠看個子便高䠷，近看比上官氏還高出一個頭呢！看得出骨架很大，一身道袍被她撐得緊緊的，眼角還有一顆小痣，若非她這一身修道之人的裝扮，倒能瞧出幾分媚態。

蕭晗放下了簾子，眉頭輕皺，這道姑總讓她有種說不出的怪異之感。

「三姊在想什麼呢？」見蕭晗出神，蕭雨扯了扯她的衣袖輕聲問道。

「沒什麼……」蕭晗緩緩搖頭，抿唇道：「只是不知道大嫂什麼時候信了道，看著虔誠得緊。」

「該是機緣巧合罷了。」蕭雨不以為意地打了個呵欠，今兒個起得早，又趕了一上午的路，眼下她都有些疲了。「到了莊上用完午膳，我便要好好睡一覺，三姊下午可別喚我。」

「行了，妳一會兒好生歇息就是。」蕭晗點頭。

等一眾人到了莊上，又過了一會兒，上官氏才滿面喜色地歸來，三人遂在一起用了午膳。

蕭雨累了，早早地告辭回房歇息，見她離去，上官氏這才轉身對蕭晗道：「三妹妹可也要去歇息？」

「是要去的，大嫂倒是看不出累呢！」蕭晗瞧了上官氏一眼，她精神飽滿，絲毫不見疲倦之色。

「我還好，一會兒還要出去一下。」上官氏說到這裡又湊近了蕭晗幾分，小聲道：「剛才那道姑妳也瞧見了？」

「是，我正好奇呢！大嫂與那道姑很是相熟？」蕭晗本不打算親自問上官氏，不想她竟然提及了，便也跟著問了一句。

「熟悉的，我一會兒便要上道觀去坐坐。」上官氏說到這裡更是喜上眉梢，那歡喜是藏也藏不住，只拍著蕭晗的手笑道：「這事和妳一個姑娘家也說不清楚，不瞞妹妹，我愛往妳這莊子來，也是因這道觀就在不遠處，我如今誠心些，想來過不了多久便能心想事成呢！」

「心想事成？」蕭晗好奇地打量了上官氏一眼。若說上官氏還有什麼遺憾，不就是不能為蕭昕生下個孩子？可聽徐氏說如今的上官氏是吃著補湯、補藥在調理身子，或許她氣色日漸紅潤是因為調理有方，而心情好恐怕是因為信了道教，心靈有了寄託。

蕭晗這樣一想，稍稍放了心，親自送上官氏出門。但轉過頭又覺著心裡不大踏實，還是讓人招了全莊頭到跟前來問話。

「全莊頭，我有事情問你，你可要據實以答。」蕭晗與全莊頭不是第一次打交道了，她的脾氣全莊頭也是知道的，萬不敢怠慢，只一個勁兒地點頭。「小姐有話儘管問就是，小的知道的必不隱瞞。」

蕭晗點了點頭，沈吟道：「我聽說莊子附近有個道觀，可有此事？」

全莊頭趕忙答道：「是有這麼一個道觀，離咱們莊子十里不到，就建在不遠處的半山上。」

「就在這附近？」蕭晗皺了皺眉。「怎麼從前沒有聽說過？如此說來香火應該也不怎麼鼎盛……道觀裡的人平日裡就是以到各村化緣為生？」

「也是，也不是。」全莊頭說到這裡，有些為難地看了蕭晗一眼，遲疑道：「有件事小的不知道該不該說。」

「難道有什麼事情我不能知曉？」蕭晗挑了挑眉很是不解，又想到上官氏神神秘秘地對她說的那些話，難不成真和婦人生育有關係？

「也不是小姐不能知曉的，只是……」全莊頭略微猶豫了一下，還是將自己知道的告訴了蕭晗。「小的也只是聽莊上的僕婦說起過，據說這道觀的女觀主能治婦人不孕，鄰村有幾個婦人多年不孕，沒想到在道觀裡治了幾回後，果然就懷了孩子，您說奇怪不奇怪？」又有些不好意思地看向蕭晗。「這畢竟是婦人的事，小姐又是未嫁的姑娘，所以小的才不好說。」

「真有那麼神？」蕭晗抿了抿唇，心裡有種說不出的感覺，又想到今日見到的那個高䠷道姑，那種怪異感更強烈了。

「小的也不知道是不是真的，只是聽人在傳，且說這事的人還不少，恐怕真有其事。」全莊頭低下了頭，他知道的也就這麼多了。

「行了，你先下去吧。」蕭晗點了點頭，兀自沈思了起來。

「看來，我也該去這道觀裡瞧瞧。」蕭晗讓蘭衣找來了梳雲，這次出京她身邊就帶了她們兩人，當然那些隨行的護衛也有二十來個。

「小姐有事找奴婢？」梳雲到了蕭晗跟前便福身行了一禮。她這身子好了之後，已許久沒練練手腳，這次隨蕭晗出京，也能活動活動筋骨，她求之不得。

「有件事要妳去查查看。」蕭晗招了梳雲過來，附耳交代一番，末了還道：「若是找不著地方，讓全莊頭給妳指派個僕婦，若那裡的道姑問及妳，就說過去許願，再隨便給點香火錢拜拜道君。」

「行，那奴婢去去就回。」梳雲領命而去。

蕭晗也乏了，在屋裡小憩了一會兒，哪知道睡醒時天色都有些昏暗了。

「怎麼不叫醒我？都晚了吧？」蘭衣服侍著蕭晗穿衣起身，她又左右看了一眼，梳雲還沒歸來，桌上卻已經擺好了飯菜。

「大少奶奶可回來了？」蕭晗覺得腹中空空，索性坐下用飯，又問蘭衣。「四小姐用過飯了嗎？」

「大少奶奶還沒回呢！四小姐來看過小姐一次，原本想和小姐一同用膳的，只是見您還歇著，便回屋自個兒用了。」蘭衣為蕭晗盛了碗百合蓮子湯，又拿起筷子為她布菜。

「還未回來……」蕭晗微微一頓，旋即點頭道：「等著大少奶奶回到莊上，妳來向我稟報一聲，若是見到梳雲則立即讓她來見我。」

蘭衣靜靜地應「是」，也不再多話，一頓飯侍候得寂靜無聲。等到莊裡都點了燈時，上官氏主僕回到莊裡的消息才傳到了蕭晗那處，梳雲也來向她覆命。

「怎麼樣，可是找到地方了？」梳雲要向她行禮，蕭晗趕忙拉了她起來，又指了一旁的小杌子道：「坐下說話。」吩咐蘭衣給她倒了茶水。

「找著了。」梳雲喝了茶水，緩過一口氣來才點了點頭，又見蕭晗急於知道內情，便將自己遇到的事情一一說給了她聽，梳雲說到這裡也自覺好笑。「原本那道姑還問奴婢是為誰家婦人許願來的，奴婢靈機一動便說是為嫂子來求的。」

「妳倒是機靈。」蕭晗笑著誇讚了梳雲一句。「然後呢？道觀裡有些什麼人，妳見到了其他人沒有？有沒有什麼特別的地方？」

蕭晗連連問了幾個問題，梳雲在腦中回想了一下，又整理了思緒才道：「道觀裡就只有今日咱們見著的那個道姑，還有一個聽說是女觀主，可奴婢沒瞧見人，另一個便是守門的老婆子，不過她是瞎了眼的。」

「道觀裡只有一個道姑與一個女觀主？倒真是奇怪了，守門的還是個瞎婆子……」蕭晗聽了後便暗自琢磨了起來，又問梳雲。「這道觀不大吧？」

「是不大，前面就兩個院子，後面說是還有個大院子，奴婢沒去看。不過瞧著殿內供奉的三清道人也有些年頭了，連紅漆都脫了，又破又舊的。」梳雲說到這裡又看向蕭晗。「奴婢有瞧見大少奶奶從後面的院子出來，倒沒見著其他什麼人。」

蕭晗這下來了興致，趕忙坐直了。「她有沒有什麼不妥之處？聽說這女觀主是會治病的，想來大嫂是被請到後面的院子裡醫治吧？」

「也沒什麼不妥……」梳雲緩緩搖頭，想了想又道：「只是大少奶奶面色有些潮紅，髮絲還有些散亂，其他倒沒覺著有什麼不對勁。」

面色潮紅，髮絲散亂？

蕭晗微微凝眉。既然是治的婦人的不孕之症，想來寬衣解帶地查驗一番也是正常，但為什麼一想到那個道姑，她心裡總有些不安呢？

「妳就只瞧見大少奶奶？沒別人去嗎？」蕭晗想了想又抬頭問梳雲。

梳雲嘿嘿一笑。「奴婢是躲在暗處才瞧見了大少奶奶出來，她不知道奴婢也去了的……等大少奶奶離開後，倒有兩個村婦打扮的來求見觀主，只是那道姑說觀主今日給大少奶奶治病已經多有疲累，讓她們改日再來！」

蕭晗眉頭一挑，唇角緩緩勾出一抹笑來。「那咱們明日去瞧瞧！」

木蘭山道觀建在半山上，從前倒是人跡罕至，可自從兩、三年前這座關閉多年的道觀重開了之後，便陸續地有人前來問卜，尤以婦人居多，漸漸地也在各村之間流傳開來，說那道觀的女觀主能治婦人不孕之症，只要備足了診金，觀主便能施以神跡，十個不孕婦人裡面至少有半數能夠懷得孩兒，因此慕名而來的人也多了起來。

不過不管這座道觀的香火是否鼎盛，這觀裡的人手卻沒有添置，除了一個觀主、一個道姑，還有一個守門的瞎眼婆子之外，再也沒見其他人。

當然，這對有些想要隱瞞姓名、前來求治的貴婦人來說是極其便利的，上官氏便是其中一個。住在大興田莊的時候，她幾乎隔三差五便往道觀而去，因她出手大方，道觀的觀主也樂於接待她，經常是她一個人霸著一整日，若這時遇到其他婦人前來求治，也只能擇日再來。

爬了小半個時辰的山坡，蕭晗立在道觀門口打量起那有些破舊的牌匾，牌匾已經發黃腐朽，甚至還有蟲蛀的小洞，風一吹便發出嘎吱的響音，就像隨時都會掉落一般。

蕭晗搖了搖頭，很是不解。「按理說那觀主能治婦人不孕之症，得的診金也不會少，怎麼還不捨得修繕這道觀？」

俗話說佛靠金裝，人靠衣裝，門面妝點得氣派些，來的人瞧見了也舒服不是？但木蘭山道觀卻是這般破敗的模樣。

「小姐有所不知，這道觀外面瞧著還算是好的了，至少臺階還乾淨，您進裡面一瞧，那可真是又亂又雜，說是道觀不若說是庫房，我瞧著案臺上供奉的香火都時燃時滅，這些人根本心不誠！」梳雲輕哼了一聲，又扶了蕭晗上臺階，輕輕敲響了大門。

開門的依然是那個瞎眼的老婆子，梳雲便上前道：「婆婆，昨兒個我來過的，說是為了我嫂子的事，可那位道姑讓我把人領來才給看，今兒個我便把我嫂子給帶來了。」說著便拉了蕭晗往前站。

蕭晗今日穿了一套薑黃色的舊衣裙，又將皮膚抹得暗色些，特意畫粗了眉毛，滿頭青絲在腦後綰了個髻，只插了一支素銀的髮簪，雖然瞧著像是普通的年輕婦人，可那氣質一看就不同。

「婆婆好，小婦人今兒個特意來求見觀主的。」蕭晗佯裝羞澀地低了頭，目光卻不經意地往道觀裡瞄去，道觀裡很是清靜，只是殘破老舊了點，此刻也不見一個人影，難道是她們來得太早了些？

「昨兒個來的小丫頭吧！這聲音我老婆子記得。」瞎眼婆子穿著一身灰色布裙，雖然眼睛瞧不見了，可這耳朵當真是靈的，又側著頭往梳雲那邊湊去。「妳們今兒個來得可真早，也不知道觀主起身了沒……」

「難道觀主和道姑都不做早課的，都這個時辰了？」蕭晗有些詫異，越發覺得這道觀不像道觀，道姑不像道姑，莫不真是招搖撞騙的江湖郎中？

「妳年紀輕輕的懂得什麼，觀主昨日診治了一位貴人，眼下身體累了也是常理！」瞎眼婆子卻不覺得有什麼，隨意一句話便打發了蕭晗。「今兒個道姑和觀主還未起身，妳晚些時候再來瞧瞧吧！」說著便要掩上大門。

「婆婆等等！」梳雲一急，趕忙攔住了那瞎眼婆子。「咱們好不容易來上一趟，就請觀主瞧瞧我嫂子吧！」說著便遞了一角碎銀子到婆子手中。

瞎眼婆子摸到銀子微微一怔，又用牙咬了咬，這才笑開了。「妳們等著，我去看看道姑起了沒！」說罷便轉身摸索著往前而去。

想來這瞎眼婆子很清楚觀裡的道路，即使看不見，可這路仍然沒有走錯，不一會兒工夫便領了那個身形高眺、長相清秀的道姑出來，確實是那日蕭晗瞧見過的那位。

只是那道姑一路走還一路不耐煩地打著呵欠，又瞪了瞎眼婆子一眼，不滿道：「怎麼那麼早就來人了，妳沒瞧見觀主還沒醒嗎？也不知道打發了她們走。」

「是昨日裡來過的小丫頭，將她嫂子給一併帶來了，我瞧著她們姑嫂心誠得很，便來看看你醒了沒！」瞎眼婆子得了梳雲的好處，自然要幫著她們說話。

蕭晗看著那道姑和瞎眼婆子走了過來，心中的疑惑更甚，哪有還沒見著人便攆走的道理，他們便是這樣對待觀裡的香客不成？

「行了，我看看人再說，還不知道今日觀主有沒有力氣給人診治呢！」道姑說著便將目光轉了過來，待瞧清了蕭晗主僕後，不由驚喜得眼前一亮，快步走了過來，又將蕭晗上下打量了好幾眼，這才諂笑道：「這位女施主生得好生俊俏啊！我在這道觀幾年了，都沒瞧過像妳這樣的美人。」說罷又看向一旁的梳雲，說出的話語帶了幾分酸味。「這就是妳嫂子吧？瞧著那麼年輕，妳哥哥真是好福氣！」

梳雲咳嗽兩聲，硬著頭皮應了聲「是」，又對那道姑說：「今日咱們趕路來也不容易，還請道姑幫忙通稟一下觀主，得空了給我嫂子瞧瞧。」

「行了，妳們倆且先等著，我進去問問觀主再說。」道姑又看了蕭晗一眼，臨走時還笑著給她飛了個眼神過去，那模樣當真是嫵媚勾魂。

蕭晗著實地打了個激零，心裡一陣怪異，想那道姑明明是個女人，她竟然還覺得那個眼神有些勾人的感覺，她這是瘋了不成？她不由將目光轉向了梳雲，梳雲因為習武的關係，已比同齡人都長得都高，在女子中算是高壯的了，可與那道姑站在一起，還是矮上了半個頭。

那樣的身高都像個成年男子了……還有這道姑的聲音有些雌雄莫辨的意味，甚至還帶著一絲喑啞，當然，有些女子的聲音是粗厚了些，更何況道姑的胸口還鼓鼓的，比一般婦人都要高聳呢！想到這裡，蕭晗深吸了口氣，怕是她多想了吧！

就在蕭晗主僕等候在門房處時，道觀的後院廂房裡正進行著一場不為人知的對話。

「大哥，你就快些起了吧，我看那小娘子生得尤其貌美，若是能將她弄到手裡快活幾日，也不枉費咱們在這裡窩了這些年！」說話的是剛才與蕭晗她們見面的道姑，只是此刻他哪還有半絲媚態，動作間都是粗放的大開大合，分明就是個假道姑，只一個勁兒地攥著榻間的人起身。「平日就嘗些附近村的農婦，你不膩味我都覺得煩！」

「昨日不是才與那位貴人相好過，怎麼你心裡又癢癢了？」床上的人緩緩坐了起來，倚在床頭，他聲音更加低沈，一頭青絲隨意地披散在腦後，中衣半敞著顯得放蕩不羈，斜飛的眼角帶著一股慵懶，面容竟然與那假道姑有七分相像。

「大哥，這可真是個絕色，咱們走南闖北那麼些年，嘗過的婦人、小姐們不少，可還未碰見過此等佳人。她天生桃花眼，即使不笑都柔媚入骨，我就瞧了一眼，這心就癢得不行！」假道姑順勢坐在了床榻上，唇角一揚。「是昨日裡來過的小丫頭帶來的，說是她嫂子，可我瞧著不像，那姑娘雖作婦人打扮，看著卻像個雛，指不定是哪家的小姐出來玩樂的，不想卻是栽在了咱們手裡！」

「什麼，還是個雛？」被假道姑喚作「大哥」的男子皺眉深思。「若真是哪家小姐起了興致出來玩鬧的，真被咱們給採了，怕是不能輕易作罷。二弟，這個安樂窩咱們好不容易才找著，女人還會自個兒送上門，可比往日輕鬆多了，又不會被官府追捕，難不成你還想過從前逃亡的日子？」

「不想。」假道姑搖了搖頭，可心裡仍是不捨，撇過頭去負氣道：「可到嘴的肥肉就這樣溜了，我又不甘心！」

男子嘆了一聲。「那你把人帶進來，我先探探底，也別輕易行事，以免惹上了麻煩。」

「大哥說的是，我這就把人給領來。」假道姑聽了這話，心中一喜，忙笑著站了起來，順手拿起桌上的兩個饅頭遮了過去。「快些穿戴整齊，可別給那小娘子看出破綻了。」他又攏了攏自己用饅頭墊高的胸脯，這才歡歡喜喜地出門迎人去了。

第六十一章　敗露

蕭晗久候不至也有些意興闌珊，原本都準備要與梳雲打道回府，卻又見著那道姑笑逐顏開地走了出來，擠開梳雲站到了她跟前，伸手就握住了她的手腕，親切道：「觀主知道女施主心誠，特意一見，女施主快隨貧道來吧！」

「不勞道姑，我自己走就可以了。」那道姑的手一碰著她，蕭晗便覺得全身都起了一層雞皮疙瘩，忙掙了開去，假道姑也不惱，只對她飛去一個媚眼，又轉頭交代了瞎眼婆子今日不再見來客，這才領著蕭晗主僕往裡而去。

越往裡走，蕭晗越覺得心裡不踏實，又招了梳雲過來，低聲吩咐道：「若是待會兒有不對的地方，妳便去找人來。」因著怕道觀裡的人起疑，蕭晗將隨行的護衛都安置在一里地外，而且分散在各處，若她有什麼變故，哨聲為令，這些人聽到信號也會第一時間趕到道觀。

梳雲輕輕點了點頭，整個人不由警惕起來，她也覺得這道觀有些蹊蹺，特別是那道姑看蕭晗的眼神，怎麼讓人覺得那麼不對勁呢？

「這後院便是觀主的清修之地，平日裡也無人打擾，女施主請隨我來。」假道姑在前方引路，不時地還往後瞧上一眼，就怕蕭晗她們走岔了道，言語動作間殷勤得很。

「有勞了。」蕭晗抿了抿唇，臉上的笑意漸收。

這後面的院子的確很大，過了一道月洞門後上了抄手遊廊，之後再入了穿堂，才瞧見左右的廂房與正中的堂屋。堂屋此刻門戶敞開，可以瞧見裡面供奉有道家仙人的畫像，嫋嫋幾炷清香插在三角銅爐上，餘香在爐上飄散著。

「觀主可在？」假道姑帶著蕭晗主僕到了堂屋外，又向裡問了一聲，待聽到裡面的回答後才轉身對蕭晗笑道：「女施主請入內！」又攔住她身後的梳雲。「這位姑娘不能入內，觀主不見等閒之人，妳與我一同在這兒等著。」

「不行，我要跟在我嫂子身邊，誰知道妳們裡面是怎麼樣的啊！」梳雲嚷嚷著要進去。

假道姑卻一個勁兒地阻攔，並揚言道：「妳們若是不信就別來，既然來了這裡就要遵守這裡的規矩，昨兒個那位貴人到了咱們道觀，不也沒帶丫鬟進去，怎麼咱們堂堂的道觀杵在這裡，妳還怕我們觀主把人給吃了不成？」說罷輕哼了一聲。

「嫂子！」眼見蕭晗就要跨門而進，梳雲不由心急地喚了一聲，眉眼間滿是焦迫。

「大門敞開著呢！不會有事，妳且在這裡候著。」蕭晗對梳雲使了個眼色，面色微微一斂，又扣緊了手中不知道什麼時候拔下的銀簪，這才抬腳跨進了門檻。

假道姑嗤笑地看了梳雲一眼，隨意地往門上一倚，又對她道：「安心等著吧！妳嫂子缺不了一塊肉。」

「就沒見過你們這樣修道的，只怕修道是假，看病拿人診金才是真，哪裡像是道觀的樣子！」梳雲沒好氣地瞪了那道姑一眼，索性坐在了門檻邊上，只要蕭晗不出來，她還真就不走了，又暗暗摸了摸袖袋裡的哨子。

這道姑走起路來身輕如燕，一定是個練家子，她不得不防。

「我大……咱們觀主本就醫術超群，否則也不會落腳此地，雖是借著道觀修行，卻也是做起了老本行，造福鄰里，也是一樁善事不是？」假道姑倒是一點也不生氣，反倒與梳雲論起理來，且還自有一番說辭，梳雲說不過他，只能癟癟嘴不再說話。

蕭晗徑直向裡走去，堂屋邊上是一個隔間，光線有些昏暗，能夠隱約瞧見一個人背她坐著，那人身形高大，一頭青絲綰在了圓帽裡更顯得脖頸修長，此刻正坐在蒲團上唸唸有詞。

「觀主！」蕭晗輕喚了一聲，那人才緩緩側過了身來，卻只瞄了她一眼又轉了回去。

「女施主請坐！」嗓音低啞，一點也不似女聲，可那凸翹的身形又分明是個女人。

這下蕭晗有些糊塗了，手心冒了汗，心中的那個想法呼之欲出，可為了不讓別人看出破綻，她又穩住了心神道：「久聞觀主聖名，這才一心求來，還望觀主解我之憂。」

「女施主說笑了，妳這身段一瞧就是還未與夫家圓房過的，怎麼也來向我問這求子之方，可是戲弄於我？」觀主嗓音沈沈，不辨喜怒，倒是讓蕭晗面色一變，提防之心更重，這人竟然能夠看透她還是處女之身？

危機感重重襲來，思緒一轉，蕭晗已經下意識地笑了起來。「觀主真是好眼力，其實屋外的那個也不是我的小姑子，而是我的貼身丫鬟，此次前來是為我那已出嫁的姊姊尋得求子良方，若是觀主能夠解我姊姊之困，必備上千兩黃金酬謝觀主！」

千兩黃金？

觀主聽得心中一顫，手中的拂塵都不覺握緊了，這樣大的數目可真不是一般人出得起的，心中即刻便有了決斷，不由沈吟道：「本觀主治病也需要見得本人才是，不然就憑這口舌一說，女施主也不會相信。」

無論是粗鄙的村婦還是有錢人家的貴婦，嫁了人後莫不是求個母憑子貴，為了能生個兒子什麼都捨得付出，他就是抓住了婦人的這個心理才能屢屢得逞，如今看來也不例外。

「行，回頭我就進京去找我姊姊，觀主先收下定金，只要我姊姊能夠順利得子，酬謝只會更多。」蕭晗深吸了一口氣，鎮定地摸出百兩銀票擱在了桌上，又對著觀主微微福了福身。「那我就不叨擾了，到時候接了我姊姊再儘快趕來。」

「好，我就等著兩位女施主前來。」觀主仍舊沒轉過頭來，等著身後腳步聲漸歇才拿起桌上銀票看了一眼，滿意地一笑。「出手就是一百兩，可比那些村婦的碎銀子強得多，這單生意做得。」即使沒做成也能嚐嚐那貴婦的滋味，淫思上腦，觀主不由咧嘴一笑。

這廂假道姑送了蕭晗主僕出道觀，卻是滿心不願，他是想讓觀主留下蕭晗的，卻不想沒能如願，眼下瞧著人要走了，他心裡更是貓抓般的癢，猶豫著自己是不是要出手。

梳雲也察覺出身後之人有些不穩定的氣場，不禁擋在了蕭晗身前，指間扣緊了匕首，隨時準備應變，卻不想蕭晗忽地轉過了身來，對著假道姑清淺一笑。「今日有勞道姑了，我已與觀主說好，到時候再帶著姊姊一同過來。」那笑容猶如枝頭綻放的春花，搖曳生姿，剎那間便晃花了假道姑的眼。

他只能怔怔地點頭，眸中留戀之色更濃。「在下等著女施主再來就是！」

蕭晗笑著點頭，又扶著梳雲的手跨出了門檻，輕擺腰肢款款而行，向著山下而去，等著到了山腳，再也看不到那道觀的影子時，蕭晗這才腳軟地倚在了梳雲肩頭，冷汗涔涔而下，閉眼微喃。「梳雲……」想到心中那個猜測，她只覺得喉嚨一陣陣發緊。

「小姐？」梳雲湊近了幾分，也不知道怎麼的，離開了道觀她整個人才放鬆了下來，而與那道姑相處時她卻一直緊繃著，這是一種習武之人天然的直覺。

「我覺得……那個道姑與觀主……」蕭晗說到這裡，轉向梳雲，緊閉的眸子陡然睜開，其中精光乍現，說出的話語卻沒有一點含糊。「我覺得他們是男人！」

這下輪到梳雲傻眼。若這道觀裡的道姑和觀主是男的，那些婦人又是怎麼求的孕？

回到莊上後蕭晗還有些神思不屬，心裡那股怪異的感覺一波一波襲來。道觀裡的那兩人除了胸脯高聳以外，哪樣女性特徵都沒有不是嗎？

再說這衣服下墊些東西也是能作假的，別人又看不出來；相反的，那麼高的個子、低沈的嗓音，怎麼看都像是男人，還有那道姑時不時向她飛來的媚眼，這般誘惑勾人，不說是個道姑了，就是平常女子敢這樣做嗎？

他們的衣袍也是特意穿了高領的，遮掩住了脖子，別人根本無從觀察是不是生有喉結，他們一心想要掩蓋，定是別有所圖。

想到這裡，蕭晗又招了梳雲前來，吩咐她道：「咱們今日去了院子裡面，妳也知道我進的是哪間屋子，我總覺得他們不尋常，恐怕這其中真有什麼蹊蹺……」微微一頓又沈思道：「妳悄悄潛入那裡，千萬不要被人發覺了，伺機再探探屋裡的動靜。」

昨日那個情況下，梳雲根本沒有辦法進一步查探，畢竟她在明處，有什麼動作別人都有提防，但若是在暗處，就能便利行事。

「是，奴婢也覺著他們不對勁，那個假道姑身上也是有功夫的，只是奴婢不敢輕易去試他。」梳雲點了點頭，面上亦顯出一抹凝重來。

「這幾日我就看牢大嫂，不讓她再去道觀，妳若查出什麼速來回稟。」眼見梳雲得了吩咐轉身要走，蕭晗又喚住了她，上前牽了她的手囑咐道：「在護衛裡找幾個機靈點的在不遠處接應妳，就算查不出什麼也不要緊，萬事以自身安全為重！」

「奴婢知道了。」梳雲唇角一抿，點頭應了。她對那個假道姑也有些興趣，當然單純只是手癢想要練練了，若真有機會與他交手，她倒要好好試試對方的深淺。

接連幾天梳雲都蹲守在道觀後院的牆頭，而這幾日她確實見著有好幾個婦人都來後院求醫，可每次都有那個假道姑守在屋門口，她根本不得其門而入，又聽了蕭晗的吩咐不敢隨意行事，以免打草驚蛇，所以一直耐著性子在等待機會。

終於有一日，在一位婦人進屋求醫之時，瞎眼婆子找了過來，只說道觀門口又來了人，假道姑猶豫了一陣，往屋裡瞧了瞧，這才關了門跟著瞎眼婆子往外而去。

眼見假道姑與瞎眼婆子走遠了，梳雲的心都要跳出了胸口，她知道這就是她等待的機會，直到瞧不到那兩人的身影，梳雲這才輕巧地躍下牆頭，又貓著身子快步往堂屋而去。

堂屋的門是掩著的，卻沒關實，她湊耳聽了一陣，並未發現任何動靜，心中還暗自詫異，她明明看著一個婦人走了進去，待在裡面的不就是那個女觀主嗎？怎麼會沒有人呢？帶著好奇與疑惑，梳雲小心翼翼地推開了房門又虛掩起來，注意聽著兩邊的動靜，腳步慢慢往裡而去。

堂屋有左右兩個隔間，一間是臥榻，一間擺放案臺，案臺上有個焚香爐，只是此刻香已燃盡，並不見煙，又有一蒲團擱在地上，想來這便是那觀主平日裡打坐的地方。梳雲左找右找，卻沒見到一個人影，她心裡納悶不已，難道平白的兩個大活人就這樣消失不見了？

但不可能啊！她是看著那個女人進的屋，而裡面也傳出過那位觀主的聲音，唯一可能的解釋便是這屋裡或許還有著一個不為人知的暗道。

小小的道觀竟然留有暗道？這更讓人覺得可疑！梳雲四處查找著暗道的入口，掛在牆上的畫、擱在多寶格上的瓶子，甚至架上的書本都被她擺弄了一陣，卻都沒有用，急得她在屋裡團團轉。

突然，她的視線轉向一處，那是在一個不起眼的角落裡，有個比雞蛋還小一半的圓形石塊凸了出來，她伸手按了過去，沒想到一聲「嘎吱」，石牆竟然緩緩地打開了。

「果真有暗道。」梳雲面色一喜，趕忙閃身而入，在暗道中往前走去，不遠處漸漸有燈光亮了起來，隱隱見著有一道暗門，甚至有男女發出的奇怪聲響，她心裡只覺得陣陣怪異，待到了亮光處才將虛掩的暗門微微推開了一條縫。

梳雲定睛一看，只見不大的暗室裡正有兩個不著寸縷的人糾纏在床榻上，她只覺得心中發顫，趁著沒有人發現，趕忙退了出來，又沿著暗道回到了屋裡，重新將石門給關上。

「這到底是……」直到離開了道觀，梳雲腦袋還有些懵，怔怔地不敢相信。她看到的到底是些什麼不堪入目的場景，又是在道觀這樣的地方，當真是侮辱仙師！

重重地「呸」了一聲後，梳雲也不再久留，趕回去向蕭晗覆命。沒想到那兩人看起來道貌岸然，背地裡卻做著這般齷齪的事情，她都不知道該怎麼啟口，待見到蕭晗時，便是一副欲言又止的模樣。

「當真是查出了什麼？」蕭晗瞧了梳雲一眼，見她面色有些發紅，似羞似憤，心下有了猜測，也不說破，便道：「若是有違法度，當報了官府前去捉拿，妳覺得是否必要？」

「小姐，這些人太壞了，竟然騙了那些婦人去……」梳雲說到這裡都覺得有些噁心，不願意講出來污了蕭晗的耳朵，只義憤填膺道：「一定要報官，讓官府好好辦了他們！」

「行，這事妳去辦，但不要以咱們府裡的名頭去，妳可明白？」蕭晗雖然猜出了其中種種齷齪，但因為涉及到上官氏，她又覺得有些糾結，若是上官氏真的已經深受其害，那出了這樣的事情被人知曉後，她還有何顏面留在蕭家？

蕭晗一時之間十分為難，她本意是想救人，不是想要害人，上官氏也是受害者，但如果徐氏甚至是蕭老太太知道了這件事，他們還能否接受這樣不貞不潔的上官氏？

蕭晗嘆了一口氣，又看向梳雲。「還是等等吧！」

「小姐怎麼又猶豫了？若是不辦了這披著假道姑皮囊作惡的兩人，今後還不知道要禍害多少婦人！」梳雲很是不解地看向蕭晗，只要想到那兩人的惡行，她就恨不得將他們好好暴打一頓，才能解心頭之憤。

蕭晗面色沈鬱。「我也知道，可是大嫂她……若這事傳開了，她的臉不就丟光了？」

「大少奶奶她……」梳雲也怔住了，想到蕭晗說起上官氏不止一次到那道觀求醫，若是她也與那觀主或假道姑做出此等荒唐之事，不管是被迫還自願，今後倒真是沒臉做人了。

「我想她或許還不知情。」蕭晗目露深思，緩緩搖了搖頭。若是上官氏知道那道姑乃至女觀主都是男人假扮的，又怎麼會向她提及，且一臉神秘地說自己的願望就快要達成，多半是被人騙的，甚至或許是在自己完全不清楚的情況下發生的事情。

「那小姐準備怎麼辦，真的要放過他們？」梳雲很是著急。一方面她也明白蕭晗的顧忌和考量，可一方面想到那兩個人渣又要繼續逍遙法外，禍害更多的人，她心裡就不平。

「容我先想想。」蕭晗頭疼地撫額，原本以為清楚一切的真相後，她便能鬆一口氣，沒想到卻更加地糾結難辦。

一夜過去了，她還沒有想通，蘭衣端早膳過來給她時，提及了上官氏出門的事。「今兒個一早，大少奶奶便讓人套了馬車，急急地就出了門。」

「大嫂出門了？」蕭晗驚悚地抬起頭，臉色都變了。

「快找梳雲來！」蕭晗也顧不得用早膳了，穿戴整齊後便吩咐梳雲。「趕忙讓個護衛去衙門裡找人過來，咱們再帶些人手上道觀去！」事情到了這個地步已是拖不得了，她不僅要阻止上官氏，還要將這個虎狼之窩給一鍋端了，她不能再猶豫。

「是，小姐！」梳雲趕忙點頭，剛一轉身又遲疑道：「若是平日咱們報了案，也不管這衙門裡的人什麼時候會來，可眼下大少奶奶去了道觀，情況緊急，奴婢是否能讓護衛拿上蕭家的名帖去衙門請人？」

「妳說的對。」蕭晗深吸了一口氣，又讓蘭衣取了妝奩盒子最底下壓著的燙金名帖，看了一眼後才遞給了梳雲。「這是我父親的名帖，先將就一用。」

梳雲接過了名帖，小心地放入了懷中，便急急地出門辦事去了。報信的護衛很快便帶著名帖出發，蕭晗與梳雲這才帶著其他護衛乘坐馬車，急急地往木蘭山道觀趕去。

為了不打草驚蛇，蕭晗便讓其他護衛掩藏在道觀外，自己則帶了梳雲入內，想來瞎眼婆子是早得了交代，只要蕭晗主僕來便儘管放了她們進去，而她們主僕在往後院而去時，半路就遇到了假道姑。

「女施主怎麼今兒個就來了？不是說要帶著妳姊姊一同前來嗎？」假道姑瞧見蕭晗很是

驚喜，趕忙迎了上來，又將她上下打量了一番，眸中的笑意更濃。想來上次蕭晗前來時扮作了一般婦人，這膚色是特意弄得暗沈了些，妝化得也不好看，今日清顏麗色，更是耀得人眼花，當真是個絕色無雙的大美人呢！

「觀主在哪裡？」蕭晗面色沈沈，直接越過假道姑向裡而去，明明是男人，偏還要扮作女人，她多看一眼都覺得噁心。

「觀主有貴客，女施主不能過去。」假道姑面色一變，趕忙就要攔住蕭晗，梳雲怎麼會讓他如意？錯身便擋在了假道姑身前，由著蕭晗往裡而去。

蕭晗步伐很快，呼吸也愈加急促起來。她不願見到上官氏落入那個觀主的手中，堂屋已然在望，她顧不得身後那個假道姑的呼喊，只急急地奔了進去，見著空無一人的房間，她不禁心下一涼。

「我嫂子人呢？她今日是來了你們道觀的？」蕭晗看向快步而來的假道姑，面色微沈。

梳雲本想絆假道姑一腳，卻被他躍起躲過，此刻的假道姑已是面色鐵青，沈著一張臉看向蕭晗。「早就覺得妳有些不對勁，原來真是來找碴的！」

「快把人給我交出來，不然我定饒不了你們！」蕭晗一邊拖延著假道姑，一邊給梳雲使眼色，讓她快通知道觀周圍埋伏的人闖進來。

既然入了房都沒見著上官氏，定是被觀主帶到了梳雲曾經說過的那間暗室，可她卻找不到梳雲所說的機關，不知該怎麼進去。

只見梳雲攔著假道姑的動作雖然力勁在可巧勁不足，竟然被他躲了過去，想來這人輕功了得，不得不謹慎。

「既然今日妳們都來了，那便留下別走了。」假道姑冷哼一聲，緊接著一道刺耳的哨聲在他身後響起，聽得他不由面色一變，惡狠狠地瞪向蕭晗。「妳們竟然是有備而來?!」他出手便襲向了蕭晗。

蕭晗趕忙向後退了一步，梳雲扭身而上攔在了她的面前，出手如刀向假道姑劈了過去。剛才因為只是想攔住他所以沒盡全力，梳雲承認自己的輕功的確比不上假道姑，但眼下兩人過招，她還是有幾分把握的。

「該死！」假道姑被梳雲纏住，想要給觀主通風報信是不可能了，此刻心裡已將蕭晗主僕給恨毒了。他以為這個小美人是馨香宜人的百合，卻不想是周身長刺的玫瑰。

而眼前這個看似平凡普通的丫頭，更是出招狠戾，竟讓他無暇他顧，只能全心應敵。他心裡更急了，若是由著他們埋伏在外的人闖了進來，他們兄弟焉能跑得了？

埋伏在外的護衛很快便入了道觀，那瞎眼的婆子根本抵擋不住，又被人縛住手腳丟在了門角，護衛們入了後院與梳雲會合，一起圍攻假道姑，任憑他萬般能耐，不一會兒也被拿下，綁了手腳又拿布巾塞了嘴，丟在一旁看管起來。

觀主剛好完事，一走出暗道便被護衛們一舉擒住，也五花大綁起來。

蕭晗這才與梳雲一起往裡尋人。

「小姐稍安，奴婢上次就是在暗室裡瞧見的人，大少奶奶一定也在。」梳雲在一旁安慰著蕭晗，卻也知道眼下多說無益，只怕上官氏已經……

「找到人再說。」蕭晗深吸了一口氣，繼續往前而行，待瞧見不遠處的亮光時才推門而入，上官氏已經昏倒在了暗室裡，她的衣飾還算整齊，可髮鬢卻有些散亂，而暗室裡還有股未消散的靡靡之氣，蕭晗心想自己果然來晚了……

「妳揹著大嫂，咱們先行離去，這裡的人就交給護衛們看管著，一會兒衙門來了人，他們該知道怎麼說吧？」蕭晗心情沈重地將上官氏給扶到了梳雲的背上，眼下她只想將人快些帶離這裡，其他的以後再說。

梳雲回道：「知道的，奴婢先前已經交代了，至於這假道姑和觀主禍害了多少人，想來縣老爺自會審問。」

蕭晗點了點頭，眼下也只能這樣了，若真被人供出了上官氏，為了蕭家的名譽只怕還需要家中長輩出面打點一番，她不想走到這一步。

不知道上官氏清醒之後，會以什麼樣的心情來面對這一切，蕭晗心裡也沒了底。

第六十二章　下堂

這是回蕭家的第十天，上官氏仍然將自己關在房中閉門不出，就連徐氏想要見她一見也被拒之門外。徐氏這次是真的火了，找了蕭老太太抱怨起來。「原本出了這種事情誰也不想，咱們家也寬厚，想著她到底是上當受騙，我都想為她掩蓋了，卻沒想到她……一想到這樣做對不起昕哥兒，我心裡就難受，她偏生還這般對我，到底想要怎麼樣也不給個說法！」說完後便氣鼓鼓地坐在了椅子上。

「妳也消消火，只怕眼下最難受的還是她！」蕭老太太瞧了一眼在一旁靜坐無聲的蕭晗，只招了她到跟前說話。「妳大嫂是妳給帶回來的，如今她誰也不見，要不妳也去勸勸，日子久了她還這副樣子，指不定有人要說三道四了，這世上可沒有不透風的牆啊！」說罷長長一嘆。

「那孫女就去試試吧！」蕭晗點了點頭。這事是她給揭穿的，蕭老太太與徐氏在說起這事時便也沒有避諱她，雖然家中長輩出了面，到大興衙門裡將上官氏的事情給掩了下來，但畢竟受害的婦人太多，牽連過廣，若有心人想要揪出上官氏也牽連其中，怕是不難。

「好好跟她說，今後要怎麼辦她也該給個說法，不然可別怪我不留情面。」徐氏輕哼了一聲，又板起了面色。這次她是真的火了，媳婦出了這種事情丟臉的是她，可上官氏又是受害人，她責備也不是，安慰也不是，難不成真要逼著上官氏去死嗎？

蕭家是積善之家，這種事情她當真做不出來，可上官氏偏偏不領她的情，這一回家就關在自個兒屋子裡，十天半個月不出門的，是從此不再將自己當作這個家的人了？

「我一定好好勸勸大嫂，橫豎日子還是要過的。」蕭晗勸了徐氏一句，這才起身往上官氏的院子而去。其實她也很擔心上官氏的情況，道觀的事情揭露以後，她還聽說好些人家的婦人抵不過流言蜚語，上吊的上吊、投井的投井，還有的甚至被夫家給休棄了，原本好好生下的孩子也弄成身世不明的野種被丟了出來，好不淒慘。

「小姐回府後也不是沒往大少奶奶院子裡去過，不是都沒見著人？」梳雲與蘭衣一同跟在蕭晗身邊，不滿地說著，更為蕭晗的好心遭拒感到不值。

那一日上官氏醒來後，蕭晗也只是略略給她提了幾句道觀被查封、假道姑被抓捕的事，而回京的一路上上官氏都沒再說過一句話，一回府就將自己關進了房裡，也不知道是被嚇得不輕，還是太過震驚所以難以接受這個事實。

「我心裡也有些難受，想著大嫂不願見我，是不是在怪我？」蕭晗輕嘆一聲。報官的事情她也猶豫過，可事情發生得太過緊急，她不能再眼睜睜地看著上官氏往火坑裡跳，這才找上了官府來辦理，可也因此公開了道觀醜惡的嘴臉，讓那些不曾在陽光下暴露的陰暗與齷齪展現在世人眼前。

若是沒有她，或許上官氏還能在自己臆造的夢裡幻想著一切將成真，可她卻親手粉碎了這個夢，並且讓它變得如此不堪。

「大少奶奶若真是怪小姐，那可沒道理，您還救了她不是？」梳雲輕哼一聲，若是上官氏這般不通情理，他們倒真是救錯了人。

「話雖是這樣說，可到底事關女子名節，大少奶奶這般也是人之常情。」蘭衣默默地接了一句，倒是換來蕭晗與梳雲的目光齊齊轉向她，她有些不好意思地搗了唇。「奴婢說的不對，小姐也別怪罪。」

「妳說的對，是我考慮不周。」蕭晗苦笑一聲。女子的名節大過天，因著這件事情受牽連的人也不少，對那些送掉性命的人，她心裡又何嘗不愧疚？

「這件事的根源本不在小姐，若是大少奶奶要怪也怪錯了人。」梳雲的脾氣比較直拗，認準了這個道理，別人說再多也是徒勞。

等到了上官氏的院子，守門的婆子倒是殷勤地放她們進去，知道這件事的下人不多，也只是對上官氏的轉變感到有些奇怪罷了。沒有生孩子的婦人在婆家還敢這樣擺譜，徐氏能夠這樣容忍上官氏也是下面的人沒有想到的，若換作別人家的媳婦，只怕早就被休下堂。

上官氏院子裡的下人們都很擔心主子的命運，畢竟這和他們的生計也是息息相關，可說是一榮俱榮，一損俱損。

「蝶兒，大少奶奶可還好？」堂屋前站著個丫鬟，這是上官氏自己從娘家帶來的貼身丫鬟，行事穩重，向來得上官氏看重，這次去大興田莊也是她陪著上官氏一道去的。

「見過三小姐。」蝶兒見蕭晗來，趕忙行了一禮，又往緊閉的屋門瞧了一眼，擔憂地直搖頭。「大少奶奶還是那樣子，除了每頓的飯食讓奴婢端進去外，已經十天沒出過門了，平日裡也不准人進去侍候，奴婢焦急得很。」

蝶兒雖知道上官氏在大興田莊的日子裡頻繁地進出道觀，可主子是為求子而去，她也不好攔著；再說上官氏進了觀主的屋子後到底發生了什麼，她真的不知，每次去她要麼是守在屋外和假道姑在一起，要麼就是留在馬車裡等候，哪裡知道求子的內幕竟然這般齷齪不堪。

蝶兒一面為上官氏心疼著，一面卻有些搞不懂自家主子的心思，又怕上官氏想不開尋了短見，這些日子一直守在屋外，連睡覺都是在外間和衣而臥，一個動靜她便能驚醒過來。

「大嫂，我來看妳了！」蕭晗隔著門往裡喚了一聲，屋裡還是沒有一絲聲響，她不由有些失望，卻沒有立刻離開，只輕拍著門道：「大嫂，已經過去那麼些天了，祖母與大伯娘都很擔心妳，妳千萬不要想不開，咱們知道這都不是妳的錯，只要妳好好的，就沒什麼過不了的坎。」

屋裡仍然沒有動靜，蝶兒在一旁抹起了淚。「大少奶奶，三小姐說的對啊！只要您好好的，沒有什麼過不去的，老太太與大太太也沒怪罪咱們，您就說說話吧！」

「大嫂，我知道妳心裡委屈，若是有什麼難過的就說給我聽。」蕭晗湊近了門板，還是沒聽到裡面有絲毫的動靜，只能無奈地搖頭。「看來大嫂是不願意見我了，也罷……」微微一頓，又轉了身後才道：「大伯娘只怕要請了大嫂的娘家人來，雖然隔得遠了些，不過也就不到十天的路程，趕趕幾天也能到，等上官家的人一來，大嫂該是願意出來見人了。」

「三小姐，不能叫上官家的人來啊！」上官氏沒有動靜，屋外的蝶兒卻是急了，若是這事被上官家的人知道了，她家主子還有何顏面？

「大嫂不見人，咱們勸不動，只能請了上官家的人來。」蕭晗轉頭對著蘭衣與梳雲道：「咱們走！」果真不再停留地向外而去。

就在此時，原本緊閉的房門「嘎吱」一聲開啟，上官氏有些沙啞的聲音傳了出來。「只要三妹一人進來，其他人，不見！」

蝶兒聽到這聲音差點喜極而泣，哽咽地喚了一聲。「大少奶奶……」

梳雲與蘭衣也是滿臉詫異，只見蕭晗的唇角微微一翹，緩緩轉過身來，在蝶兒的帶領下入了房中。堂屋裡很是昏暗，蕭晗略微站定，等眼睛適應了屋內的光線，才往裡找去。

內室裡，上官氏只著了貼身的白綾中衣坐在桌邊，滿頭青絲披散在腦後，她背對著蕭晗而坐，肩背微微凸起，顯得瘦骨嶙峋。蕭晗心裡微微一酸，走到上官氏正面一瞧，果然已經沒有了前些時日的紅潤，整個人臉色青白。

「大嫂，妳何苦這樣？」蕭晗很是難過，緩緩地坐在了上官氏對面。

「不然我能怎麼辦？」上官氏閉了閉眼，兩行清淚流下面頰，她纖細的手指緊緊攥住了桌巾，手背上青筋凸起，像盤根錯節的藤蔓。

「走出來，勇敢面對過去，家裡的人並沒有放棄妳！」蕭晗很想對上官氏說些鼓勵的話，可臨到這時才覺得言語匱乏，連勸解都像是無力的敷衍。

上官氏扯了扯唇角，嘲諷一笑。「妳覺得發生了這樣的事情，我還能在這個家裡好好過日子嗎？我要怎麼面對滿屋的女眷？我要怎麼看著她們面上同情、心中鄙視的目光？我要怎麼面對我的夫君？」搖了搖頭，淚水又流了下來。她對蕭昕是有感情的，幾年的陪伴、幾年的相扶和相守，她曾經將他當作了她的全部，可回到京城後一切都變了。

蕭昕看不到她的用情至深，聽不到她的有苦難言，他這般輕而易舉地就同意了徐氏的安排，納了徐柔做姨娘，那個時候有誰知道她的心已經碎成了一塊塊。

孩子……都是因為她沒有孩子才造成了這一切，她連想死的心都有。

無法面對徐氏，所以她才躲在了蕭晗的大興田莊，原以為能夠藉此忘記一切，卻不知這才是她淪入深淵的開始。

「三妹，我懷孕了……」上官氏抬頭看向蕭晗，面色淒然，就像她期盼了無數年的夢想得以實現，可這結出來的果實卻是灰暗而苦澀的，遠沒有她想像中的美好甘甜。

蕭晗面色一變，驚駭地看向上官氏。

「看吧！我早知道妳會吃驚……」上官氏輕聲笑了，一手溫柔地撫向了自己的小腹。「這個孩子我盼了許多年，沒想到竟姍姍來遲，我終於要做母親了……」

「大嫂，妳知道妳在說什麼嗎?!」蕭晗突然逼近了上官氏，雙手緊緊地箍住了她的雙肩，想要搖醒她。「這個孩子不能要，絕對不能！」

「我知道我在說什麼。」上官氏眉頭輕擰，伸手拂開了蕭晗，平靜道：「我比任何時候都知道我在做些什麼，回到蕭家時我就知道自己懷孕了，別問我為什麼，這是做母親的直覺，這個孩子是上天給我的！」

「大嫂，妳瘋了不成?!」蕭晗不可置信地看向上官氏。「妳可知道這孩子的父親是怎麼樣的人，他們可是官府通緝的採花大盜，他們的孩子妳怎麼能要？」

上官氏面色一白，強作鎮定道：「孩子是我的，只是我的，與他們任何人都無關，他不會知道他們，永遠不會！」她的聲音沙啞，那壓抑的低吼像是用盡了她全部的力氣，不由急促地喘息起來。

其實與男子歡好哪裡會不留痕跡，有些事情她面上不說，其實心裡是知道的，只是她選擇了忽略，選擇了放縱。

那一段日子上官氏甚至覺得自己分裂成了兩個人格，一個是作著求子夢的婦人，一個是沈淪在極樂中的人妻，那種感覺糾結又放縱，她一時沈醉一時清醒，根本不能自拔。

她也知道這偷來的快樂維持不了多久，終會有敗露的一天，可她沒想到這一天竟然來得這樣快。唯一讓她覺得欣慰的是，她有了自己的孩子，那是真正與她血脈相連的親人，而這是蕭昕沒有給過她的。

回到蕭家後，她之所以沒見任何人，也是在掙扎和猶豫，可今日蕭晗的話卻驚醒了她，與其讓上官家的人來接她回去，她不若自請下堂，找一個清靜的地方，好好撫養她的孩子。

「那妳想怎麼辦？」蕭晗無力地抿緊了唇，沒想到上官氏竟是這般固執，瞧著她那漸漸堅定的眼神，難不成是心裡已經有了主意？

「我要生下這個孩子！」上官氏深吸了一口氣，緩緩吐出這幾個字眼。

「不可能！」蕭晗搖了搖頭，只要上官氏還在蕭家，徐氏是不會允許這個孩子出生的。

「可能的，只要我自請下堂離開蕭家。」說出這句話後，上官氏陡然覺得整個人都輕鬆了，原來這些日子的糾結只是因為她沒有想通這一切，有捨才有得，如今為了她肚子裡的孩子，還有什麼放不下的？

蕭晗震驚地看向上官氏，一時之間覺得腦中的思緒都凝滯了一般，上官氏這樣的想法只怕沒幾個女子會有，拋棄原來的夫家自請下堂，只為生下這個身分見不得光的孩子？

「今日不與三妹說這一番話，我也過不去這個坎，如今想通了我便沒有什麼好怕的了，回頭我就自己去找太太說明。」上官氏站了起來，又喚了蝶兒進來為她梳妝打扮，倒是恢復了幾分精神。

蝶兒不明就裡，只激動得雙眼放光，又感激地與蕭晗道謝。

蕭晗卻只是木然著一張臉。到了這個時候她真的不知道再說什麼才好，這樁姻緣難道是她親手扼斷的嗎？她不知道，只覺得腦中亂成了一團，整個人都變得有些茫然；而後渾渾噩噩地聽說上官氏在徐氏那裡鬧了起來，她都沒想再過去說些什麼，上官氏如此決絕，不惜自請下堂都要生下這個孩子，她還能阻止嗎？

上官氏離去的那一日，蕭晗特意備了程儀相送，二門上只孤零零地停著一輛馬車，上官氏與蝶兒落寞地站在一處，回頭望向二門的垂花門時，眸中似有些許晶瑩的光芒閃過。

「大嫂此去，只怕咱們很難有機會再見了，妳一切要多保重。」蕭晗握住上官氏的手，千言萬語都哽咽在喉，不管上官氏犯下了什麼樣的錯誤，至少那幾年裡都是她不辭辛勞地照顧著蕭昕。徐氏一通謾罵之後，便讓她即刻收拾了東西儘快離府，不是親人，便成陌路，那種感覺不勝淒涼。

「妳還記得來送送我，三妹妹有心了。」上官氏含笑點頭。

「真的不給上官家捎個消息，讓他們來接妳？」蕭晗看了一眼上官氏，有些遲疑。

「不用，畢竟這是我決定的事情，他們知道了也會覺得丟臉的。」上官氏苦笑一聲，目光掃過這偌大的宅院，唇角微微翹起。「嫁入蕭家後，我便隨著他去了任上，這座宅子本來也沒住上多久，如今才明白這畢竟不是我的歸屬……」話語有些悲涼，卻全然沒有遺憾。

「大嫂別這樣說，我聽著難受。」蕭晗鼻頭微酸，搖了搖頭。「若是今後得空了，再來看看我吧！」見上官氏面露尷尬，她也反應過來，一頓又道：「若是不方便來京裡，便去大興田莊，讓全莊頭給我捎個信即可。」

蕭晗只是想知道上官氏離去之後的日子過得好不好，畢竟一個婦人將來還要帶著孩子，沒有男人為她撐起一片天地，她是怕上官氏的日子過得艱辛。

「行啊！我原本也準備在京城附近安家的。」上官氏牽唇一笑。「到時候與妳來往也便利，只是我這樣的名聲會不會拖累妳？」她的話語中的確有些擔憂。

「不會的。」蕭晗含笑搖頭，眸中閃著真摯的光芒。「我與大嫂相交，貴在知心，我只願妳和孩子都好！」

「既然這樣就別叫我大嫂了，我閨名一個『瑜』字，也虛長妳幾歲，今後妳便喚我瑜姊姊吧！」這個時候蕭晗還願意對她示好，上官氏不是不感動的，她也知道這個小姑娘的心思，以為是自己害苦了她，卻不知道這才是她該走的路。

當初她走進了道觀，她的人生便被改變了，如今得了孩子更是意外之喜，她誰也不怪，只怪命運弄人。如今的她雖然不是蕭家的媳婦，可那些嫁妝都還在，到了京城附近的縣裡隨意購置一套宅院，隱姓埋名地過日子也是可以的。

「瑜姊姊！」蕭晗從善如流地喚了一聲，上官氏便拉著她的手拍了拍，輕聲道：「別為我的事情愧疚了，這是我自己要走的路，我不後悔的！」又撫了自己尚還平坦的小腹，眸中有著一抹欣慰。「至少還有他陪著我！」

「瑜姊姊……」蕭晗眼眶微紅，既驚訝於上官氏的通透，竟然這樣簡單就看透了她的心思，又欽佩於上官氏的豁達，都這時候了還能反過來勸導她。

「別難過了，只怕妳成親時我不能前來道賀了，兀自珍重！」上官氏最後再握了握蕭晗的手，才頭也不回地上了馬車。

看著上官氏主僕的馬車漸漸地消失在視線裡，蕭晗的淚水終究是落了下來。或許從前她與上官氏並不親近，可經歷過這次的事情讓她真真切切地感受到了一個母親的偉大，即使世人所不容，即使失去一切，她也要生下這個孩子。

在這世上，恐怕沒有一個人能為另一個人無條件地犧牲自己，唯有母親，只有母愛能超脫一切，凌駕於世俗枷鎖之上，當這種感情到了極致，便也沒有了對錯。

這一刻，蕭晗頓悟了，原本糾結的心緒也緩緩平復了下來，內心只有對上官氏母子的祝福。

上官氏雖然離開了，徐氏卻還是沒有放下，這幾日見了人都火氣大得很，連嘴裡都被氣得起了燎炮，幾乎是隔三差五地就到蕭老太太屋裡訴苦。

「老太太您說是吧！我對她這般好，她竟然為了一個野種要自請下堂，咱們蕭家真是倒了幾輩子的楣去，才會娶到他們上官家的女兒！」徐氏又是一頓捶胸頓足，事到如今她真是悔到腸子都青了。原以為一段日子後上官氏就能夠想通，卻沒想到竟然得知她懷了孽種的消息，當時她差點氣得昏了過去，上官氏居然還為了保全這孽種，要自請下堂，最後她連罵人的力氣都沒有了。

「人都走了，還說這些有的沒的幹麼？」蕭老太太搖了搖頭，長嘆一聲。這段日子她聽徐氏說得耳朵都起了繭子，無奈徐氏心裡怨氣太重，若不讓她在這裡發洩一通，回頭在外面說漏了嘴，丟的還不是蕭家的顏面？

「媳婦就是想不通啊！」徐氏哀號了一聲，又拿了帕子抹淚。「這事我還不敢跟昕哥兒說呢！只怕會影響他在任上當差。當年兩人一成親就去了外地，我也不知道他們夫妻相處得好不好，萬一上官氏在他心中占的分量重，我這樣擅自作主允了她下堂，回頭昕哥兒知道不得怪我啊？」

「怪妳什麼？」蕭老太太輕哼了一聲。「咱們家已經不計大過地想要原諒她了，是她硬要生下那個孩子，這就是她的不對了。原本以為她是個明理的，卻沒想到竟這般執拗，當真是作孽啊！」

徐氏聽了蕭老太太這樣說，突然靈光一閃，又湊近了老太太幾分，小聲道：「老太太，您說這事咱們要不要告訴上官家，雖然她求著我別說，可兩家這親戚都斷了，難不成我還要為她遮遮掩掩的？」

「估計她是想要等著生下孩子再說，先由著她吧！」蕭老太太抿了抿唇，雙手攏在了一起。「橫豎上官家的人離得也遠，一時半會兒還聽不到什麼風聲，即使今後他們知曉了原委，到了上官氏跟前一問，也知道是咱們家厚道沒虧待她，更沒有戳了他們家的短處。」

徐氏點了點頭，想想也是這個道理。

「可既然這親家已經不做了，我不就得為昕哥兒再聘個好的？」徐氏心思一轉，已經想著為蕭昕再結一門親事，她的兒子那般好，怎麼樣也是不愁娶妻的。「虧得她回了京城後我這般為她調理身子，不然她以為那麼快就能……」意識到自己說錯了話，趕忙「呸」了幾聲，又看向蕭老太太。「老太太以為如何？」

「這事先緩緩！」蕭老太太摸出了袖中的念珠緩緩地撥弄起來，眸中卻陷入了深思。

她曾經聽說過一則傳聞。有個男子娶了幾房嬌妻美妾，卻一個孩子都不曾有過，之後納入的美妾一舉得男，把那男子給高興壞了，可隨著孩子一天天長大，他才發現這孩子根本不像自己，進而逼問那美妾，這才知道孩子根本不是他的，最後又找了經年的老大夫診治，才發現原來不孕的竟然是他自己。

如今徐柔已經跟著蕭昕去了任上，之前蕭老太太是找大夫給她看過的，這姑娘身子骨都好，若是蕭昕也無礙，幾年下來應該能有身孕，但若是……

蕭老太太不敢往深裡去想，又看了徐氏一眼，心中微嘆。若連徐柔也懷不上孩子，只怕這癥結就在蕭昕的身上，可她眼下不敢說出這話來打擊徐氏，且觀察一陣子再說吧！

「那……就先緩緩吧！」徐氏有些不情不願地應了下來，照她所想便是即刻就要為蕭昕相看一門人家，也讓上官氏知道他們家蕭昕的行情，不過蕭老太太說的也對，眼下剛出了這件事，確實不宜操之過急。

第六十三章 生產

而這時的臨淵閣裡，劉氏正端了一杯清爽的柚子茶快意地仰靠在軟榻上，一旁的蘭香手中正削著一顆香梨。

「這次倒是看了場笑話，瞧她今後在我面前要怎麼神氣？」劉氏說的正是徐氏，平日裡這個妯娌總是將她氣得夠嗆，如今總算讓她逮到機會，好好地看了一場徐氏的笑話。

「太太是說大少奶奶那件事？」蘭香削好了香梨，又削成一片片，放在冰裂紋的瓷碟裡，插上銀質的牙籤，再遞到劉氏跟前。

「可不就是嗎？真是笑死人了！」劉氏放下了手中的柚子茶，轉而叉了一塊香梨入口，香梨清脆香甜，細細咀嚼後更是齒頰留香，不由又插了一塊吃起來。

「也不知道大少奶奶犯了什麼過錯，竟然就這般被攆了出去，當真是……」蘭香說到這裡微微搖了搖頭。她一個做下人的自然不清楚其中的內幕，但一些小道消息還是吹進了耳朵裡。「奴婢聽說那一日三小姐去了大少奶奶的院子裡，回頭大少奶奶就找上了大太太，也不知道三小姐與她說了些什麼，讓大少奶奶臉面也不顧了，在大太太房中就鬧了起來。」

「且不管她說了什麼，橫豎這件事三丫頭是插了手的，雖然我眼下還不知道到底發生了什麼事，但總歸不是好事。」劉氏搗著唇直笑，反正她也不去摻和，樂得在一旁看笑話。最近瞧著徐氏臉色差，連與她鬥兩句嘴都沒了力氣，她心裡可是樂得很！

蘭香道：「大少奶奶若就這樣下堂了，到時候大少爺回來，還不知道會說什麼呢！」

「大少爺也要聽他娘的話不是？再說了我這大嫂可有的是辦法，指不定到時候黑的也能說成白的。」劉氏說完輕哼一聲。「妳看著吧！如今上官氏已經不在蕭家了，這過錯大嫂還不全推到她的身上去？」

「那大少奶奶可真是不走運啊！」蘭香搖了搖頭，不過這件事也與她無關，她只要盡本分服侍得劉氏高興，便萬事不愁。

兩人正聊著，便有小丫鬟急急地趕來稟報，劉氏正在興頭上便也沒有怪罪，只招了小丫鬟進來回話。

「大白日的又不是撞鬼了，把舌頭捋直了再說話。」劉氏瞧著那小丫鬟有些眼熟，蘭香在她耳邊提醒道：「是太太特意撥給梅姨娘的小丫鬟菊香。」

劉氏挑了挑眉。「喔，難不成是梅姨娘有事？」

「回太太的話……」菊香終於喘過了氣來，這才朝著劉氏跪了下來，嚇得臉色都變了。「梅姨娘剛才在園子裡滑倒，眼下怕是要生了！」

劉氏面色一變，整個人一下便坐直了，急急地穿鞋下了軟榻。「稟報老太太沒有？沒有就快去啊！妳們這些人快隨我來！」

梅香住的院子離臨淵閣還有些距離，劉氏一路走得風風火火，又指派了菊香先去外院找個小廝，往陳大夫那裡請人去。雖然穩婆是早就備下了的，可梅香這是滑倒動了胎氣，還是有陳大夫在安穩些，蕭老太太將梅香交到了她的手裡，這人若是不好了，老太太指不定就要借題發揮。

「不好好的在屋裡待著，挺個大肚子偏偏還要出去閒逛，這下子摔著了吧，活該！」劉氏一邊走，還忍不住對蘭香抱怨著。

蘭香只能在一旁附和著劉氏。「梅姨娘該是想出來多走動，到時候孩子也好生些吧！」

「我以為要等盼姐兒出嫁後她才會生，沒想到提前了許多時日，又要忙著她這邊，我還怎麼安心送盼姐兒出閣？」劉氏越想越氣，心中也生出了怨憤。若是梅香生了女兒還好，若是個兒子，她就正大光明地抱來自己跟前養著，給個嫡子的身分那也是抬舉了他，她就是要活生生地斷了他們母子的情分！

「好在二小姐成親的一應物品都是備齊了的，太太無須慌亂。」蘭香說著，扶著劉氏的步伐亦不曾停歇，遠遠地便瞧見梅香的小院前站了兩個守門的婆子，正焦急地等著人來，見了劉氏趕忙上前請安。「二太太來了就好！」

「梅姨娘眼下如何了？」劉氏平了平氣，快步往裡走去。

一個婆子跟了進來，抹著額頭的冷汗道：「一直說肚子疼，穩婆過來看時，說是已經見紅了，可宮口還沒怎麼開，要等！」若是梅姨娘不好了，只怕他們這一院子的人都要被發落，這婆子也是戰戰兢兢的。

「行了，我進去看看！」劉氏點頭，又穩了穩心神，這才就著蘭香撩起的簾子，低頭進了產房。屋裡的光線有些昏暗，因產婦不能見風，門窗都是緊閉的，只有鏤空的窗櫺透進一點光線來，梅香正躺在床榻上痛苦不堪，面色蒼白如紙，見劉氏來趕忙掙扎著要起身行禮。

「行了！妳快躺下，生孩子要緊！」劉氏揮了揮手，梅香才又躺了下來。她四處瞅了一眼，讓丫鬟點了蠟燭將屋裡照得亮一點，這才坐在一旁的圓桌上，招了穩婆過來問話。

「梅姨娘這是動了胎氣，妳瞅著一時半會兒生得下來不？」劉氏看了一眼跟前的穩婆，這是梅香自己找來的，臨產的前一個月就住進了蕭家，想來用自己的人她也安心，劉氏便沒有多過問，橫豎出了什麼岔子也與她無關。

「只怕不行。」穩婆搖了搖頭，又轉身瞥了一身床榻上的梅香，有些焦急道：「梅姨娘剛才還扭了腰，老身瞧著有些不好，太太還是要請個大夫來才是！」

「已經讓人去請了，很快便到。」劉氏點了點頭，面上不動聲色，心中卻是暗喜。扭了腰是好事啊！那生不出孩子也怨不著她，誰叫梅香沒事要四處亂走動，就是蕭老太太知道了，也怪不到她的頭上。

「那就好。」穩婆說完後，見劉氏沒有吩咐，便又回到了床榻邊看著梅香，又囑咐梅香保存體力，待該使勁的時候再使勁生孩子。

劉氏一直坐在邊上看著，女人生孩子都是要走這一遭的，她當初生下蕭盼時，也是與梅香差不多的年紀，年輕真好啊！才能這般肆無忌憚地活著，活成了別人的眼中刺！

劉氏神色一黯，面上表情更是變幻不定、忽晴忽陰，眸中不時閃過一絲狠戾之色。女人生孩子無疑是在鬼門關上走一圈，或許梅香就是下一個呢？

想到這裡，劉氏不由心思一動，待她剛要站起來，便聽到小丫鬟在門外稟報，說是蕭老太太與徐氏到了。劉氏咬了咬唇，有些不甘地轉過身去，待見著簾子從外被人撩開，這才臉色一轉，笑著迎了上去。

「老太太來了！」劉氏上前攙扶著蕭老太太，又對徐氏點頭示意。「大嫂！」

「弟妹可來得真快，想來心裡也是掛念著梅姨娘的。」徐氏瞟了劉氏一眼，這個時候卻還有心情刺她一刺，也是這段日子遇到的糟心事太多，不過與劉氏比起來，她只是損失了一個沒有生育孩子的兒媳婦，劉氏卻平白地得了個兒子或女兒，這可真是讓人又喜又樂。

「大嫂說的是。」劉氏看了一眼徐氏，淡淡一笑。「老太太將梅姨娘交給我照顧，我自然要顧著她。」又向蕭老太太解釋道：「今兒個梅姨娘在園子裡不小心滑倒，扭了腰，媳婦已經讓人去請陳大夫了。」

「妳做得很好！」蕭老太太緩緩點頭，又到梅香床邊瞧了她一眼。「有什麼想吃的、想喝的儘管說，要保存體力。」一頓又道：「待會兒大夫來了先給妳看看腰，這生孩子也不是一時半會兒的事，妳要耐著性子，咱們都在一旁守著妳呢！」

「謝謝老太太。」梅香哽咽點頭，一雙眼睛紅紅的。「不知道老爺他……」這個時候她最想見的是蕭志謙。

蕭老太太輕言細語地安慰著梅香。「放心，我已經命人去給老二傳話了，他很快就會趕回來的。」

梅香含淚點頭，又忍著痛在床榻上歇息。不一會兒蕭晗她們姊妹幾個也趕到了，陳大夫是在路上遇到的，便一起來了。陳大夫為梅香診治腰傷後，也知道眼下用不得重藥，只能先讓穩婆給她揉了些藥水，等著孩子生下後再治療。

「行了，妳們幾個丫頭都退出去吧！女人生孩子是大陰大穢，妳們還沒出嫁呢，看一眼就出去！」蕭老太太催著蕭晗幾個出門，蕭晗只來得及對梅香使了個眼色就退了出去，好歹梅香是她找來的人，如今產子禍福真是難料，若是好一點，生個男孩，只怕蕭志謙會歡喜得不得了；若是女兒呢，也能在蕭家站穩腳跟。

「梅姨娘這胎看起來有些凶險啊！」蕭雨挽著蕭晗的手，與她一同站在了院子裡，目光還忍不住地往裡眺去。

蕭晗面色凝重地點頭。「聽說是在園子裡滑了一跤，又扭傷了腰，真是運氣不好！」

「依我說她大著個肚子就該好生待在屋裡，這下摔跤了，弄得整個家裡人仰馬翻的，若是一個不好了，老太太指不定還要怪罪我娘呢！」蕭昐癟癟嘴。她自然是不喜歡梅香的，這個女人分走了蕭志謙對劉氏的寵愛，今後生下的孩子可能還要繼承蕭家的一部分財產，她想著就不舒服。最好梅香生不出孩子，若是母子俱損這才好呢！蕭昐不無惡意地揣想著。

「眼下梅姨娘能不能生下孩子才是要緊，就算老太太要問責太太，那也是之後的事了。」蕭晗抿了抿唇，這個時候實在是不想聽到蕭昐說這些風涼話，便對她道：「二姊不是正忙著繡活嗎？橫豎離妳出嫁也沒幾天了，不如回房去待著吧，有什麼事情我會讓丫鬟給妳傳信的。」

蕭昐猶豫了一陣，便點了頭。「行，反正我在這裡也幫不上忙。」又想到自己不日就要出嫁，就算蕭老太太有什麼怒火也牽連不到她身上，又囑咐蕭晗。「若是我娘那裡有什麼事，妳也給我捎個消息過來。」

「好。」蕭晗點了點頭，目送著蕭昐遠去，這才轉了回來。

「她走了才好，杵在這裡就沒什麼好話。」蕭雨輕哼一聲，聽到身後有了動靜，忙瞧了一眼，又拉了蕭晗的衣袖道：「三姊，二叔回來了。」蕭晗轉身，果真蕭志謙從不遠處大步而來，一身官服甚至來不及換下，幾步便走到了她們眼前。

蕭晗與蕭雨分別向蕭志謙行了一禮，他急急地一抬手，又看向蕭晗。「梅姨娘如何？」

「陳大夫在裡面診治呢，穩婆也在裡面。只是梅姨娘摔了一跤，扭傷了腰，不免動了胎氣。」眼見著蕭志謙就要往裡而去，蕭晗忙對門口守著的丫鬟使了個眼色，丫鬟立時便向裡通稟了一聲，蕭晗也快步跟上。「眼下祖母與大伯娘還有太太都在裡面，父親勿憂！」

蕭志謙匆匆點了點頭，人已是跨進了門檻，進了外間，蕭晗見他這般急迫，也只能帶著蕭雨跟了進去。

「娘，梅香到底如何了？」通往內室的簾子是放下的，蕭志謙知道他不能入內，只能在外屋乾著急。

「女人生孩子又不是一時半刻的事情，你急什麼？」蕭老太太嗔了蕭志謙一眼。「瞧瞧你這一身衣服，去洗把臉換了再來，耽誤不了什麼。」

劉氏趕忙殷勤地上前。「妾身服侍老爺回房更衣吧！」

「等等！」蕭志謙一揮手，又走到內室的簾後，隔著簾子向內喚道：「梅香，我回來了，妳放寬心好好地生孩子，我會在外面陪著妳的！」

「老爺……」聽到蕭志謙的聲音，躺在床榻上的梅香不由熱淚盈眶，只哽咽地應了一聲。「婢妾會好好保重的，一定為老爺生個大胖小子！」說罷咬了咬牙又痛呼一聲，只是眸中的光芒卻更加堅定了。

「妳們聽聽，她都痛得叫了！」蕭志謙焦急地抹額。

一旁的徐氏打趣他道：「哪個女人生孩子不痛得死去活來，這才剛開始呢，二叔先回去換身衣服再來不遲！」

劉氏心中醋勁翻滾，可面上依然帶著笑，又溫柔地上前扶了蕭志謙。「老爺風塵僕僕，先去梳洗一番吧！」說著輕輕拉了他的衣袖往外扯。

「去吧！這兒有我和你嫂子看著呢，出不了事。」蕭老太太也點頭道：「讓劉氏服侍你梳洗了再說。」

「那兒子就先行告退，一會兒再來。」蕭志謙不捨地轉身，又對著蕭老太太與徐氏拱了拱手。「有勞娘和大嫂了。」這才與劉氏先行離去。

蕭老太太又瞥見了站在一旁的蕭晗姊妹，無奈道：「不是讓妳們先回去了嗎？有什麼變故自有丫鬟傳消息的。」

「這……咱們不是不放心嗎？」蕭晗訕訕一笑，又坐到了蕭老太太跟前。「瞧著眼下天色也不早了，祖母與大伯娘想吃些什麼，我這便去廚房做去，順道給梅姨娘熬些人參雞湯，湯水好吞嚥，人參又能保命，眼下她疼得死去活來，想來也沒什麼心情去咀嚼吃食了。」這話一落，又聽見內室裡響起幾聲慘叫，蕭晗心裡一緊，一旁的蕭雨更是攥緊了她的衣袖。

「行，給我也做些好消化的，眼下她還沒生出孩子，咱們都沒什麼胃口。」蕭老太太點了點頭，徐氏也在一旁笑道：「還是晗姐兒貼心。」又對蕭雨道：「多向妳三姊學學。」

「母親說的是。」蕭雨忙低聲應了，蕭晗這才帶著她先往廚房而去。

女人生孩子確實要耗不少時日，一天都算是少的，有些人生個幾天都生不出來也是常事，不過生得越久這危險也就越大，還好梅香爭氣，就在大家昏昏欲睡之時，終於聽到了她順利產子的好消息。

蕭晗幾乎剛剛和衣躺下，便又坐了起來，轉頭往窗外一瞧，天邊正好露出了魚肚白。

蕭志謙也沒料到自己一把年紀了還能當爹，抱著新生的兒子不由喜極而泣，還特意為他取了個名字叫蕭旭，希望這個兒子的未來能夠一片光明，如旭日朝陽般燦爛奪目。

「是個胖小子呢，我抱在手裡都覺得沈！」徐氏抱著蕭旭到了蕭老太太跟前，蕭晗幾個都湊上前來看，小子的臉紅撲撲的，五官幾乎都皺在一起，看不出美醜，不過這孩子頭髮長得好，黑汪汪油滑得很。

「是個齊整的好孩子。」蕭老太太含笑點頭，大手一揮道：「賞，都有賞！」

屋內、屋外頓時響起一片道賀之聲。

「長得一點都不好看。」蕭盼在一旁嘀咕了一聲，立刻換來劉氏一個瞪眼，她只能將委屈往肚子裡嚥。為了這個孩子她可一夜都沒睡好了，眼下還一肚子氣呢！

「這孩子生得好，眉眼多像老爺！」劉氏笑著上前，將徐氏手中的蕭旭抱了過來細細端詳，面上一片喜愛之情，又轉向蕭老太太道：「好在梅姨娘母子均安，她也是個有福氣的。這麼個喜氣的時候，我也向老太太討個吉利，旭哥兒就抱在我跟前養著吧！橫豎我膝下是沒有兒子的，一定將旭哥兒當作親生的孩兒來照料。」

「這……」蕭老太太微微猶豫，這雖然是之前提過的事情，可梅香才剛剛產子，誰又忍心將孩子抱離親生母親身邊呢？

蕭志謙想了想才轉向劉氏道：「妳有這個心我也欣慰，不過還是等梅香醒了再說，也要聽過她的意思才行。」

劉氏面色一變，又強行忍住了，只能訕訕地應了聲「是」。

蕭晗在一旁聽著，唇角一翹，梅香怕是不會同意將孩子讓劉氏養著的，掛在劉氏名下可以，但自己生的自己養著，想來憑蕭志謙對她的寵愛，梅香會有辦法讓他同意的。

在孩子洗三那日，蕭晗備了禮物前來探望梅香，經歷過那樣一次生產，梅香整個人如脫胎換骨般，面色也漸漸紅潤了起來。見蕭晗到來，忙讓丫鬟給她抬了錦凳坐在床榻前，又笑著道：「還勞三小姐特意跑這一趟，婢妾惶恐。家裡的人都只讓人送了禮過來，三小姐有心了。」說罷對她輕輕點頭致謝。

「梅姨娘是個有後福的人，我自當親自來看看。」蕭晗笑了笑，又見一旁的搖籃裡蕭旭睡得正酣，不由伸手逗弄了兩下。「這是我弟弟呢！我也希望他快快長大，將來給他母親掙一片錦繡前程！」

梅香牽唇一笑，回憶起生產那一日的情景，當真是喜憂參半。「原以為是活不成了，只想拚了命將孩子給生下來，沒想到老天爺庇佑咱們母子平安，回頭等著旭哥兒滿了月，婢妾一定到廟裡好好拜拜菩薩。」她看了一眼搖籃裡的孩子，眸中溢滿了母愛的溫情。

「是要謝謝菩薩保佑。」蕭晗點了點頭，又提醒梅香道：「前幾日我聽說太太想將旭哥兒抱到身邊養著，梅姨娘可要早做打算。」

「抱到她身邊養，憑什麼？」梅香面色微微一變，眸中的嘲諷一閃而過。「我拚死拚活生下的孩子，她一句話就變成了她的兒子？這世上怕沒這麼簡單的事！」又對蕭晗道謝。「有勞三小姐告知這事，回頭我一定與老爺細說。」

「梅姨娘心裡明白就好，我也是不想你們母子分離，畢竟孩子是自己的，只有養在自己身邊最經心，若是換了其他人，誰知道會怎麼樣？」蕭晗眼波一轉，又讓蘭衣捧上了帶來的錦盒，打開遞到梅香跟前。「早些時候便為孩子打了套金鎖片，因著不知是男是女，這鎖片上便讓人雕的雙魚戲珠，梅姨娘瞧瞧可還滿意？」

「呀，真是漂亮，定是珍寶齋的手藝吧？」梅香接過錦盒，只覺得滿目璀璨，那鎖片握在手裡沈甸甸的，她估摸著至少得有五兩金，忙不迭地向蕭晗道謝。「三小姐這禮太貴重了，我替旭哥兒謝謝您了，有您這樣的姊姊，咱們旭哥兒定是有福的！」

蕭晗笑著點頭，又與梅香寒暄了一陣才告辭離去。而梅香拿著鎖片一陣琢磨，又瞧了一眼仍然在酣睡中的兒子，心中漸漸有了主意，當天便讓人請了蕭志謙到她房中說起這事。

「婢妾知道老爺體諒，不過等婢妾腰好了後，還是要自己帶著旭哥兒的，孩子同自己的娘生活才最親呢！」梅香試探著蕭志謙的意思，瞧見他有些為難的模樣，心下微微一沈，又道：「老爺不是不知道婢妾生這孩子有多辛苦，旭哥兒如今就是婢妾的命！」

「說這些有的沒的幹什麼，也沒說不讓妳自己帶孩子，只是……」蕭志謙說到這裡又看了一眼梅香，這才清咳一聲道：「只是太太想將旭哥兒抱到她跟前養著，也是想給旭哥兒一個嫡子的身分，是對他好！」

梅香紅著眼睛看向蕭志謙，那表情似怨是屈，只泣聲道：「旭哥兒是我身上掉下的一塊肉，太太怎麼能讓咱們母子硬生生地分離？」

「也不是分離，只是抱到她跟前養著，不也還是妳生的孩子？」蕭志謙看著梅香落淚，忙坐在床榻邊安慰道：「再說有了嫡子的身分，對他的前程也是有益的。」

「老爺說得再好聽，不也是想將旭哥兒抱走嗎？」梅香哭得悲悲切切，只可憐兮兮地看向蕭志謙。「難不成老爺已經答應了太太？」

「這倒還沒有，就是想先來問問妳的意思。」蕭志謙搖了搖頭，這幾日他被劉氏纏得不行，也有些憐惜她沒有自己的兒子，這心都被她說得有些軟了，可一到梅香這裡來，瞧見她這副模樣，心中又有些搖擺不定。

聽蕭志謙這樣一說，梅香暗暗鬆了口氣，她真怕他已經答應了劉氏。她腦中思緒一轉，便道：「若太太真為旭哥兒好，那就只認養在名下做嫡子，孩子還是由婢妾親手來帶，這才是對他最好的啊！難道老爺真想讓旭哥兒從小就得不到親娘的照顧？」

「我倒不是這個意思……」蕭志謙有些為難，一方面覺得劉氏她有自己的苦衷，一方面也覺得梅香說得在理，那麼小的孩子怎麼能離開親娘身邊呢？

「那老爺這就是同意了？」梅香喜極而泣，又在床榻上跪下，對著蕭志謙拜了一拜。

「婢妾知道老爺最是體恤咱們母子，將來旭哥兒長大了，也定會孝順嫡母的。」一番溫言軟語外加撒嬌，直讓蕭志謙沒有絲毫抵抗力，只能點頭應允了她。

第六十四章 添香

這一夜蕭志謙被順利地留在了梅香的房中，因她自己剛生產完不能侍候蕭志謙，便讓菊香給開了臉，做了通房丫鬟。懷中人兒纖細柔嫩，這一夜倒是讓蕭志謙有些小小的滿足，一連幾天都歇在了梅香這邊，倒是讓焦急等待消息的劉氏氣得不行。

「我就不信，我還比不過一個賤妾了！」劉氏恨得咬牙，在房中來回踱步，一會兒又看向身旁的蘭香，眸中神色複雜。

「今兒個一定要將老爺給攔住，帶到我這邊來！」劉氏對蘭香吩咐道：「不管用什麼辦法，我今日一定要個說法，再等下去盼姐兒出嫁的日子就快到了，我可沒工夫再在他們母子身上花心思。」

「可……」蘭香一臉為難。「可眼下老爺貪新鮮，菊香那丫頭又正合了他的意……」後面的話她自己都說不下去。當初劉氏要選個老實的丫頭過去梅姨娘那邊照顧，怎麼挑來挑去偏偏選了菊香。眼下這丫頭成了通房便全然不將她們這邊當回事，只顧著狐媚地迷惑老爺，真正是讓人氣急得很。

「她有菊香，我不還有妳嗎？」劉氏輕哼一聲，又上下打量了蘭香一眼，直看得蘭香打了個哆嗦，不由向後縮了縮脖子。

「蘭香，妳今年也十八了……」劉氏琢磨了一陣，話語沈沈。「原本我還想留妳兩年，到時候給妳配個管事，可如今卻不得不用上妳了。」

「太太放過奴婢吧！」蘭香聞言「撲通」一聲便跪在了劉氏跟前。讓她做小她是怎麼都不願意的，她還想再熬兩年就出去嫁人呢！做個正室娘子，總好過為人妾室。

「蘭香，妳跟了我這麼多年，也該知道我的脾性，眼下我留不住老爺的心了，也只得讓妳幫我盡一分力！」劉氏上前輕輕抬了蘭香的下頜，仔細端詳起來。蘭香全身顫抖著，長長的眼睫上還有未滴落的淚水，蘭香生得膚白清秀，這些年跟在她身邊更是養出了一身的細皮嫩肉，說不定能勾住蕭志謙的心。

「太太……」蘭香知道再說什麼劉氏也不會改變心意，只能無奈地閉上了眼，兩行清淚從面頰上滑落。

「去吧，好好梳洗打扮一番，換上前些日子那套粉桃紅的煙紗裙。」劉氏放開了蘭香，緩緩站了起來，一轉身瞧見屋外盛開的海棠，那麼紅豔、那麼刺眼，而她的心卻在一點點地變硬、變冷，袖中的手也緊握成拳。「妳知道老爺回府時慣走哪條路，不將他給請過來，今兒個妳也別回來了！」

「是，太太。」蘭香咬了咬牙，緩緩地在劉氏跟前伏了下去，滴落的淚水在地上淌成了個小窪，彷彿是在祭奠她無法更改的命運。

臨近初夏，天氣還不算太熱，蕭志謙回府後換了一身衣裳，正準備往梅香的院子而去，走過一條林蔭小道時，忽地便瞧見了不遠處一抹粉桃紅的身影飄來，他不由駐足觀望，一雙眼睛微微眯了起來。

黃昏黯淡的光線中，女子窈窕的身影纖細而柔美，煙紗裙身如霧籠罩著，一抬手間袖管滑落，肌膚如雪般白皙，那含笑的眉眼帶著幾分羞怯向他望來，臨到跟前才福身行了一禮，輕聲道：「蘭香見過老爺！」

「是蘭香啊，多日未見倒是不一樣了。」蕭志謙笑了一聲，只是那笑中的意味只有他自己明白。沒想到他如今已近中年，卻是豔福不淺，除了有梅香這朵解語花，菊香、蘭香也跟著投懷送抱，他只覺得自己的春天是不是來得太晚，從前的日子當真是白活了。

「老爺笑話奴婢！」蘭香抬了抬眼，輕嗔蕭志謙，眸中眼波婉轉好不勾人，說出的話語軟糯輕細，如一根羽毛般撓在人心上。「太太請老爺過去呢！」說罷又對著蕭志謙飛了個媚眼過去。

「太太請我？」蕭志謙嘆了一聲，又掂量著袖袋中放著的文書，心中一時有些猶豫不決。他知道劉氏已經找了他許多次，可他又答應了梅香，這才一直躲著她，也不知道她改變了主意沒有，若是仍然揪著這件事不放，不也讓他為難嗎？

蘭香瞧著蕭志謙這模樣，有些著急，劉氏可是給她下了死命的，若是她請不回蕭志謙，只怕今後在臨淵閣就待不下去了。一想到這裡，蘭香不由輕呼一聲，佯裝腳下一絆，倒向了蕭志謙。
蕭志謙反射性地伸出了手來接，一個撲、一個摟，這下正好抱在了一處，蕭志謙只覺得一股淡淡的香氣吸入鼻端，手下又是一陣柔滑細軟，他險些把持不住。
「老爺……」蘭香自己也是萬分羞怯，卻又強撐著膽子往蕭志謙懷裡鑽去，只拉著他的衣袖輕搖道：「老爺就去太太那裡走一遭吧，不然太太怪罪下來，奴婢也討不到好。老爺就體諒奴婢一回吧！」
「也罷！」蕭志謙輕嘆一聲，扶了蘭香站直，伸手在她臉蛋上輕撫而過。「老爺我今日才知道妳竟是這般勾人，怕是得了妳家太太的囑咐，必是要請到我吧！」
「老爺明鑑，奴婢也是聽從太太的吩咐辦事。」蘭香低垂了眉眼，即使有萬般的委屈都吞下了肚，她知道沒有哪個男人願意聽女人的抱怨，他們要的只是溫柔如水、曲意承歡。
「行，今兒個我就看妳的面子走上一遭。」蕭志謙輕笑一聲，又著意看了蘭香一眼。「妳可別忘記了老爺的好！」他輕聲一笑往前而去。
蘭香眸中光芒閃爍，瞧著蕭志謙走遠了，這才不甘地咬了咬唇緊跟而上。
劉氏屋裡，蘭香侍候著蕭志謙梳洗。聽見淨房裡那男女恣意的調笑聲，劉氏氣得牙都咬緊了，可又有什麼辦法，是她讓蘭香去請蕭志謙來，只怕這美人計也是奏效了。
劉氏一邊心裡暗恨，一邊又不得不對蕭志謙笑臉相對，還讓丫鬟擺了他最喜歡的菜色，親自斟上滿滿一杯的金華酒。「妾身敬老爺一杯！」

「今日的確有喜事，該與妳喝上一杯。」蕭志謙放下了筷子，又看了站在劉氏身後的蘭香一眼，笑道：「還不給老爺滿上。」

「是。」蘭香的眼波在蕭志謙面上一晃而過，含羞帶怯地點頭，剛才在淨房裡那一通忙活，蕭志謙可是對她動手動腳地沒有歇下，絲毫不顧忌劉氏就在外間，她也是羞得滿臉通紅，在劉氏跟前都有些不敢抬頭看她的臉色。

劉氏瞧了兩人的一番眉眼交流，暗自在心中罵了聲「賤蹄子」。原本蘭香還萬般不願，眼下一番眉來眼去，想來也是看對了眼。

等著蕭志謙與她對飲了一杯之後，劉氏這才擠出幾分笑容問道：「老爺說有喜事，莫不是要將旭哥兒給我抱了來？」

「這事啊……」蕭志謙嘆了一聲，有些推託道：「這事梅香也在我跟前唸叨了幾日，她知道妳是好心腸，可我實在也不想看到他們母子分離。要不這樣吧，旭哥兒仍舊記在妳名下當作嫡子，但養還是養在梅香身邊，兩不耽擱！」

劉氏氣極反笑。「梅姨娘倒是好算計呢，我不養旭哥兒，反倒要將他當作嫡子，養出的兒子還與她一條心，老爺說說，最後妾身能得了什麼好？」

「這話也不是這樣說的。」蕭志謙不樂意了，擱了筷子道：「二房名下哪個不是妳的孩兒，真要養在跟前才是自己的不成？」

蘭香忙向劉氏使了個眼色，又上前給蕭志謙斟酒，笑著勸說道：「太太不是那個意思，老爺息怒！」

「不是這個意思是哪個意思？我好心好意地過來看她，還盡使臉色給我瞧，這頓飯不吃也罷！」蕭志謙說著便站了起來，蘭香慌了一把上前便握住了他的手腕，柔滑的觸感讓蕭志謙心神一陣蕩漾，面色微微緩和了幾分。「也虧得妳這丫頭是個懂事的，倒是比太太都強上不少。」

「老爺快別這麼說，奴婢擔待不起！」蘭香聽得心驚肉跳，趕忙放開了蕭志謙的手，又瞧了劉氏變幻不定的面色，忙垂下頭站在一旁。

劉氏心裡的怒意翻了幾翻，最終還是緩緩壓下，儘量讓自己的心情平復下來，又對蕭志謙道：「老爺，起初也是你與老太太說過的，讓梅香生下了兒子就養到我跟前，我也沒說什麼不是？眼下變了個樣，你讓妾身一時半會兒如何接受得了？」話到這裡又拿了帕子抹淚，態度終是緩和了幾分。

「想要嫡子，誰生的不都一樣？」蕭志謙這才唇角一翹，又看了一旁低頭溫順的蘭香一眼，眸中深意婉轉。

劉氏看得暗暗咬了咬唇，面上卻又不得不擠出一絲笑來。「不若老爺今晚就留在這裡，妾身讓蘭香好生服侍老爺！」

「既然夫人這樣說，那我就卻之不恭了。」蕭志謙笑著對劉氏拱手，她怔了怔，隨即有些驚訝地望向蕭志謙。「老爺……你剛才喚我什麼？」

「夫人啊！」蕭志謙這才笑著拿出了袖袋中的文書遞給了劉氏。「沒想到我與大哥一同請封誥命，妳的倒是先下來，想來大哥是一併請封了老太太與大嫂的，所以要慢於妳的！」

「這……我當真是夫人了？」劉氏顫抖地接過文書，有些不敢置信地打開來看，待一一讀過每個字眼後，她才忍不住笑出聲來，因著情緒太過激動，甚至笑出了一抹淚花。她終於等到了這個誥命的身分，也算是在蕭盼出嫁前為她長臉了。

當然，蕭志謙眼下拿出這個誥命文書來，也不無補償之意。

劉氏心思一轉，又拿了帕子緩緩擦乾了眼淚，既然她不能將蕭旭抱到跟前來養著，那這個嫡子名分不給也罷，梅香別想處處得了好，最後還在她跟前占便宜。

今後蕭志謙寵上了蘭香，蘭香再生了孩子給她養著也是一樣的，橫豎是自己跟前的丫鬟總要得用幾分，外面的白眼狼可是養不熟的，這樣一想，劉氏的心思便轉了過來。

「恭喜夫人，賀喜夫人！」蘭香趕忙向劉氏道喜，瞧著劉氏笑逐顏開的模樣，一時之間她的心思也活絡開來。既然梅香的孩子不養到劉氏跟前，那她今後如若生下了孩子，是不是能享受嫡子的位分？她又是劉氏身邊最得用的人，自然能夠照顧得到孩子，這點她倒是不愁的，至少她眼下還跟劉氏是一條心。

「好了，既然今兒個老爺要留在這裡，妳便去準備一下吧！」劉氏收拾好了心情，淡淡地掃了蘭香一眼。

蘭香低頭應「是」，一旁的蕭志謙卻是笑而不語，又對劉氏投去一個讚許的眼神，想來也是讚賞她的識大體。

劉氏只是牽了牽唇角，背過身去，唇角的笑意已涼。男人沒一個靠得住的，她能靠的還是只有她自己。

曲徑通幽，蕭府的這條小徑前些日子才翻修過，又鋪了好些鵝卵石，踩在上面雖然有些刺腳，但聽陳大夫說對身子是極好的，連蕭老太太沒事也愛到這裡來走上兩圈。

小徑兩旁也是綠意盈盈，花開枝頭又添了幾分麗色，有幾隻蝴蝶在花叢間飛舞著，蕭晗不由駐足觀望。

「妳也成親快小半年了，這肚子就沒消息？」蕭晗轉頭看了枕月一眼，成親後這丫頭倒是長胖了些，整個人圓潤水靈，看來周益並沒有虧待她。

「小姐笑話奴婢，這孩子的事要看機緣，哪能說有就有的。」枕月說到這裡又不由湊近了蕭晗幾分，在她耳邊低聲道：「奴婢瞧著這幾日梳雲都早出晚歸的，幾乎每一日都去看蕭潛呢！」

「這事該妳這個做嫂子的關心，告訴我做什麼？」蕭晗好笑地看向枕月。梳雲對蕭潛的心她也明白幾分，雖然蕭潛如今不在蕭府裡當差了，可聽說他從前還學了些手藝，自己雕起了木雕，挑著擔往街上賣去，比起前段日子的消沈，如今的他到底是振作了幾分。

「奴婢不也是想向小姐討個主意嗎？梳雲這丫頭有那個意思，可奴婢怕她哥哥不許啊！」枕月心中焦急的是這件事。周益向來心疼這個唯一的妹妹，蕭潛英勇護主值得敬佩是一回事，梳雲的親事又是另一回事，他不會眼睜睜地看著自己的妹妹嫁給一個殘廢的。

「橫豎眼下梳雲年紀也不大……」蕭晗倒不著急，只是看了一眼枕月道：「她是個有主意的姑娘，到時候不用妳操心的。」

「若真是這樣，奴婢也能心安了。」聽蕭晗這一說，枕月微微鬆了口氣，片刻後又嘆了一聲。「就怕她是個主意大的，若是連她哥都勸不了，只怕就真要和蕭潛好了。」

「蕭潛也沒什麼不好，眼下都在自食其力了。」蕭晗淺淺一笑。「雖然他斷了胳膊，府裡已經給他發了一筆銀錢，也承諾他每月可以不做事但照樣領月錢，可他硬是沒要那月錢，我看他是個有骨氣的。」

「骨氣也不能當飯吃啊！」枕月搖了搖頭。「嫁人後才知柴米油鹽貴，從前在小姐身邊根本不用計較這些，如今可什麼都要精打細算，又想著給他做好的、穿好的，又要想著給今後的孩子攢些銀錢，奴婢就沒少操心！」

「若是銀子不夠了儘管找我開口就是。」蕭晗看著枕月這唉聲嘆氣的模樣不由好笑，當初枕月出嫁時，她也給了一筆壓箱底的銀子，這丫頭太會精打細算地過日子了，這樣生活豈能快意？

「哪裡就要找小姐討了？」枕月不好意思地擺了擺手。「您給的銀子還很多，就是奴婢捨不得使，存著唄！」

「守財奴！」蕭晗笑著一指點在枕月額頭上，主僕倆又說說笑笑往回走了。

六月十八是蕭昐出嫁的日子，夏季的衣裳單薄，連嫁衣她也挑最輕薄的料子縫製而成，繁複的花紋點綴其間，一轉身、一揚裙便是輕柔飄逸，倒是襯托出幾分美豔之姿。

婚禮辦得也隆重，倒是不輸給蕭晴出嫁那時，畢竟她嫁的是勛貴之家，雖說如今的雲陽伯無什麼作為，但前人累積的根基還在，所以京城還是有不少人家給足面子，前來道賀。

等蕭昐三日回門的時候，蕭晗總算是見到了那位傳說中的雲陽伯家大公子季濤。

季濤生得英武，肩寬腰窄、挺如松柏，眉眼開闊，倒是一表人才，與蕭家姊妹見禮時也是有禮有節，不該看的並沒有多看一眼，只是在走到蕭晗面前時微微頓了頓，笑著拱手道：「聽說過段日子三妹妹就要嫁給長寧侯世子了，葉大人可是我的上峰，能與他成了連襟也是季某之幸！」話語裡不乏推崇之意。

「二姊夫言重了。」蕭晗淡淡頷首，沒想到蕭昐那樣的人卻挑了個好夫君。

「妳也忒客氣了。」蕭昐笑著插進話來，又挽了蕭晗的手嬌聲道：「咱們姊妹歷來同氣連枝，將來你與世子爺只有互相幫襯的道理，斷沒有扯後腿的。」

「二姊說的是。」蕭晗乾笑著點頭，又不著痕跡地將自己的手給抽了出來。她與蕭昐可沒這麼親近過，眼下蕭昐來上這一齣，讓她周身的汗毛都豎了起來。

季濤顯然是沒有注意到姊妹倆的異樣，又被蕭老太太叫到了跟前問話，看來老太太對這個孫女婿也是挺滿意的，至少比對劉氏母女來得欣賞。

見季濤走到了一旁，蕭盼便也輕哼一聲走到了劉氏旁邊，沒再理會蕭晗，剛才的親近不過是作戲罷了。

蕭晗無奈失笑，蕭雨在一旁安慰她道：「三姊也別往心裡去，二姊就那副德行，妳也不是不知道！」

蕭晗點了點頭。她就是清楚蕭盼的脾性才沒有事事當真，不然倒真的有得氣了。不過今日蕭盼的確是得意的，回到蕭家後，從頭到尾那張嘴就笑得沒合攏過，顯然極其滿意這個夫婿。

劉氏瞧著也很是歡喜，母女倆在一旁說起了悄悄話。

蕭晗接到岳海川傳來的消息，這才再一次來到了書舍。

夏日裡的書舍清涼雅致，通往後院的簾子被捲了起來，一陣穿堂風吹過，揚起了蕭晗的裙裾，她細緻秀美的輪廓在面紗之後若隱若現，倒是讓守在門外的兩個小廝一時看傻了眼。

「你們是誰，怎麼在這裡？」梳雲眉眼一橫，擋在了蕭晗跟前，那兩人對視一眼趕忙給蕭晗請了安。「小的是劉公子帶來的，眼下公子正與岳先生在一起。」

「喔，是表哥來了。」蕭晗這才反應過來。聽說劉啟明跟著岳海川學畫之後，每個月倒是有一半的時間會在書舍裡待著，她不常來所以對這兩個小廝也不熟悉。

穿過書舍，到了小樓跟前，蕭晗果真瞧見了劉啟明與岳海川，只是兩人太過專注於案桌前的畫作，都沒有留心到她的到來。

梳雲剛想出聲，被蕭晗一個眼神制止住，她緩緩踏步向前。

眼前的案桌是由兩張長桌合併而成，鋪著潔白的宣紙，只是眼下這紙張上已經著了墨跡，漸漸地繪出了一幅山水圖。有意思的是岳海川與劉啟明分別從兩頭畫來，最後在中間相會。

蕭晗到來時，他們的畫作只到一半，但可看出畫功同出一源，只是筆力技巧的差別，就這一晃眼的工夫，難看出誰高誰低。

第六十五章 歸來

劉啟明正提筆冥思著下一步該怎麼畫，一抬頭卻瞧見蕭晗正站在不遠處，眉眼俱是含笑地看向他，他手中畫筆一顫，險些落於紙上。

他忙對另一頭的岳海川道：「先生，我表妹來了！」這才將毛筆擱在了筆架上，繞過書案與蕭晗見了禮。

「表哥正在作畫呢！」蕭晗笑著還了一禮。上次見到劉啟明還是在蕭昐成親時，劉啟明隨著家中長輩進蕭府拜見蕭老太太，也不過就是一眨眼的工夫，彼此都沒有深聊，她也沒來得及問他畫學得如何了。

岳海川落下最後一筆後，緩緩收勢，低頭看了一眼自己的畫作，頗為滿意地點頭，這才對蕭晗頷首。「妳來了。」

這便是當代大家與一般畫者的區別了，岳海川知道她的到來，卻能不動聲色地堅持將畫作一氣呵成，劉啟明卻是心思不屬，不能再安靜地作畫下去，兩人在這氣度和格局上，還是有差距的。

「岳叔叔好。」蕭晗對著岳海川輕淺一笑，漂亮的桃花眼蕩漾出水波，彷彿夏日的清泉，無聲地流淌著。

「妳先在這裡坐一會兒，我去換身衣服再來。」岳海川招了劉啟明過來，兩人的衣服上都沾了墨跡，自然是不方便見客的，便一起往小樓而去。

蕭晗倒沒介意什麼，又踱步到案桌旁細細看了兩人的畫作，岳海川畫的是山，而劉啟明畫的是水，倒是相得益彰。

「小姐歇息一會兒吧！」梳雲隨手抬來了兩把小椅子，蕭晗卻是搖了搖頭，又瞧見不遠處的枯木長几上放著茶壺和杯盞，便淨了手，燒了壺茶，等岳海川與劉啟明換好衣裳出來時，這茶已是泡好了。

「好香的茶！」岳海川青袍磊落，處處流露出不修邊幅的隨意與瀟灑，連坐姿都透著一股沈穩大氣。

劉啟明雖然事事向他學習，但到底眼界不寬、底氣不足，在面對蕭晗時還是稍顯拘謹了些。

「岳叔叔這次急急地找我來，可有事要吩咐？」蕭晗擱下了手中的茶盞，笑著看向岳海川。

「對妳我哪敢吩咐，不過就是有事與妳說。」岳海川爽朗一笑，又指了劉啟明道：「妳給我舉薦了啟明，他的確是棵好苗子，不過這畫功要磨練，畫意也要拓寬，所以我準備帶著他離開京城！」

「離開京城？」蕭晗心下一驚，笑容僵在了臉上，又趕忙轉向了劉啟明。「表哥的身子不要緊了嗎？能夠出京？」

岳海川願意帶劉啟明出京，表示極為看重他，這可是千載難逢的機會，可劉啟明長年病弱，他這樣的身子能夠受得住旅途顛簸嗎？

「先生一早便與我提了此事，只是祖母與我娘一直不同意，不過眼下好了，我已經說動了她們。」劉啟明說到這裡，暗暗給蕭晗使了個眼色。

有些話他私下裡會跟蕭晗說，他不想被岳海川知道，以免改變其初衷。能夠得岳海川賞識已經是天大的幸事，這輩子他別無所求，就連命都能豁出去不要！

「當真？」蕭晗狐疑地看了劉啟明一眼。以劉老太太婆媳的心性，有多捨不得劉啟明這個三代唯一的獨苗她也是知道的，真能安心放他離開？不過劉啟明眼下不說破，想來也有他的道理，蕭晗便沒再追問。

一旁的岳海川自顧自地品著香茶，彷彿沒有聽見兩人的對話，片刻後才對蕭晗道：「這次要離京，歸期未定，妳看這書舍是……」按他的想法自然是想書舍繼續做下去，不圖營生，只是個念想，就像他心中的那個人並沒有走遠一般。

「書舍自然是還要做下去的。」蕭晗忙接過了話，她心裡也是不捨這個書舍的，這個地方寄託了她太多的回憶與哀思，是他們共同懷念的地方。「這裡如今是岳叔叔的家，主人不在了，我自當為你好生照看，到時候尋個妥當的人看著店就是了。」

「這裡是咱們相聚的地方，算不得家，卻是最溫暖的小築。」岳海川笑著搖了搖頭，又站起身來。「我去屋裡收拾些東西，你們先坐坐。」說罷便轉身往小樓而去。

「若不是先生要離京，只怕還能繼續在這書舍做下去。」劉啟明嘆了一聲，有些不好意思地看向蕭晗。「表妹會不會怪我？也是先生想要歷練我，這才要帶我出京的。」

「不會，人雖然走了，可書舍和小樓都在，我等著你們回來！」蕭晗會心一笑，眼下岳海川不在跟前，她倒是能問出心裡的疑惑了。「表哥這一走，難道你家老太太與二太太當真不阻止？」

「怎麼不阻止，當初我說出來時，差點連房子都給拆了！」劉啟明苦笑一聲。「我本不想與她們說明的，只是又不想她們擔心，這才說了岳先生的事，先生是當代大家，我能跟著他也是我的造化。」

「這是自然。」蕭晗點了點頭。劉啟明有這個志向是好的，看遍大好河山，也能隨意畫出心中的山河，這遠比臨摹別人的畫作來得更加傳神與真切。

「不過這件事還多虧了我祖父，他老人家才是有遠見的人，若是沒有他出面勸說，我祖母與娘也不會點頭同意的。」劉啟明說到這裡才微微鬆了口氣，又對蕭晗道：「過去咱們劉家人做得不好的地方，還望表妹多多包涵，不要記恨於心。」

「表哥言重了。」蕭晗只是淡淡一笑。劉家其他人不說，可她與劉氏的糾葛太深，這可不是三言兩語就能解決的；不過她也不會在劉啟明面前挑明了說，也是想讓他能安心的離京。

離開書舍後，蕭晗又去了幾家商鋪看看，託了年長的姚掌櫃幫忙尋個妥當的人，不求將書舍給經營好，只要人忠厚老實、看得住店就好。

七月初，葉衡的來信剛到不久，人也跟著回到了京城。

他這一走就是半年多，蕭晗對他的思念自是不用言說，可這人到了京城後又直奔進宮向皇上回稟事務去了，蕭晗盼著見他一面卻也無法如願。

又過了幾日，蕭老太太才聽蕭志傑回府後說起，原來朝中劇變，牽連甚廣，連帶著朱閣老一系都捲入了其中。

知道這件事情後，蕭老太太立刻就將蕭晗叫到跟前來問話。「想來世子爺出京就是辦這件大事，如今朱閣老一系都被關押了起來，待審理之後，就要依法查辦了。」她想想都有些心驚。

「這個我也不大清楚。」蕭晗搖了搖頭，她也是一臉迷茫，畢竟這件事葉衡回京後也沒與她交代過，她連他的面都還沒見上呢！

蕭老太太又道：「聽說是因為私鹽的案子，不然朱閣老為何會落馬？如今內閣便只有蔣閣老支撐著了，也虧得他是帝師，又得皇上信任。看來今後長寧侯府要榮寵不衰了，妳挑了個好夫婿啊！」

「祖母言重了，做這些本就是錦衣衛的職責，葉大哥也不過是做好分內之事。」蕭晗也為葉衡高興；不過一聽蕭老太太說涉及到私鹽，她便想到了那次被追殺的事情，葉衡這報復倒是徹底，從上到下一個都沒落下，怪不得要耗去了他半年的時間和心血。

「祖母，孫女明日想去一趟侯府。」想到這裡，蕭晗立即向蕭老太太請示。

老太太笑著點頭。「該去的，帶上些滋補品，妳也好久沒去看侯夫人了。」她一句話便將蕭晗對葉衡的思念，轉成了對長寧侯夫人的尊敬。

蕭晗只紅著臉。「還是祖母想的周到。」

當天夜裡，蕭晗便將明日要去侯府所帶的東西讓蘭衣清點了一番，又拿了春瑩挑出來的水藍色緹花長裙細看。

「明日小姐穿這一身，定是好看得很！」春瑩在一旁打趣蕭晗，見她微微紅了臉，便又繼續笑著道：「這裙子再配一條銀藍色的腰封，掛上小姐最喜歡的那個孔雀藍繡著纏枝紋的香囊，再綴上藍紫雙色的流蘇，定如仙子下凡一般！」

「瞧妳說的，就像妳已經見了我穿這身衣服的模樣！」蕭晗淺笑盈盈，又將衣裙遞給了春瑩。「掛起來吧！明日穿它就是，免得白費了妳的一片苦心！」

「是，小姐！」春瑩接過衣裙後，轉身進了隔間掛起來。

蕭晗瞧著天色不早，便也上榻歇息，今兒個留了蘭衣值夜。

月上柳梢，繁星點綴，蕭晗卻了無睡意，一會兒側身，一會兒坐起，心裡突突地跳著，就好似有什麼事情要發生一般。

果不其然，子時的梆子剛剛敲過，原本虛掩的窗戶便被人挑開了一角，緊接著跳進來一個黑衣人。蕭晗坐在床榻上，隔著薄薄的紗帳卻看得很是真切，忍不住屏住了呼吸，一雙手無意識地揪緊了蓋在腿上的涼被。

是他，是他來了！

那熟悉的身影和動作，即使已經過去了那麼些時日，她仍然記憶猶新。

蕭晗顫抖著撩開紗帳，熟悉的面容已在眼前，濃眉細眼，冷峻的下頷有如刀削，只在看到她時唇角微微一咧，伸手探了過去將她摟在懷中，發出一聲滿足的喟嘆。「熹微，我好想妳！」

蕭晗將頭埋進了葉衡的懷裡，淚水無聲地滑落。她擔心了那麼久、盼了那麼久，他總算是回來了。

「傻丫頭，哭什麼哭？我回來該是高興的事。」葉衡推開蕭晗一些，又伸手抹掉她臉上的淚，脫鞋上了床榻，再度將她擁在懷裡。「在外的日子我一直想著妳，只是回京後要辦的事情太多，我才沒有即刻來見妳，今兒個好不容易得了空，我便溜出了府。」

「我知道你忙，還打算明日去侯府看你呢！」蕭晗抹乾了眼淚，笑著看向葉衡，見他整個人明顯黑瘦了不少，面上也難掩一絲倦色，不由心疼地撫上了他的臉。「這些日子苦了你了，明日我去侯府給你煲個湯，你一定要喝！」

「好，我媳婦煲的湯我自然要喝，他們都沾不著！」葉衡咧嘴一笑，又伸手覆在了蕭晗的手背上，眸中光亮閃爍，添了一分自得之意。「咱們的仇我可是親自報了，上自朱閣老，下至鹽運司的小吏，只要參與了這件事的，我一個都沒有放過。」

「除惡務盡！」蕭晗點了點頭。那一次他們的處境何其凶險，那些人都沒有對他們留絲毫情面，如今遭致這樣的結果，也是他們罪有應得。

「說的對，幹咱們這一行的自然不能婦人之仁，不然遺禍無窮。」葉衡摟了蕭晗在懷中，輕輕地撫著她的背。「再過三個月不到，妳就要嫁給我了，到時候咱們就能日夜相處在一起……」

他的喉頭微微滾動了一下，又見蕭晗已是羞得閉上眼，他的唇也跟著落了下去。

第二日，蕭晗到了長寧侯府，蔣氏自然是高興得很，又命丫鬟搬出了兩個箱籠擱在她眼前，笑著道：「這些都是衡兒在外給妳買的，他回京後也特意交代了我，昨兒個我才清點出來，原本是要著人給妳送過去的，可巧妳今兒個便來了。」

「全都是給我的？」蕭晗眸中閃過驚喜，又打開箱籠一一看過，雖然都是一些不值什麼錢的小玩意兒，卻帶著各地的風俗文化，有撲灰年畫、膠東荷包、伏里土陶、嘩啦棒槌……倒是極具心意，的確是葉衡的風格，這樣的小禮物她已經收過不下好幾箱。

「盡買些孩童玩意兒，他是將妳當小孩子呢！」蔣氏瞧見蕭晗喜歡，也是笑得合不攏嘴。她的這個兒媳婦就是心眼純粹，哪像那些姑娘、小姐什麼的只愛華服美飾，整個人都掉錢眼子裡去了。

「他是知道什麼能討我開心的。」蕭晗抿著唇笑，又轉向蔣氏道：「今日我還帶了些食材來，一會兒便上廚房裡去煮上，二嬸娘可在？」

「在的，妳一來我便讓人去知會她了，一會兒她們母女倆都要過來。」蔣氏又拉了蕭晗坐下閒聊，說起葉衡一走就半年多的事情，也忍不住連聲嘆氣。「起初還有書信回來，走得久了便也不捎信息回京，害我好一陣擔心，如今總算是平安回來了。」

「那可不是？」蕭晗連連點頭。她的心情與蔣氏是一樣的，人不在眼前，這擔憂就沒少過一天。「葉大哥這次回京倒是掀起好大的風浪，雖然咱們女子不在朝堂，可也聽我大伯提起了。」

「朝堂上新舊更迭乃是常事，沒有誰能永遠不倒的。」蔣氏倒了杯茶水給蕭晗。處在他們這個位置，倒是已經將利益得失看得很淡了。「橫豎有男人們在前面拚搏，咱們只要不在後面給他們拖後腿就行了。」

「夫人說的是。」蕭晗點了點頭，與蔣氏又說了一會兒話，便見羅氏帶著葉蓁到了。

「大嫂，妳說我這鼻子靈不靈，今兒個一早我便知道有好東西可吃了，果真晗姐兒就來了。」羅氏母女與蔣氏見了禮。

蕭晗也上前對著羅氏福了福身，笑道：「瞧二嬸說的，您做的美食才是讓我思之難忘呢！」

「妳這小嘴慣會說話，最能討嬸娘歡心了！」羅氏笑咪咪的。

葉蓁也上前來拉了蕭晗的手。「我可算是見著妳了！」

「蓁姊姊最近定是忙得很呢，我都不敢輕易過府打擾！」蕭晗笑著打趣葉蓁。

兩人的婚期都是秋日裡，只是前後腳的工夫，蕭晗嫁進長寧侯府過不了幾天，就該是葉蓁出閣的日子。

「還喚我姊姊呢！等妳嫁給二哥之後，我可要喚妳一聲二嫂的。」葉蓁與蕭晗坐到一旁說話，兩個姑娘年紀相當、性情相投，早便成為了摯友。

「怎麼樣，之後可再見過閔譽沒有？」蕭晗對葉蓁擠了擠眼，倒是讓她有些坐立不安。

葉蓁特意瞧了羅氏一眼，見她正與蔣氏聊得起勁，這才放下心來，瞥了蕭晗一眼，嗔她道：「什麼有的沒的都敢說，看我不收拾妳？」

「妳都說了我是妳二嫂，自然應該多關心妳這個小姑子！」蕭晗搗著唇笑。她倒是看好葉蓁與閔譽的，只希望這兩人婚後能夠圓圓滿滿。

「那次見過一面也就行了，妳以為我還敢私下與他幽會不成？」葉蓁小心翼翼地說道。

「這些日子就是在家裡繡些小件，橫豎喜服是早就繡好了的。」她又碰了碰蕭晗的胳膊。

「妳的喜服也繡好了吧？我記得妳繡功不差。」

「還好。」蕭晗笑咪咪地點頭。「喜服是繡好了，繡件也準備得差不多，到時候少不了妳那一份的。」

「如此就好。」葉蓁唇角一翹。「聽說這次妳來，可帶了好些食材，廚房裡的婆子早給我娘報了信，不然她剛才也不會這麼說。」這句話是附耳在蕭晗近前說的。

「我覺得妳娘挺可愛的，若是妳也與她一般，那可就好玩了。」蕭晗瞧了羅氏一眼，笑意漸漸在唇角蔓延。

「得了吧！廚房裡那些事我是不喜歡的，吟詩作對也不在行，就喜歡看些雜書典故，博而不精也是個遺憾！」葉蓁感嘆地搖了搖頭，倒是將蕭晗給逗樂了，又說起今年秋試的事情。「我三哥定是要被大伯盯著下考場的，妳三哥怕是也要下考場了吧？」

蕭晗的三哥就是蕭昀。自從蕭志傑回京任職後，蕭昀便從麓山書院辭了學，每日都在家中背書，不時還要應付蕭志傑的考校，也不知道這些日子他學藝有沒有精進？除了蕭昀，這次蕭晴的夫婿李沁也是要下考場的。

至於羅氏的兩個兒子，大兒子葉晉已經身在軍營為官，小兒子葉繁走的是文官的路子，這一屆科舉也是要應試的考生。

「我三哥還是很厲害的，雖然不如大哥、二哥一般從了武，可比起四哥來還是強上一截。」葉蓁說著又壓低了嗓音對蕭晗道：「原本四哥學得就是半斤八兩，可祖母硬是要讓他這次也跟著下考場試試，只怕是不想輸給我三哥才是真。」

「老夫人向來是不服輸的，還有四嬸不也是？」說到老侯夫人張氏婆媳，蕭晗可是深有體會，四房如今是爭不過大房、二房了，可也沒這樣就輕易罷手的道理，總要時不時地露露臉，表現一下。

「妳倒是清楚咱們家人的性子。」葉蓁摀著唇笑，被蕭晗輕輕捏了捏手。「妳的家人將來不就是我的婆家人，每個人是什麼脾性，總要瞭解幾分的。」

「說的對。」葉蓁點了點頭，旋即似想到了什麼，面色有些遲疑。「也不知道閔家的人好不好相處……」

蕭晗笑道：「不管閔家人好不好處，只要閔二公子與妳一條心，就萬事不愁了！」

「老沒正經，不理妳了！」葉蓁輕哼一聲，一張臉染上了淡淡的紅暈，側面看去當真如芙蓉般清麗，蕭晗不禁在心裡暗嘆閔譽的好福氣。

午膳蕭晗是在葉家用的，她親自下廚做了幾道菜，羅氏也動了手，弄好之後也著人往張氏那裡送了幾盤過去，餘下的兩家人便坐在一起享用。

蕭晗灶上還燉著補湯，不過這湯需要慢熬，只怕晚些時候才能燉好，葉蓁還笑她。「妳明著說是為二哥燉的不就行了？看來咱們喝不到湯了，只能等著二哥回府後獨享！」

「妳要喝補湯嗎？這可是大補，小心到時候胖得穿不上喜服！」蕭晗反過來打趣葉蓁，葉蓁想了想也對，便不再提補湯一事。

一旁的羅氏見了，忍不住搖頭感嘆，又對蔣氏道：「妳這個兒媳婦真是能幹，上得廳堂、下得廚房，這嘴皮子也是索利的，想來今後誰也欺負不到她！」

「晗姐兒是個寬和的性子，別人不招惹她，她自然也就不與人計較。再說與蓁姐兒打趣那是她們姑嫂感情好，我看著也歡喜。」蔣氏笑著點頭。真是越看蕭晗越覺得滿意，關鍵是這丫頭還一心一意地對葉衡好，這樣的媳婦哪裡找去？

葉衡是知道蕭晗今日要來侯府的，特意將手中的公務早些處理完，趕在晚膳之前回了家。

蔣氏特意命人將天麻乳鴿湯給他端了一盅過來，又指了蕭晗道：「這可是晗姐兒給妳燉了幾個時辰的湯，別人還喝不到呢！」

「我媳婦自然是對我好的。」葉衡樂得呵呵笑，眼神不住地在蕭晗身上掃過，昨兒個夜裡看不真切，今日倒覺得蕭晗更美了。

一身藍色長裙飄逸典雅，銀藍色的腰封束住她不盈一握的小腰，腰間孔雀藍纏枝紋的香囊再綴上藍紫雙色的流蘇，又為她增色不少。她身量穠纖合度，如墨的秀髮只斜斜地綰了個小髻，幾顆指甲蓋大小的白玉梨花綴在髮間，真是素雅清麗到了極致，葉衡看得都捨不得移開眼睛。

「一會兒用過晚膳後，你親自送晗姐兒回去，我這把老骨頭就不顛簸了。」蔣氏笑著說了一句，又招呼著兩人用膳。

今日長寧侯回來得要晚些，蔣氏是單獨給他留了飯菜的，與蕭晗他們用過之後，一會兒還要陪著長寧侯再用一次。

「夫人倒是好胃口。」葉衡與她說起這件事時，蕭晗還不由讚嘆了一聲，也是羨慕長寧侯夫婦的恩愛，若是今後她與葉衡的感情也是數十年如一日，那倒是挺令人嚮往。

「他們兩人向來膩歪，有時候我這個做兒子的都看不下去。」坐在馬車上後，葉衡還與蕭晗說笑。「當然若是妳今後也這般，我可是十分歡喜的。」

「哪有做兒子的這樣說自己爹娘的，也不怕回去侯爺揍你一頓！」蕭晗笑著搖頭，卻又覺得這樣的三口之家很是溫馨，若是不涉及到長寧侯府那一大家子的話，倒真是美滿得很。

「不怕，我娘會護著我的！」葉衡得意地揚眉，話鋒一轉又道：「不過好久都沒與我爹過招了，前些日子他還險些輸給我呢！」

「侯爺久經沙場，又豈是你這等小輩能夠輕易比下去的？」蕭晗好笑地輕哼一聲，卻換來葉衡大手一伸，將她摟在了懷裡，對著她的臉就是一陣香親，惹來她嬌笑連連。

八月秋試，蕭昀和萬千學子一同下了考場，十年寒窗苦讀，可說是成敗在此一舉，大家的心情自然是緊張又期待的。

秋試三場，每場三日，考的既是學識，也是考體力。

等著這秋試一結束，蕭昀整個人像脫了層皮似的，是被守在考場門口的小廝給抬回來，一回家便昏睡了兩天。

徐氏在一旁擔憂得不得了，蕭志傑卻沒怎麼去管，只道：「哪家考生不是這樣過？想我與二弟當初也是這樣闖過來的，還有昕哥兒也是一樣。」

「老爺說的雖然在理，可咱們昀哥兒哪裡受過這樣的苦？我瞧他瘦得只剩皮包骨，我這心裡就難受。」徐氏一邊說著，一邊抹淚。

蕭志傑少不得勸她兩句。「好歹已經考過了，成不成就看這一次了。」

「若是不成呢？」徐氏心中一顫，抬起淚眼看向蕭志傑。對蕭昀這個兒子他向來嚴厲，若說還不能中，只怕這孩子心中壓力更大。

蕭昕倒是個乖巧的，從前父親不在身邊也能學得進去，一直沒讓長輩操過心，順風順水地就做到了知縣的位置，等著在外歷練幾年再回京城，指不定就是高升之勢。

「不成便再來一次！」蕭志傑瞧見徐氏眼中的懇求與期盼，不由嘆了一聲道：「若真是兩次不中，我便為他捐個官職，這下妳可放心了？」

「還是老爺想的周到。」徐氏這才破涕為笑。她對小兒子的確是偏疼溺愛一些，見不得蕭昀吃苦，若孩子真不是這塊料，再逼也沒辦法；再說長輩的榮耀已經夠了，要護著他平安過一生還不容易嗎？

蕭志傑點了點頭，又將徐氏摟在懷中。「咱們倆的兒子，我自然也是心疼的。」

九月放榜，蕭昀果然沒中舉，蕭家一時之間愁雲滿天，還是蕭老太太想得開，沒過兩天便緩過勁來，只道：「許是咱們昀哥兒機緣未到，緩緩再考也是行的。」

一旁眾人只能附和點頭，徐氏卻是嘆聲連連，暗道真是被蕭志傑給看準了，這個兒子就不是做官的料，那些年的麓山書院可是白去了。

秋試後幾家歡喜幾家愁。葉蓁的三哥葉繁不負厚望地中了舉人，至於李沁與于氏的兒子葉斂也沒能中舉。聽說葉斂在第一場考完後便被人抬了回去，之後的兩場更是出不了門，一直在家養身體。

老侯夫人張氏氣得自然不輕，她就這一個嫡親的孫子，還這般地不經事。她明明是想要揚眉吐氣一番，卻成了人家的笑柄，為此她足足在屋裡關了好幾天都沒出門。

蕭晗知道這件事時，已經過去了一陣子。秋試後便是她及笄的日子，有好些事情要準備，莫家兩老連同莫錦堂母子都要趕來為她慶賀，順道參加她及笄一個月後的婚禮，京城也因著長寧侯府這場即將到來的盛世婚禮而熱鬧了起來。

第六十六章 笄禮

參加蕭晗及笄禮的除了相熟的親朋好友外，還有許多自動前來道賀的，即使不能去內院女眷處觀禮，由蕭家的男主人在外院接待也是可以的，還能瞧見幾個神龍見首不見尾的大人物。

葉衡也從百忙中抽出空來，此刻蕭志謙正與他聊得起勁呢！

「侯爺貴人事多，小女及笄來不了也是正常，可虧得世子爺來捧場，令蕭家蓬蓽生輝啊！」蕭志謙如今看著葉衡這個準女婿真是越看越歡喜，季濤雖然也是勛貴出身，可與葉衡卻完全不能比，他心裡得意得很。

「伯父言重了，熹微及笄我自然是要來的。」葉衡淡淡地扯了扯唇角，又問起蕭時來。

「今兒倒沒見著蕭時，難道在軍營裡還未回來？」

「哪能呢！」蕭志謙搖了搖頭，又道：「聽說是準備什麼東西去了，晗姐兒是他嫡親的妹子，只怕時哥兒是想要給她一個不一樣的及笄禮，他們兄妹的感情確實好！」

葉衡點了點頭，心裡卻在琢磨著蕭時到底要給蕭晗什麼樣的驚喜，會不會將他的那一份驚喜給比了下去？這可就不怎麼讓人愉快了。他目光隨意地在院子裡掃了一圈，忽地視線一凝，唇角一翹，似笑非笑。「沒想到竟碰到熟人了。」

「世子爺是說誰？」蕭志謙朝著葉衡看的方向轉了過去，待瞧見不遠處青衣而立的俊雅少年後，這才反應過來。「那是莫家的人，原來世子爺也認識？」他心裡暗暗有些驚訝，畢竟蕭志謙對莫家人從來都沒有什麼好感，那樣的商賈之家能夠教養出什麼文人雅士來？即使莫錦堂穿得一本正經，卻也不能掩蓋他衣衫之下的一身銅臭。

「認識。」葉衡笑著點頭，又對蕭志謙道：「伯父，我就先失陪了。」說著便朝莫錦堂踱步而去，這倒是讓蕭志謙一陣吃驚。

蕭志傑悄無聲息地走到了蕭志謙身旁，拍了拍他的肩膀，這才喚回他的神思，又看了一眼葉衡與莫錦堂站的那處，不由沈聲道：「世子爺看重莫家人也是因為晗姐兒的關係，你今後對莫家的態度也該緩一緩了，別傷了自己女兒的心！」

蕭志謙這一番話對蕭志謙來說如遭驚雷，他的臉色一下變得青白起來，只顫聲道：「大哥說的對，我會斟酌的。」

「那就好！」蕭志傑這才滿意一笑。誰都知道葉衡看重蕭晗，對於這個未婚妻的喜好幾乎是無一不滿足，莫家又是蕭晗的外家，是除蕭家以外她最親近的人，想來他們對莫家也應該要比從前親近些才好。

外院熱鬧，內院裡也是人頭攢動。

葉蓁、蕭雨、孫若泠幾個早圍著蕭晗嘰嘰喳喳地說個不停，孫若泠還來回撫摸著蕭晗那件掛在架上的雪銀緞衣裳，一臉讚嘆。「瞧瞧這暗銀絲繡出的花紋，看著雖不起眼，可這走動起來就像綴了銀光似的，閃亮極了！」
「這是自然。」蕭雨一臉自豪地看向孫若泠。「三姊的這身衣服可是特意尋來了雪銀緞縫製而成，雪銀緞一年至多出得了二十疋，大都是送到宮裡貴人處的……還有那繡的花紋就耗去了一個月的工夫，雖然初看不起眼，卻是風華內斂，足以壓倒全場！」
「今日晗姐兒是主角，當然要豔壓全場。」葉蓁在一旁吃吃地笑。
蕭晗無奈地掃了幾人一眼。「瞧妳們說的，待會兒我還要不要出去見客了？」
「自然是要的，大伯娘可還等著做妳的正賓呢！」葉蓁笑著撫了撫蕭晗披散在身後的長髮，遺憾道：「可惜我不能做妳的贊者了。」
「瞧葉蓁姊姊說的，要不今後我及笄時請妳來當贊者，就是不知道妳賞不賞這個臉了？」蕭雨眼珠子轉了轉。作為蕭晗的妹妹，這次她被請來做了贊者，感到很榮幸。
「行啊！雨姐兒及笄時一定要請我來。」葉蓁笑著點頭。蕭雨雖是庶女，可性子還算可親，看在蕭晗的面上，她也沒有拒人於千里之外的道理。
孫若泠卻在一旁掰著手指數。「晗姊姊出嫁後，接著便是蓁姊姊，年底我二姊也要出嫁了，妳們可都要做人家的媳婦了！」說完拍著手直樂。
「瞧這瘋丫頭，說出來也不害臊！」蕭晗嗔了孫若泠一眼，眾人也附和了幾句，一時之間歡聲連連。趁著葉蓁與蕭雨出去之際，孫若泠這才在蕭晗耳邊悄聲道：「時哥哥給妳準備禮物去了，待會兒不管喜不喜歡，妳可都要大力捧場喔！」

「我哥給我準備禮物去了？我怎麼不知道？」蕭晗納悶地看了孫若泠一眼。

她這才神秘一笑。「自然不能讓妳知道，待會兒妳就等著驚喜吧！」

「果然是一個鼻孔出氣，你們兩人倒是比我還親呢！」蕭晗打趣孫若泠。

她倒沒有不好意思，還理直氣壯地點頭道：「我是他未來的媳婦嘛，他做什麼都不避諱我的。」

「沒得羞！」蕭晗用手朝孫若泠刮了刮臉蛋，似想到了什麼又問道：「妳三哥如今正在備考吧？」雖然孫若齊已經考中了舉人，但明年的春試才是重頭戲，或許孫家將來的起復都要擔在他一人肩上了，這樣的重擔可不是一般人挑得起的。

「是，三哥可認真了。」孫若泠點了點頭。「聽底下的人說三哥很是用功，每日書房裡的燭火都是點到半夜才熄的。」又拉了蕭晗的袖子小聲道：「原本三哥今兒個也要過來，只是我娘讓他多歇息、養養精神，等著妳成親時再來喝杯喜酒。」

「這樣也好。」蕭晗笑著點頭。孫若齊不來也少了幾分尷尬，免得被葉衡瞧見了。

「吉時到了，我先去外面等妳。」下人來報，孫若泠就先出了屋，蕭晗這才在枕月與蘭衣的服侍下穿戴妥當，等著一會兒的加笄儀式。

吉時一到，蕭晗的及笄禮便正式開始，整個儀式莊嚴又肅穆，觀禮的人都或坐或站靜靜地守在一旁，屏息凝神地看著。

蔣氏被特意請來做蕭晗及笄禮的正賓，她自然是求之不得，看著眼前的少女華服曳地，清麗溫婉，那含笑的眸子、窈窕的身姿，整個人美得就像枝頭綻放的鮮花一般，她不禁覺得與有榮焉。

蕭雨則是第一次做贊者，心裡緊張又期待，那麼多夫人、小姐的目光都從她身上掃過，她握著托盤的手不由攥緊了，蕭晗瞧見蕭雨這般模樣，給她投去一個安撫的眼神。選了蕭雨做她的贊者，她心裡其實也是有將這個妹妹推出去的意思，至少能夠讓人瞧見蕭雨的好，今後在選擇親事上也沒有那麼多阻礙和困難。

收到蕭晗遞來的眼神，蕭雨點了點頭，又深吸了一口氣，掩住眸中的慌亂，好在她面上仍舊表現得坦然大方，這才沒有失禮於人前。

蔣氏的動作很溫柔，連說話也是輕聲細語的，蕭晗視線垂落，由著蔣氏給她一一完成了加笄禮，直到司儀一聲「禮成」喚出，她才重重地鬆了一口氣。

「你們看，花瓣雨！」突然人群中有人驚呼一聲，蕭晗也不由驚奇地轉過頭去，只見花瓣揚揚灑灑地從天而降，果真就像下了一場花雨似的。

各種甜香混雜在空氣中，有人甚至伸出手去接那些掉落的花瓣，又極珍惜地放在手帕中保存起來，似是為了見證和紀念今日難得一見的盛況。

蕭晗輕輕拈起一片掉落在肩上的粉色花瓣，拿到鼻間輕嗅，不由笑著點了點頭，這樣有心意的舉動，莫不就是蕭時所做的？

「晗姐兒喜歡嗎？」蔣氏適時上前笑著看向蕭晗。「原本衡兒說要準備這些時，我還說不要，就怕擾亂了妳家的賓客，不過看著大家都喜歡，他也沒白做。」一頓後又眨眼道：「不過關鍵是妳喜歡不喜歡？」

「喜歡，我自然喜歡！」蕭晗笑意深深，唇角不覺翹了起來。她還以為是蕭時的驚喜，原來是葉衡所做的，他也算是用心良苦。

「只是這花瓣雨是如何做到的？」蕭晗看向蔣氏，她則神秘一笑，又指了指頭頂的四方樑上，果真有幾個會功夫的女子躲在上邊撒花瓣呢，若是不仔細看絕對發現不了。

孫若泠這時也擠到了蕭晗身邊，一臉苦瓜相地道：「晗姊姊，這可不是時哥哥準備的，他說了馬上就好的。」說罷又抬頭往外瞧去。

「沒事的，哥哥的心意我都明白。」蕭晗不甚在意地一笑。她與蕭時的關係自然不用這些禮物來堆砌，他們本就擁有著這世間最親近的血緣。

「再等等，應該馬上就來了。」孫若泠也有些焦急，不由在蕭晗身邊團團轉起來，突然她的腳步頓住了，又驚喜道：「你們聽見沒?聽見鳥兒的叫聲了嗎？」

「果真有呢！」蕭晗細聽了一陣，也覺得詫異，抬頭一看，只見漫天花雨中好幾隻黃鸝鳥穿插而過，在空中翩翩起舞。

「是黃鸝鳥呢！」

「好美啊！」

「有花又有鳥，我可從未見過這般美的場景！」

「佈置這些的人得多花心思啊！」

人群中發出一聲聲讚嘆，孫若泠也與有榮焉地抬起了頭，驕傲道：「瞧吧，時哥哥準備的也不輸給世子爺呢！」

黃鸝鳥在婉轉啼鳴，牠們的羽毛也最是豔麗，多以黃色、綠色居多，有鳥有花，旋轉而舞，這一場及笄禮當真是如夢似幻。

「妳哥哥對妳真好！」蔣氏在一旁看著也直點頭，又拉了蕭晗的手輕拍道：「如今妳生命中又多了一個對妳而言很重要的男人，今後我可是將衡兒交到妳手上了。」

「夫人說笑了。」蕭晗害羞地垂下了頭去，臉上的紅暈卻怎麼也退不去，心中更多的卻是激動與驚喜。

這次入京參加蕭晗的及笄禮，莫家兩老卻是婉拒了蕭晗的提議，並沒有住在蕭家，而是連同莫錦堂母子一同住在京城的莫家別院裡。

蕭老太太聽了蕭志傑的話也斟酌了幾天，本想修補兩家人的關係，又覺得拉不下這個臉面來，便讓人請了蕭晗到跟前說話。

「妳外祖母他們到了京城，也不往咱們府裡來住著，外人瞧見難免會說閒話；再說他們在京城的別院只有老僕看守著，好些年都不住人了，這一來二去地打掃多費事啊！就是要添置一些東西不也要用上好些時日？」蕭老太太開口便覺得自己說的話有些乾巴巴，不由訕訕地看向蕭晗。「妳就老實跟祖母說，妳外祖他們是不是還在心裡怪我這老婆子沒看好他們的女兒呢？」

「祖母言重了，想來外祖他們也是覺得住在自己的地方自在些，斷沒有其他想法的。」這話蕭晗真是不好答，若答得不好只怕就要傷了蕭老太太的顏面，但若說莫家兩老全然不在意，只怕又會傷了莫家兩老一片愛女之心。

「罷了，妳不用說我也明白的。」蕭老太太擺了擺手，道：「原本妳母親就是被他們當成守灶女養大的，不想外嫁，若不是咱們蕭家去求，妳母親也不會嫁到京城來。」一頓後又不無感傷地搖頭。「他們只這一個獨女，卻是年紀輕輕地就去了，我心裡也著實有愧啊！」

蕭晗一臉黯然。母親去世時才三十出頭，這樣年紀輕輕為什麼就……明明身體很好的一個人，怎麼就會因病去世了？

這個問題電光石火般地在蕭晗腦中閃過，她一時之間也怔住了，雙手緩緩揪緊了裙襬，一臉的凝重。

因為她重生後母親早已經過世，她便如前世般坦然地接受了這個事實，可她卻沒有深想，若母親並不是因病去世的呢？會不會這其中還有她不瞭解的隱情？

想到這裡，蕭晗不由抬頭看向蕭老太太，急切地想得到一個答案。「祖母，我母親在世時身體一向都挺好的，對不對？」

「妳母親身子骨健朗，生下你們兩個孩子後，大夫說她還能生呢！只是她自己不想再要了。」蕭老太太說到這事心裡也梗了梗，若不是這個媳婦太有主見，她們婆媳也不會鬧得不愉快。這樣的女子性格太強，兩強相爭必有一傷，她是婆婆，自然不會是退避的那一個，便只能委屈了莫清言。

「那我母親為什麼會因病去世？」蕭晗恍惚地搖頭，她也想回憶起母親去世之前的點滴，卻發現那段記憶早已經模糊，她甚至有些想不起母親離世時與她相處的點滴。

「這個……我也不大清楚。」蕭老太太一愣，又勉強回憶道：「我只記得妳母親是突然就病了，病情反覆了兩、三個月便不治身亡……雖然大夫也沒診治出是什麼原因，但這世上多的是說不出名字的病症，妳母親也是運氣不好。」

蕭晗咬了咬唇，袖中的拳頭緩緩收緊，若母親不是運氣不好呢？若是有人暗害於她又當如何？死人不會說話，可他們這些人還活生生的，怎麼就沒有人想要追究過？

當時莫清言去世百日不到，蕭志謙便迎娶了劉氏進門，順道也將蕭昐給一道帶進了蕭家，順理成章地當上了蕭府的二小姐。

若是莫清言不在了，得益最大的自然是劉氏母女，可為什麼當初的她竟然沒有想到？

而莫清言去世前的一年，劉氏的父親劉敬剛接詔命不久便啟程回京，隨著他官職升任，從吏部的員外郎一步步地坐上了吏部郎中之位，劉家也慢慢地恢復了元氣，雖然不及往日的榮耀，但劉敬在朝中的地位仍然穩固，特別是這次朱閣老一案牽涉的人事太多，而他卻沒有被牽連其中。要知道，當初之所以任用他起復，可是朱閣老上的諫言，然而他不但沒有投桃報李，竟然還能獨善其身，這樣的人若非城府太深，便是有更深的圖謀。

蕭晗記得母親有個貼身的丫鬟叫雲英，她一直喚她雲姑，雲英終身未嫁，按理說在母親死後不是回了莫家，就該被派往莊上，可她也從未聽過雲英的消息。

心裡揣著種種疑雲，第二日蕭晗便往莫家兩老與莫錦堂母子暫居的別院而去。

莫家的別院不大，就只是兩進的院落，蕭晗一路走來，瞧著院子裡歸置得倒是齊整，不過陳設看起來老舊些，牆面上也脫了漆，確實有些年頭了。

蕭晗到來，莫老太太自然是歡喜的，直笑著將人迎了進去。「這院子不大，也是妳母親嫁到京城後咱們才在這裡購置的，好些年沒來住了，幸得有個老僕守著，知道咱們要來京城，便讓人提前收拾了一番，雖然小了些，但自家人住得自在。」

「外祖母住得習慣就好。」蕭晗笑著點頭，又道：「祖母昨兒個還在我跟前提起您二老呢，說是怎麼到了京城也沒在蕭家住著，還說要抽空來看看您！」

蕭老太太大抵是有修好之意，兩邊都是親人，蕭晗也不想夾在中間兩頭不是人，所以到了莫老太太這裡，便稍稍提了一下蕭老太太的心思。

「她倒是有心了。」莫老太太的面色一下就淡了幾分，只抿唇道：「妳及笄那日我也瞧見她了，親家老太太身體還健朗著呢，我卻是老了，不行了！」

蕭晗嗔了莫老太太一眼。「外祖母老當益壯，我瞧著您身體挺好的。」

「還是晗姐兒會說話，妳一來老太太看著都歡喜！」范氏臉上雖然表情淡淡，但到底也是不敢為難蕭晗，只不冷不熱地接了這麼一句。

「今兒個妳過來得早，不過妳外祖父與堂哥兒出去得更早，恰巧就這樣錯過了。」莫老太太拉了蕭晗坐下說話，又將她看了又看，不禁笑著點頭。「果真是大姑娘了，越看越好看，再看著妳出嫁，我老太婆也就欣慰了！」她的眼眶微微發紅。

「瞧老太太這話說的，您不僅要看著晗姐兒出嫁，還要等著抱曾外孫呢！」范氏掃了蕭晗一眼，面上的笑容有些敷衍。

知道蕭晗訂親後，范氏也為莫錦堂相看了不少人家，可他總以公事繁忙為藉口推託了去，就是不了了她這個心願，范氏如今也愁得很。

「是啊，我還要抱曾外孫呢！」莫老太太笑著抹淚，蕭晗看了也好一陣感觸，只握著老太太的手久久難言。

等情緒穩定之後，蕭晗才問起莫老太爺與莫錦堂。「怎的到了京城也不好生歇息，早早地就出了門？」

「還不是妳外祖父！」莫老太太道：「他是好些年沒進京了，便讓堂哥兒帶著他四處走走，不說看看咱們的老店，也是想要見見許久都不曾見面的老朋友。」

「原來是這般。」蕭晗理解地點頭。莫家在京城的產業原本也不少，只是這些年收的收、放的放，倒沒有留下多少了。

「妳及笄不是才沒過幾天，怎麼到處亂跑？成親前的這一個月可不宜出門啊！」莫老太太問蕭晗，又著意看了范氏一眼，並不言語。

范氏自然也是會看人眼色的，便笑著站了起來。「晗姐兒定是有許多話要與老太太說，媳婦這就去看看廚房今兒個弄的什麼菜，晗姐兒難得來上一回，少不得要做些她喜歡的吃食！」

「有勞舅母。」蕭晗站起身來對著范氏行了一禮。

莫老太太也揮手道：「妳去吧，好好安排一下！」

范氏退了出去，莫老太太這才看向蕭晗，輕聲道：「如今只有咱們祖孫在這兒，妳有什麼事但說無妨。」

「是這樣的……」蕭晗斟酌片刻，才緩聲道：「外祖母，您還記得從前在母親身邊服侍的雲英嗎？」

「雲英……」莫老太太想了想才緩緩點頭。「是有些年頭了，不過我還記得她，她是當初妳母親嫁到蕭家的陪嫁丫鬟。」聞言又有些不解地看向蕭晗。「妳問起她做什麼？」

「是這樣的，孫女有些事情想要問問她，幼年時的記憶有些模糊了，所以想找到她問個清楚。」蕭晗想了想，也不能一下便說出自己的猜測，不然這對莫家兩老來說是多麼深重的打擊？唯一的女兒去世不說，若真是被人所害，那麼凶手是誰？那人又為什麼要這樣做？

若真如她所猜想的一般，莫老太太的問題一定會接踵而來，可她根本還沒有理出頭緒，甚至也還沒有找到雲英，又該如何回了老太太？

「我知道妳母親去世後，倒是有好些個家奴都重回了莫家，可是裡面沒有雲英啊！」莫老太太在腦中細細過濾了一遍。她雖然老了，但哪些人待在蕭家、哪些人回了莫家，她還是心裡有數的。

「沒有雲英，不可能吧?!」這下換作蕭晗驚訝了，她又急聲道：「可我也細細查了母親嫁妝裡那些莊子與店鋪裡的名冊，都沒有雲英啊，那她會去了哪裡？」

不可能一個大活人就這樣平白無故地消失了，難道是遭遇了不測？想到這個可能，蕭晗的心都涼了半截。

「這個我就不知道了。」莫老太太搖了搖頭，又見蕭晗一臉焦急的模樣，不由問道：「莫不是妳母親留下的東西找不著了？有什麼困難一定要對外祖母說，這世上沒有解決不了的事。」

「倒也不是什麼要緊的事。」蕭晗強笑了兩聲，又緩緩鎮定下來，心思卻在不停翻轉。看來這事還得從長計議，不能想到什麼就說什麼，以免莫老太太擔心。

第六十七章　前夕

這樣一想，蕭晗不由笑著提議。「來時瞧見這裡有處小花園，我陪外祖母到園子裡走走可好？」

「行啊，咱們出去走走！」莫老太太笑著點頭，扶著蕭晗的手出了門。

兩人在園子裡逛逛停停，這裡景色原本也是不錯的，只是年久失修，如今還沒有整理起來。

「若是要在這長住，這園子倒是可以好好修繕一番，若是沒有，修好了也無人觀賞。」莫老太太與蕭晗坐到了涼亭裡，便有伶俐的丫鬟奉上了瓜果點心和茶水。

蕭晗笑道：「我倒盼著您二老在這裡長住呢，時不時地便能來這裡串串門子，吃些您這裡正宗的江南菜和點心，我是求之不得！」

「就怕到時候惹了別人的嫌！」莫老太太一聲輕笑，卻因為蕭晗的這分期盼而歡喜了不少，果然還是女孩兒最貼心，即使只是外孫女也一樣暖心。

「誰敢嫌您，我第一個和他鬧！」蕭晗輕哼一聲，那插腰瞪眼的模樣倒是讓莫老太太一陣大笑。

祖孫倆在涼亭裡消磨了一個上午，莫老太爺與莫錦堂都未回來，還是范氏著人來稟報，說是老太爺讓人傳了話的，今日要在一個故交的酒樓裡用膳，只怕酒過三巡還要好好聊上一聊，回來的時辰定是要晚些了。

「雖然晗姐兒過來了，可堂哥兒也不能撇下老太爺不管就先回來了吧？」范氏笑著看向蕭晗。她倒是樂意莫錦堂眼下不在，不然她還不知道怎麼阻止他們兩人相見呢！這見一面感情就長一回，不如不見。

「舅母說的在理。」蕭晗倒沒在意，只扶了莫老太太落坐用餐。「那我改日再來看外祖父就是，我先侍候外祖母用膳吧。」說罷便淨了手為莫老太太布菜。范氏根本插不上手，只能訕訕地坐在一旁，瞧著她們祖孫盡歡，她卻味同嚼蠟。

午膳後莫老太太要午休，蕭晗便先告辭離去。一回到了蕭家，蕭晗立刻將梳雲叫到了跟前吩咐一番。「就說我有要事相商，請葉大哥得空了一定要見我一面。」

「是，奴婢一定將這話帶到。」梳雲退了下去後，蕭晗左思右想又找上了徐氏，想要查查蕭家所有田莊與鋪面當差之人的名冊，或許有所遺漏也不一定。

這個請求徐氏倒是沒拒絕，讓人開了庫房，搬出一箱子的花名冊抬到了蕭晗的院子裡。

「大太太說了，有往年當職的，也有因病去世或是因故離開蕭家的，人多了去，小姐只怕要查上好一陣子呢！」蘭衣與春瑩一起去抬的這箱子陳舊，上面還蒙了好些灰塵，回來後她們也著力打掃了一番，這才敢搬到蕭晗跟前來。

「我知道了。」蕭晗點了點頭，她沒有多說，徐氏便也沒有多問。這樣很好，事情查清楚之前她不想對蕭家的任何一個人明說，包括蕭時，包括蕭志謙。

「把枕月也叫來吧，屋裡就妳們幾個識字，幫我一起查查有沒有叫雲英的人。」蕭晗吩咐了下去，幾個丫鬟自然照辦，圍坐著就開始一本本冊子的翻查了起來。

梳雲辦完事回來之後，也加入了她們的工作，幾人一直查到天色昏暗，最後連腰都直不起來，也沒找到雲英這個人。

蕭晗有些失望地撫額，難道雲英真的就這樣消失了？

「小姐找雲姑姑定是有什麼急事，要不要讓奴婢再去打探一下？蕭家的老人裡從前也有幾個知道雲姑姑的，奴婢再找她們問問。」枕月一直陪在蕭晗身邊，雲英她自然也是熟悉的，卻不知道蕭晗這般心急地找雲英做什麼。

「對了，妳當時也在我身邊！」蕭晗突然驚喜地抬起了頭來，又一把握住枕月的手。「妳或許會知道！」

「知道什麼？」這下輪到枕月有些弄不明白了，只一臉納悶地看向蕭晗。

「妳們先退下吧！」蕭晗穩了穩情緒，又吩咐蘭衣。「明兒個將箱子裡的冊子弄整齊了再抬到大伯娘那裡，替我謝謝她。」她打發了幾個丫鬟出去，獨留了枕月一人。

「枕月，當年我母親的身體是不是很好？」枕月當年也只比她大上一歲罷了，這丫頭生來是個敦厚的，那樣小的年紀也許沒長幾個心眼，不過她可以與她一同回憶，如此想著，不由對枕月循循善誘起來。

「倒是沒見過太太有什麼病痛的。」枕月在腦中回憶了一番，這才回了蕭晗。「小姐想知道什麼，奴婢也不一定記得全了……」畢竟是好些年前的舊事了。

枕月說的也對，她許多都不記得了，怎麼能要求她人還一直長記心間？畢竟莫清言對枕月來說也只是當家主母，不是她貼身侍候的主子。

蕭晗默了默，才問道：「那妳可記得當年我母親病重時是什麼樣子？」

「什麼樣子？」枕月這下為難了，絞盡腦汁地想了一陣，才弱弱地回道：「那個時候太太說怕過了病氣，都不怎麼讓小姐侍疾，奴婢跟在小姐身邊，也就沒怎麼靠近過太太……」又努力地回想了一陣才斟酌道：「不過聽說太太最後病得都咳血了，還掉頭髮，瞧著挺嚇人的！」說到這裡，枕月似乎靈光一閃想起了什麼，忙又道：「對了，奴婢有一次瞧見了太太院裡的一個小丫鬟，提了個木桶往陰溝裡倒水，奴婢也瞧了瞧，確實有好些脫落的頭髮，那水還有些渾黃，還有惡臭……」

蕭晗眼睛一亮。「那個小丫鬟可還在蕭家？」

「早便不在了。」枕月搖了搖頭。「太太過世不足百天，如今的新夫人便進了門，又說得過惡疾的人怕過了病氣，便將太太院子裡的人都打發走了，有些去了莊上，有些回了莫家，剩下的便不知道了。」

蕭晗又不死心地問道：「剛才翻找的那些名冊裡，也沒瞧見她的名？」

「瞧是瞧見了，不過她的名字是被劃了勾的，大太太那邊也說了，劃掉的便是人已經不在了。」枕月隱隱約約窺破了些什麼，卻又不敢直言，這樣的猜測可不是她們這些做奴婢的人敢想的。想到這裡，枕月不由勸了蕭晗兩句。「小姐如今出嫁在即，太太自然也是希望您好好的，若是您想要追究什麼，不若等過了門慢慢再查。再說當年的人走的走、散的散，還有許多已經不在人世了，您這樣查下去無疑是海底撈針啊！」

枕月也不明白蕭晗為什麼就有了這樣的執念，可她總覺得不好，真相若真被掩蓋了起來，那麼通常揭露之後都會是血淋淋的，她情願這一切既成的過往都是真實存在的，而不需要一個未知的答案來顛覆眼前的一切。

「我知道了，妳先下去吧！」蕭晗長嘆一聲，沈沈地閉上了眼。

為什麼她會覺得自己對那時的記憶很模糊，眼下在枕月這裡卻得到了解答。原是母親怕給她過了病氣，這才不讓她在跟前侍疾，去探病時也幾乎是隔著簾子探望，她幾乎有些要刻意遺忘了莫清言病入膏肓、骨瘦如柴的模樣，她希望自己的母親永遠是記憶中最美麗的樣子，從而在潛意識裡將一切給美化和圓滿了嗎？

那時候的她多傻多蠢，面對自己最親的人在面前一步步走向死亡，她竟然都沒有起過一點疑心，還以為這就是命運使然，生老病死！

燭光下，蕭晗的影子有些飄忽不定，她只定定地坐在桌旁，看著那一點點燭光在眼前閃耀。

今兒個她沒有留人值夜，她知道葉衡會來。

子夜剛過，便有人躍進了窗戶，待瞧見守在桌旁的蕭晗時，葉衡還一陣驚訝地忙走了過去。「怎麼今兒個沒在床榻上等著，入秋了，早晚天涼！」說著探手過去握住了蕭晗的手。

蕭晗的手冰涼冰涼的，葉衡不由心疼地將她摟在了懷裡，斥道：「也不知道多穿一些，妳這樣要是凍壞了怎麼辦？」說著便將人抱起，走向了床榻。

「葉大哥……」蕭晗埋進了葉衡的胸膛，淚水無聲滑落。她不知道自己在害怕什麼，是怕母親的死被挖出不一樣的真相，還是怕面對曾經懦弱不堪的自己？

她本就應該早早留意、早早發現的，為什麼她沒有瞧見母親去世時的痛苦？她甚至不能為她分擔一星半點兒的疼痛。

「不哭了，妳這樣哭得我心疼。」葉衡的眉頭皺在了一起，又輕輕抹去蕭晗面頰上的淚珠。「告訴我，到底出了什麼事？」

「我怕……」蕭晗淚眼濛濛地摟住了葉衡的脖子，紅唇緊緊地咬住。「我怕我母親不是因病而亡……」

「什麼?!」葉衡微微一驚，不明白蕭晗為什麼會有這個想法，難道是她發現了什麼？忙又細問了幾句。

「也不是發現了什麼，只是我忽然憶起，母親向來身體好，怎麼會突然病重而亡？」蕭晗抽抽泣泣地訴說道：「而且她去世之前重病到不能下床，連我都不能隨意看望她，只知道她病得咳血、掉髮，梳洗過後的水泛黃甚至還帶著惡臭，有什麼病會讓人有這樣的病症，我不知道自己是不是孤陋寡聞，可這真的是病嗎？」她揪緊了葉衡的衣襬，急急地想要求個答案。

「這……」葉衡有些猶豫地看了蕭晗一眼，他幾乎可以肯定她有著什麼樣的猜測，只是等他將那幾個字眼說出來證實罷了。

蕭晗的內心必然是掙扎的，可又急急地在尋求一個缺口，或許她只是想要自己的想法被人肯定，以此來證明她並不是茫然執著地在追究著一個不可能的事實。

「或許妳的母親是被人下了毒。」葉衡凝眉看向蕭晗，一雙眼睛深若潭水，幽深得見不到底。

「真的嗎？」蕭晗緊聳的肩膀一下子便塌了下去，整個人彷彿沒有了力氣，只倚在床頭看向葉衡，輕輕地喘息著。「你說的可是真的？」

「不確定。」葉衡抿了抿唇。「這事待我回去向太醫求證一番，方能知曉。」

「好，我等著。」蕭晗深吸了一口氣，又拜託葉衡道：「葉大哥，妳幫我尋一個人吧！她叫做雲英，是我母親的貼身婢女，我母親去世後她便不知所蹤，沒有人知道她眼下在哪裡，或者是已經……」咬了咬唇，她不敢深想，雲英或許是唯一一個知道真相的人，若是連她也不在了，她不知道還能怎麼樣去求證心中的猜測。

「妳放心，只要她還活著，我一定會找到她的！」葉衡向蕭晗保證，又見她疲憊得直想閉眼，便讓她躺在了床榻上，他則是坐在一旁看著她，又輕輕為她掖上了被角。「睡吧，我看著妳睡著了再走！」

「嗯。」蕭晗點了點頭。有人與她一同分擔，她頓時覺得肩上的擔子少了大半，心中也安定了，握著葉衡的手，不一會兒便沈沈地睡了過去。

夜色中，葉衡眸中的光芒閃爍不定，唇角也抿成了一條直線。若莫清言的死真如蕭晗所猜測的一般，那麼這件事定要好好追查一番了。

——未完，待續，請看文創風480《商女發威》4

第二棒
新春傳愛接力賽

落魄公子哥東山再起，只因船娘超給力！

水上風光，溫情無限／翦曉

穿越也要各憑運氣！
一個小孤女、一艘破船、一個受了傷的禍水相公……
就算再厲害的穿越女也大嘆難為，
幸好辦法是人想出來的，且看她小小船娘大顯神威！

文創風 483-487 **《船娘好威》** 全套五冊

允瓔本以為以船為家，遊歷江河之中，是多逍遙自在的美事，
殊不知一朝穿越成船家女兒，才發現根本沒那麼容易──
原主的父母雙雙遇賊丟了性命，留給她的唯一家當是破船一艘，
且不說那「小巧」船艙塞滿吃喝拉撒一切家當，連翻身都難，
鎮日為生計奔波、被土財主欺凌的日子更是苦不堪言，
偏偏她一名小小船娘又拖著個受了腳傷的「藍顏禍水」，
對她來說，他只不過是個路人甲，暫時同住在一條船上啊，
頂多……唉，她就好人做到底，收留他直到痊癒為止，
到時哪怕他走他的陽關大道，她撐她的小河道，都不再相干～～

書展報好康 1／10陸續出版，新書優惠**75**折！

第三棒
新春傳愛接力賽

賢妻一雙妙手能轉運，背後似乎有秘密？

生活事烹出真滋味，平凡間孕育真感情／簡尋歡

不得已花錢買個女子來管家做妻子，誰知她一回來就撞牆?!
醒來後又像換了個人，雖然淡漠卻聰明厲害，
滿腦子賺錢主意讓他大開眼界，他到底買了個什麼樣的女子啊？

文創風 488-490《賢妻不簡單》全套三冊

一切都是從二兩銀子開始的……
他千求萬借弄來了二兩銀子，跟徐家婆子「買」了個妻子，
並非他瞧不起女子，而是家裡窮困又急需有個人照顧孩子，
只得出此下策，誰知這個名字很嬌氣的女子，個性卻剛烈，
一聽他花銀子買下自己，竟然一頭撞牆昏死過去！
還好她醒來後如同換了個人似的，雖然不情願，還是答應留下來；
從此，孩子有人照顧，家裡多了生氣，她也不知是有什麼法術，
什麼簡單的東西在她手裡都化成美味的食物，
沒過過這般溫暖踏實的日子，他越發覺得人生有了盼頭，要為這個家努力；
只是妻子怎麼總有些異想天開又能賺錢的主意，
而且說話、行事都跟別人家的姑娘、嫂子不同，
他欣喜於自己找了個賢妻，也逐漸擔心她待不了平凡小村落，
如果她真的想走，該怎麼辦？他已離不開嬌嬌小妻子了呀……

書展報好康 1／24出版，新書優惠75折！

第四棒
新春傳愛接力賽

再嫁娘子炙手可熱，究竟誰才是真命天子？

同舟共濟，幸福可期／新綠

這個時代的女子過得太拘束，
她想讓她們的生活也能海闊天空，
於是，大燕朝討論度最高的「公瑾女學館」就此開張……

文創風 491-492《娘子押對寶》全套二冊

張木盼著能嫁個好郎君，不求大富大貴，只求兩廂情願，
只是前夫家一直死纏爛打，大有不弄死她不罷休的意味，
好不容易擇了個好姻緣，卻時不時冒出覬覦自家夫君的小娘子，
她要斬斷前夫這朵爛桃花，又要護住得來不易的家，
沒想到在古代經營婚姻竟這般不容易！
關於夫君吳陵，他是木匠丁二爺的徒弟兼養子，真實身分是個謎，
不過對張木來說，只要夫妻攜手並進，簡單過日子她便心滿意足，
尤其相公寵她護她，看似溫和俊秀，其實閨房之樂也參透不少，
她異想天開想經營女學館，他也把家當雙手奉上。
她本以為兩人風雨同舟，就沒有過不去的風浪，
豈料某天相公離家未歸，她這才明白他其實大有來頭，
他的深藏不露，原來是有一段不堪回首的過去──

新春傳愛頒獎大會

機不可失！買一本就能抽獎，只要上網訂購且付款完成，系統會發e-mail給您，附上抽獎專用之流水編號，一本就送一組，買十本就能抽十次，不須拆單，買愈多中獎機率愈大！

- ✶頭獎 Panasonic國際牌全自動製麵包機 共1名
- ✶二獎 OMRON 歐姆龍體重體脂計 共2名
- ✶三獎 Panasonic國際牌保濕負離子吹風機 共2名
- ✶四獎 Comefree瑜珈彈力墊 6mm 共2名
- ✶五獎 狗屋紅利金200元 共10名

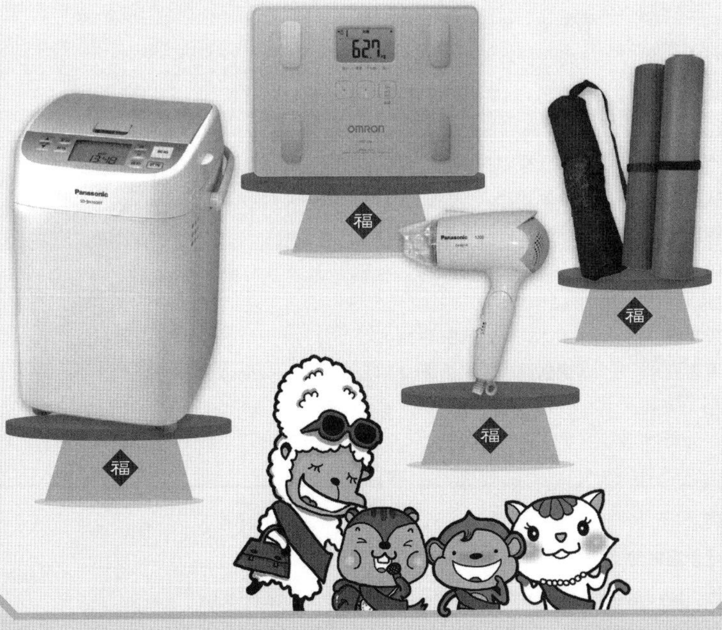

2017/2/20在官網公布得獎名單，公布完即開始寄送，祝您幸運中獎！

文創風
479

商女發威 3

國家圖書館出版品預行編目資料

商女發威 / 清風逐月著. --
初版. -- 臺北市 : 狗屋, 2016.12
冊 ; 公分. --（文創風）
ISBN 978-986-328-672-1（第3冊：平裝）. --

857.7　　105019237

著作者　清風逐月
編輯　江馥君
校對　黃亭蓁　簡郁珊
發行所　狗屋出版社有限公司
地址　台北市104中山區龍江路71巷15號1樓
電話　02-2776-5889～0
發行字號　局版台業字845號
法律顧問　蕭雄淋律師
總經銷　知遠文化事業有限公司
電話　02-2664-8800
初版　2016年12月
國際書碼　ISBN-13　978-986-328-672-1
原著書名　《锦绣闺途》，由瀟湘書院（www.xxsy.net）授權出版

定價250元
狗屋劃撥帳號：19001626
網址：love.doghouse.com.tw　E-mail：love@doghouse.com.tw